धृतराष्ट्र टाइम्स

धृतराष्ट्र टाइम्स

सूर्यबाला

विद्या विहार, नई दिल्ली

प्रकाशक : **विद्या विहार**
19, संत विहार (पहली मंजिल) गली नं. 2, अंसारी रोड, नई दिल्ली–110002
 / संस्करण : 2025 / मूल्य : चार सौ रुपए
मुद्रक : नरुला प्रिंटर्स, दिल्ली ISBN 978-81-85828-94-7

DHRATRASHTRA TIMES
by Smt. Suryabala ₹ 400.00
Published by **VIDYA VIHAR**
19, Sant Vihar (First Floor), Street No.2, Ansari Road, New Delhi-2

व्यंग्य के
अनूठे शिल्पी
शरद्‌जी को !...
जिन्होंने जो कुछ
व्यंग्य के माध्यम से लिखा–
उसे जीवन के अंतिम क्षणों तक
जिया भी।

अनुक्रम

परलोक के ऊपरी माले से

कुछ ऐसा रहा कि पिछले सात सालों में मेरे लगभग पाँच पते बदले। बंधु-बांधव चिढ़ गए। इतने कि कभी किसीको घर आने के लिए कहा तो सुनने को मिला—'हम आएँ तो, लेकिन तब तक आप उस पते पर रहेंगी ही, इसका क्या ठिकाना?'

बात लग गई। मैंने निश्चय कर लिया कि बस, बहुत हुआ। अब घड़ी-घड़ी ठिकाना नहीं बदलना है। एक परमानेंट एड्रेस होना माँगता। सो हो गया। और अब इस नए परमानेंट एड्रेस पर आप सबका स्वागत है।

सच-सच कहूँ तो आना मैं भी नहीं चाहती थी; पर देखा कि दनादन लोग सुर्खियों में आने के लिए मरे जाते हैं तो मैं ही क्यों पीछे रहूँ हिंदी कवि/लेखकों के हजारों बार के आजमाए अचूक नुस्खे से।

और यूँ भी आजकल के हालातों में जीना ज्यादा बेहतर है या मरना, यह तय करना जरा ज्यादा ही मुश्किल हो गया है। मेरे साथ भी जिंदा न रह पाने के तमाम फैक्टर्स मौजूद थे, मसलन—इनसान का इनसान से और लेखक का लेखक से एतबार उठ जाना। (यह लेखकवाली बात महज चौंकाने के लिए कही गई है। हिंदी साहित्य में आजकल इसका बड़ा प्रचलन है, बल्कि ट्रेंड या क्रेज कह लीजिए। सो सीरियसली मत लेना आप लोग। लेकिन अगर प्रमाणित ही करना पड़ा तो कुछ खास अड़चन नहीं आएगी; क्योंकि जब इनसान का इनसान से विश्वास उठ गया तो लेखक का लेखक में कैसे बकाया रह सकता है। इतनी इनसानियत का हकदार तो लेखक हुआ-ही-हुआ।)

सर्वेक्षण से गुजरिए तो जिंदा दिखते हुए या जिंदा रहते हुए भी कितने लोग सचमुच जीते हैं? इस सवाल के जवाब के लिए शेर के शिकारवाला यह लतीफा

पढ़ डालिए—शिकार से लौटे पति ने जुराबें फेंकते हुए पत्नी को हाँक मारी, 'कुछ पता है! आज तो जंगल में शेर मेरे एकदम सामने आ गया था।'

'फिर?' पत्नी की आँखें मारे घबराहट के पटापट पछाड़ें खाने लगीं।

'फिर क्या, शेर मुझे मारकर खा गया!'

'खा गया! लेकिन आप तो मेरे सामने वन पीस में साबूत खड़े हैं!'

पति ने लानत भेजी, 'यह भी कोई जिंदगी है!'

बस अब आप स्वयं तुलना कर देख लीजिए। आपको मेरे और अपने मौजूदा हालातों के बीच शायद ही कोई फर्क नजर आए।

यूँ सच-सच कहूँ तो जब तक जिंदा थी, स्वयं अपनी मृत्यु की कल्पना मेरे लिए एक मार्मिक रचना पढ़ने की तरह थी। काफी कुछ चालू, मसाला फिल्मों की तरह, धीरे-धीरे दीये का बुझना, कही-अनकही, भूल-चूक लेनी-देनी और बेटी-बेटों के सामने ही हिचकियों की डोर का खच्च से टूटना!

लेकिन बुरा हो मेरे बच्चों का, जो ऐसे मौके पर हमेशा एक छतफोड़ ठहाका लगाते और मेरी मृत्यु की इस हृदय विदीर्ण कर देनेवाली कल्पना की चिंदी-चिंदी बिखेर देते। लेकिन आखिर मैं भी कब तक इंतजार करती उनके हृदय-परिवर्तन का! अंततः भारतीय न्यायालयों के स्थगन आदेश की परंपरा का निर्वाह नहीं हो पाया। मैं अपना मरना स्थगित नहीं कर पाई।

और मैं मर ली।

कुछ आदतें मरकर भी नहीं छूटतीं। खासकर महानगरीय। सो मैं मरते ही सीधे भागी ठस्सम-ठस्स लोकल ट्रेन के पायदान से उछलकर स्वर्गलोक के राशन कार्ड ऑफिस की तलाश में। सबसे पहले राशन कार्ड बनवा लूँ। आदत से मजबूर, क्योंकि मुंबई में अगर आपके पास राशन कार्ड नहीं है तो आप होते हुए भी नहीं हैं। आपके अस्तित्व की शिनाख्त राशन कार्ड करता है। जब तक राशन कार्ड नहीं, आप जिंदा या मरे कुछ नहीं—अब, जीते जी जिंदों में शुमार न हो पाया, मरकर मरों में ही करा लूँ।

मरों में मर्दुनशुमारी के बाद क्यू दर क्यू छाँटती अंत में सही लिफ्ट के सामने आकर चैन की साँस ली कि दन्न से पहुँचेंगे अपन अब परलोक के ऊपरी माले पर कि—

खटाक!

लिफ्ट नहीं, वह चित्रगुप्ती अदालत का कठघरा था, जो विलेन के हिकमती चौखटे की तरह खट से बंद हो चुका था। अब सीखचों के बीचोबीच मैं थी और

हिंदी फिल्मों में हजारों बार का देखा-सुना हथौड़ा 'ऑर्डर-ऑर्डर' के साथ ठकठकाया जा रहा था।

अफवाहें वहाँ भी युग-सत्य की तरह बेलगाम चली जा रही थीं। सनसनी, सस्पेंस यही कि यह मरी कैसे? मरने की वजह क्या थी? छानबीन चल रही है। मृत्यु या दुर्घटना कांड के कारणों की जाँच के लिए कमीशन और कमेटी बिठाई जा रही है। फिर कमेटी की रिपोर्ट का इंतजार हो रहा है। इधर मैं थी कि तब की मरी-मरी इस इंतजार में और अधमरी हो आई। अंत में चुप्पी तोड़ी। हाथ जोड़कर गुहार लगाई—'प्रभो! मी लॉर्ड! या हुजूर माई बाप! (आप जो भी हों) जब मुझे अपनी मृत्यु के कारणों में इंटरेस्ट नहीं तो आप काहे को मरे जाते हो? मुझे मरना था, मैं मर ली—यूँ भी सारी उम्र रचनात्मक प्रतिबद्धता और साहित्यिक सरोकारों की दुहाई देता हिंदी का एक औसत लेखक कितनी बार और किस-किस अजीबोगरीब तरीके से मरता है। आप सचमुच नहीं जानते क्या? बकौल एक स्थापित नवोदित लेखक के—'वो क्या है, सूर्यबालाजी, कि यहाँ से वहाँ नगरी-नगरी द्वारे-द्वारे धूनी रमाते और चर्चा-परिचर्चा की खुरचने बटोरने के बावजूद हासिल के नाम पर तो धूनी की राख भर ही बच पाती है,' तो योर ऑनर! यहाँ हमने ईश्वर का धन्यवाद किया कि कितना अच्छा हुआ जो हम सत्रह साल पहले ही साहित्य को प्यारे हो गए, वरना आज तो हर भारतीय से ज्यादा भारतीय लेखक कुंठित है—जीवन के दुःख से कम, लेखक होने के दुःख से ज्यादा।'

'ऑर्डर-ऑर्डर!' हथौड़ा खटका। परदुःख-कातरता का यह असफल अभिनय बंद करो। तुम्हारे जैसे छद्म अभिनेता हमारे यहाँ आएदिन पहुँचे ही रहते हैं। साहित्य-दुर्दशा का मंचन चलता रहता है। अब मैं देखते-देखते समझ गया हूँ—किसकी हिंदी? किसका साहित्य? और किसकी अस्मिता?

'ऑर्डर-ऑर्डर!' इस बार मैंने भी कठघरे पर दो मुक्के मार दिए—'योर ऑनर! कठघरे में मैं हूँ या आप?'

'ठीक है, बोलो...नाम! उम्र! वल्दियत! कैसे मरीं?'

'हाँ, आपको नहीं मालूम? पिछले तीन दशकों से हिंदुस्तान में कुछ महिलाएँ शगल के लिए लिखती हैं और सुर्खियों में आने के लिए मरती हैं।...'

धर्मराज मुसकरा दिए—'ओहो! तो कथाकार हो!'

'जी नहीं, महिला कथाकार।'

'क्या मतलब?'

'मतलब यह कि हिंदी की महिला कथाकार कथाकार नहीं हैं; वे 'महिला

कथाकार' हैं।'

तभी एक जासूस दौड़ता हुआ आकर उनके कान में फुसफुसाता है। वे हुमककर दहाड़ते हैं—'झूठ बोलती हो! तुम तो व्यंग्य लिखती हो।'

'जी, यह बात कथाकारों की उड़ाई हुई होगी।'

'और कथाकारवाली?'

'व्यंग्यकारों की उड़ाई।'

'अजीब घपला है!' चित्रगुप्त बड़बड़ाए, 'ऐसी हालत में काररवाई आगे कैसे बढ़ सकती है?' तत्क्षण उनके चेहरे पर चमक आई, 'अरे, घपला है न? फौरन इसपर कमीशन बिठा देते हैं।'

'कमीशन! जाँच! घोटाला! आयोग! मी लॉर्ड, यह आप क्या कह रहे हैं? मुझे इतनी जबरदस्त सुर्खियों में नहीं आना है।'

'क्यों नहीं आना है? इसी वास्ते तो मरने पर उतारू हो यहाँ आई हो।'

'नहीं-नहीं!' घबराहट के मारे मेरी घिग्घी बँध गई—'योर ऑनर! कमीशन एक बार बैठा तो उठने का नाम ही नहीं लेता और घोटालों की थैली खुलती है तो उसमें से एक से अनेक और अनेक से अनंत घोटाले निकलते चले जाते हैं—जादूगर के रिबन और झंडियों की तरह।'

'मुझे बख्शिए इस सबसे! वहाँ भी अफवाहें, यहाँ भी; वहाँ भी कमीशन, यहाँ भी; वहाँ भी घोटाले, यहाँ भी, तो यहाँ आने का फायदा? इससे तो अच्छा होता, आप मुझे वापस ही भेज देते।'

यानी? फिर से चेंज ऑफ एड्रेस!

□

एक पुरस्कार यात्रा

हम सब उन्हें पुरस्कार देने आए थे।

वे वृद्ध, कृशकाय अस्पताल के बेड पर पड़े थे और पुरस्कार समिति के सदस्य शॉल, श्रीफल एवं गेंदे की माला समेत श्रद्धा से उन्हें घेरे खड़े थे।

मैंने पुरस्कार समिति के वरिष्ठ सदस्य से उन्हें यह सुसंवाद देने के लिए कहा।

उन्होंने गला खँखारकर बड़ी शालीनता से अध्यक्षजी सहित मनोनीत, वरिष्ठ और सम्मानित सदस्यों के संदर्भ देते हुए घोषणा की; लेकिन बेड पर कोई प्रतिक्रिया नहीं हुई।

'जरा जोर से कहिए, कान के पास मुँह ले जाकर।'

सदस्य ने वैसा ही किया। लेकिन वे वैसे ही पड़े रहे।

'कहिए कि हम आपको पुरस्कार देने आए हैं, तब शायद उठ जाएँ।'

पुनः वैसा ही किया गया। लेकिन सदस्य ने अत्यंत निराशा से सिर हिलाते हुए कहा, 'बिलकुल नहीं सुन रहे हैं।'

विचित्र स्थिति थी। एकाध सदस्य तो शंकित भी हो गए कि कहीं किसी और चक्कर में न फँस जाए पूरी-की-पूरी पुरस्कार समिति। एकाध ने लपककर नब्ज भी टटोली—वह यथास्थान थी। सबकी जान में जान आई। यों मालूम तो हम सभी को था कि खासे वृद्ध हैं। नब्बे दो बानबे में चल रहे हैं और पिछले पंद्रह महीनों से अस्पताल में भरती हैं। मर्ज भी लाइलाज जा रहा है, यानी उनकी स्थिति पुरस्कृत होने की समस्त शर्तें पूरी कर रही है। डॉक्टरों की भरी-पूरी टीम जाँच की मुस्तैद प्रतिक्रियाओं के दौरान कुछ महत्त्वपूर्ण शोधों पर जुटी हुई है। उनका शरीर हिंदुस्तान की एक महत्त्वपूर्ण प्रयोगशाला में परिवर्तित हो चला है और पिछले हफ्ते भर से

स्वास्थ्य बुलेटिन काँटे पर अटका हुआ है; किंतु ऐसे एंटी क्लाइमेक्स की कल्पना किसीको नहीं थी।

अब प्रश्न उनकी स्थिति का ही नहीं, हमारे पुरस्कार की गरिमा तथा प्रतिष्ठा का भी था। हम श्रीफल, शॉल, प्रेस रिपोर्टर और फोटोग्राफर से लैस उन्हें पुरस्कृत करने पहुँच चुके थे। लेकिन वे थे कि जरा भी लिफ्ट नहीं दे रहे थे।

पिछले वर्ष भी कुछ-कुछ इस किस्म का एंटी क्लाइमेक्स भुगतना पड़ा था। हुआ यह था कि जिन अतिवृद्ध, रोगग्रस्त, सौ सैकड़े पर पहुँचे साहित्यकार को हमने पुरस्कृत करने की घोषणा की थी, वे दूर-दराज इलाके के थे। उस इलाके से पुरस्कार समितिवाले शहर तक आने में दोबारा ट्रेन बदलनी पड़ती थी। पर सोचा यह गया कि जितनी दूर से और जितना वृद्ध साहित्यकार आता है, पुरस्कार की साख उतनी ही बढ़ती है। सो घोषणा हो गई, बेचारे साहित्यकार ने पुरस्कार समिति के हठ पर विनम्रतावश आना भी स्वीकार कर लिया। टिकट कटाकर निश्चित दिन प्रस्थान भी कर दिया। किंतु दूसरी गाड़ी बदलते-बदलते शीत लहरी की चपेट में आ गए और वहीं-के-वहीं से वापसी की गाड़ी में बैठ लिये।

इसीलिए इस बार समिति ज्यादा सतर्क रही। शहर-के-शहर में ही किसी वृद्ध, जर्जर को छाँटकर पुरस्कृत करने का निश्चय किया गया और सौभाग्य से अस्पताल में भरती किया हुआ ऐसा साहित्यकार मिल भी गया। दिक्कत बस अब यही थी कि वह सुन ही नहीं रहा था। अखबारवालों को लेकर अलग परेशानी। कोई ठिकाना है इनका? फलाँजी इतने महीनों से अस्पताल में जीवन-मृत्यु के बीच संघर्ष करते-करते इस दुनिया से ही हमेशा के लिए डिस्चार्ज हो गए और इस देश की गली-गली, कूचे-कूचे में तैनात पुरस्कार समितियाँ अस्पताल से उनके डिस्चार्ज होने का इंतजार करती रह गईं। शहर के वयोवृद्ध लेखक के प्रति पुरस्कार समितियों का उपेक्षापूर्ण रवैया।

इधर सभी ने बारी-बारी से उन्हें उठाने की जी-जान से पूरी कोशिश की, पर भगवान् शंकर के धनुष की तरह वे टस से मस न हुए। उठने और कृतज्ञता ज्ञापन की कौन कहे, उन्होंने तो आँखें खोल देखा तक नहीं।

हमारी फूल-मालाएँ सूख रही थीं, फोटोग्राफर भन्ना रहा था। प्रेस रिपोर्टर बौखलाए हुए थे। लेकिन वे कबीरदासजी की चादर की तरह जस-के-तस धरे हुए थे।

आखिर पुरस्कारों की भी तो कुछ इज्जत होती है! ढंग से ले-दे लिये जाएँ तो साख बनी रहती है, वरना भिखारी भीख लौटा दे तो दानकर्ता कहाँ मुँह दिखाएगा।

अध्यक्षजी का चेहरा कुछ-कुछ वैसा ही हो रहा था। हारकर उन्होंने सदस्यों से विचार-विमर्श किया और डॉक्टर को बुलवाया।

'ये उठ नहीं रहे।' उन्होंने डॉक्टर से कहा।

'ये उठेंगे भी नहीं, क्योंकि कोमा में हैं।' डॉक्टर ने बड़े इत्मीनान से कहा।

अध्यक्षजी ने अपनी परेशानी बयान की, 'आपको मालूम है, हम उन्हें पुरस्कार देने आए हैं?'

'मुझे तो मालूम है, लेकिन उन्हें नहीं मालूम है न! क्या किया जाए!' डॉक्टर सहानुभूतिपूर्वक बोला।

'इसीलिए तो हम उन्हें उठाने के लिए कह रहे हैं आपसे। आप डॉक्टर हैं, कोशिश कीजिए। ज्यादा नहीं, सिर्फ पाँच-दस मिनट के लिए ही।'

'मैं आपकी परेशानी समझता हूँ; लेकिन अभी तक ऐसी चमत्कारिक दवा ईजाद नहीं हुई है जिससे कोमा के मरीज को पुरस्कार लेने भर के लिए होश में लाया जा सके।' कहते हुए डॉक्टर राउंड पर निकल गया।

मैंने अध्यक्षजी से कहना चाहा कि क्यों न उन्हें अचेतावस्था में ही पुरस्कार दे-दिवाकर छुट्टी की जाए। यह भी क्या मालूम कि होश आने पर वे पुरस्कार लें या न लें। लेकिन अध्यक्षजी उम्मीद की डोर से लटके हुए थे। उनका कहना था कि पुरस्कार अस्वीकारने के लिए बड़ा मजबूत कलेजा चाहिए होता है—और फिर ये कोई सरकारी पुरस्कार तो है नहीं, जिसे लेने के बाद लेखक को हर फॉर्म, आवेदन और अनुबंध पर लिखना पड़े—मैं सरकारी पुरस्कार प्राप्त लेखक नहीं हूँ। ठीक उसी शैली में जैसे मैं सरकारी मुलाजिम नहीं हूँ।

अध्यक्षजी का यह भी विश्वास था कि पुरस्कारों में बड़ी शक्ति होती है—यथा बहिरौ सुनै, मूक पुनि बोलै रंक चलै सिर छत्र धराई···तो पुरस्कार लेखक के सिर पर धरा छत्र है। पुरस्कार ही तो लेखक को महान् बनाता है। उसका लेखन यों ही पुरस्कार पाने के बाद वह पुरस्कार देने योग्य भी हो जाता है। उसकी किताबें कोर्सों में लग जाती हैं तथा सारी-की-सारी बरसों से अप्रकाशित पड़ी रचनाएँ छप जाती हैं। उनकी ग्रंथावलियाँ बँध जाती हैं। सुख-सौभाग्य से उसका छप्पर फटने लगता है—और चूँकि छप्पर फट जाता है, इसलिए वह वहाँ से किसी पुख्ता इमारत में शिफ्ट कर जाता है। इसलिए पुरस्कार से बढ़कर परोपकार, पुण्य दुनिया में दूसरा नहीं। 'सोचो, हम एक दीन-हीन व्यक्ति को इतना सुख-सौभाग्य सौंपेंगे!'

'लेकिन यह सब तो तब होगा न जब ये कोमा से उठ जाएँ। फिलहाल तो पुख्ता इमारत के नाम पर सरकारी अस्पताल के इस जनरल वार्ड तक ही शिफ्ट

कर पाए हैं।'

डॉक्टर फिर आता दिखाई दिया।

'अरे, आप लोग अभी गए नहीं! मरीजों से मिलने का टाइम तो खत्म हो रहा है।'

'लेकिन हम अभी मिले कहाँ इनसे! आप हमारी समस्या समझ रहे हैं न?'

डॉक्टर दूसरे मरीज का टेंपरेचर चार्ट देखते-देखते बोला, 'वही पुरस्कारवाली न? कितने का पुरस्कार है आपका?'

अध्यक्षजी पर घड़ों पानी पड़ गया।

'देखिए, पुरस्कार की राशि और स्त्री की उम्र पूछना उसकी अस्मिता को ठेस पहुँचाना है।'

'सॉरी! मैं तो इसलिए पूछ रहा था कि यहीं नर्स को देकर चले जाइए—उनके घरवालों को दे दिया जाएगा। ये वैसे भी क्या करेंगे पुरस्कार का?' डॉक्टर व्यस्त भाव से बोला।

अध्यक्षजी रुआँसे से हो आए—'आप समझ नहीं रहे···हमारे पुरस्कार की इज्जत मिट्टी में मिली जा रही है। आप किसी तरह इन्हें शाम तक पाँच-दस मिनट को ही पुरस्कार ग्रहण करनेवाली स्थिति में ले आइए।' अध्यक्षजी गिड़गिड़ाए।

डॉक्टर भुनभुनाया। अचानक अध्यक्षजी के चेहरे पर यूरेका सी चमक कौंधी। वे डॉक्टर की तरफ मुड़े—'इसके लिए हम आपको अपनी समिति की ओर से चिकित्सा क्षेत्र में विशिष्ट योगदान देने के निमित्त एक विशेष पुरस्कार की घोषणा करते हैं।'

डॉक्टर को अपने कानों पर विश्वास न हुआ; आँखों पर भी। अध्यक्षजी हाथ में श्रीफल थामे कह रहे थे, 'कृपया यह श्रीफल और शॉल आप स्वीकारिए। हम इनके लिए शाम तक दूसरा श्रीफल ले आएँगे। तब तक एकाध और डॉक्टर से मिलकर इन्हें होश में लाने की कोशिश कीजिए।'

अध्यक्षजी का सोचना सही था। पुरस्कार में सचमुच बड़ी शक्ति होती है। उसी शक्ति के बल पर सरकारी अस्पताल के डॉक्टर ने दम-के-दम उन्हें दस मिनट तकिए पर टिकाकर बिठा दिया तथा उनकी आँखें जितनी भी बन पड़ीं, खुलवा दीं।

इससे ज्यादा वह कुछ न कर सका। वे अब भी कुछ भी बोलने-सुनने, जानने-समझने की स्थिति से कोसों दूर थे। एक सदस्य उन्हें श्रीफल पकड़ा रहा था, दूसरा पीछे से उनका हाथ उठाकर श्रीफल ग्रहण करवा रहा था। अध्यक्षजी

पुलकित, गद्‌गद होकर शॉल ओढ़ा रहे थे!

रिपोर्टरों की कलमें रेस के घोड़ों-सी भाग रही थीं। कैमरे खड़ताल बजा रहे थे। सभी सदस्य मुदित मन तसवीरें खिंचवा रहे थे और एक-दूसरे से कह रहे थे—'साधु-साधु! कितने महान् लेखक! विनम्रता और संकोच के मारे आँखें तक नहीं खोल रहे···किसी तरह की खुशी, हाव-भाव से कोसों दूर।'

कोसों दूर थे तो बला से···सब मिलाकर एक पुरस्कार समारोह के बदले दो-दो पुरस्कार समारोह बड़ी खुशगवारी से संपन्न हुए—एक डॉक्टर का, दूसरा मरीज का।

□

बड़े बाबू, बिलॉक साहब बनाम तैयारी महबूब के आने की

आप चाहें तो परदा उठा सकते हैं, क्योंकि परदा तो वैसे ही उठा-ही-उठा है। यह तो हम जबरदस्ती की आँखें मूँदे हुए हैं। हाँ, मंच पर एक-दो अदद कुरसियाँ और मेज भी रखवा दीजिए।

विभाग चाहे जो लें, आपकी मरजी; पात्र भी दो लें या दस, लेकिन एक पात्र निहायत जरूरी है और वह है बड़े बाबू। यह बड़े बाबूवाला तत्त्व अनिवार्य रूप से सभी विभागों की नाट्य प्रस्तुति में उभयनिष्ठ रहेगा, ध्रुव तारे-सा अटल। उसे कोई भी जाँच पर आया अफसर तब तक नहीं हटा सकता जब तक उसे पागल कुत्ते ने न काटा हो। (प्रिय पाठकगण! पागल कुत्ता भी मेरे व्यंग्य लेखन का अनिवार्य तत्त्व है, समय-असमय सहायक, अतः क्षमा!)

चलिए साहब, तो एक अदद बड़े बाबू, एक अदद बड़े-छोटे या बिलॉक (ब्लॉक) साहब और एक जाँच अधिकारी—कोरम पूरा हुआ। अब आँखें मूँदकर किसी एक विभाग के खाने में उँगली रखिए—जिसका भी नजारा देखना हो।...अक्कड़-बक्कड़ बंबे बो, अस्सी-नब्बे पूरे सौ। सौ से स्वास्थ्य पर उँगली पड़ गई। अब खेला चलेगा स्वास्थ्य विभाग के किसी भी बिलॉक दफ्तर, बड़े बाबू, छोटे साहब और जाँच पर आए आफत के मारे अफसर का—

'खेला चालू' का सिग्नल पाते ही मंच का ग्रामोफोन खुलासा आवाज में गाने लगा कि 'राज की बात कह दूँ तो जाने महफिल-महफिल-महफिल'।

यह गाना सुनते ही बिलॉक साहब को पसीना आने लगता है। लिखा-पढ़ी गड़बड़ाने लगती है। लेकिन वह बेचारा कर कुछ नहीं पाता, क्योंकि उसे मालूम ही नहीं, ग्रामोफोन पर चीखता यह 'बेसुर' बंद करने के लिए कौन सा 'बटन' दबाना

चाहिए। अर्थात् सारे बटनों का रिमोट बड़े बाबू के हाथ में। पूछिए कैसे, तो मिसाल के तौर पर ऐसे कि छोटे साहब घबराए स्वर में आवाज लगाएँगे—

'बड़े बाबू! कुछ खबर है ? इंस्पेक्शन होने वाला है।'

बड़े बाबू—'तो चिकन मक्खनी और रसमलाई का ऑर्डर आज ही भिजवा देता हूँ।'

साहब—'बड़े बाबू, ये वाला जाँच अधिकारी चिकनी-चुपड़ी और मक्खन-मलाई से माननेवाला नहीं है। सुना है, बड़ा खुर्राट है।'

बड़े बाबू—'सभी होते हैं शुरू-शुरू में, साहब! नया रंगरूटी जोश होगा। अपन ठंडा कर देंगे।' और बड़े बाबू इत्मीनान से सुँघनी की फंकी मार लेते हैं।

साहब—'नए के फेर में मत रहिए, बड़े बाबू। सुनने में आया है कि जहाँ-जहाँ जा रहा है, बड़े-बड़े पुरानों की छुट्टी किए डाल रहा है—और आपने तो अपने यहाँ पूरी अंधेर नगरी ही बसा रखी है। बगैर एक भी जीप के दो-दो जीपों के लखपती। बाउचर, क्विंटल-के-क्विंटल रुई, दवाइयों, औजारों, बुम, कंबल-गद्दे, तंबू-तकिए के फर्जी बिल, दवाइयों का आखिरी स्टॉक भी तुरत-का-तुरत कल ही ब्लैक करा दिया आपने। अब कहाँ-कहाँ, कैसे सुलटाएँगे इतनी सारी धाँधलियाँ, कहाँ तक एडजस्ट कराएँगे ? बड़े बाबू! अपनी कारगुजारियाँ जो अबलौं बचानी, अब ना बचा पैंहों।' साहब पसीना पोंछते रूमाल आँखों से लगा लेते हैं।

बड़े बाबू झप्प से रूमाल खींचते हैं। साहब की आँखों से और ढाढ़स बँधाते हैं। पीठ थपथपाते हैं—'आप निसा खातिर रहो, साहब। या करनी अपनी सबे की, कबहूँ न खुली, कबहूँ न खुलैगी। (तर्ज—'या मुरली मुरलीधर की, अधरान धरी अधरा न धरौंजी') अच्छे साहब लोग कहीं ऐसे इंस्पेक्शन की बात चलते रोते हैं ? ऐं ? मैं हूँ न आपके पास! मेरा साया आपके सिर पे हमेशा बना रहेगा। मेरा भरोसा नहीं आपको ?'

'सो तो है, बड़े बाबू, पर मैंने तो बँटने आए कंबलों की रकम भी अभी तक कायदे से नहीं खतियाई—रुई के बंडलों को, अस्पताल के बेडों के लिए आई चादरों के गद्दे बनवाकर उनमें नहीं करवाया। सारे बंडलों का ढेर घर में ही जमा है।'

बड़े बाबू मुसकराते हैं—'कोई बात नहीं, आखिर मैं किस दिन के लिए हूँ! उन्हें मैं अपने घर के कबाड़खाने में शिफ्ट करा लूँगा। लेकिन अब आगे से आप जरा चुस्त बनिए, चुस्त। मैंने हमेशा चुस्त-दुरुस्त साहबों के साथ काम किया है। वे लोग तो कंबलोंवाली रकम की गरमी एक हफ्ते में ही उतार मुझे आँखें तरेरने

लगते थे कि—बड़े बाबू! यार, कुछ कायदे से काम नहीं हो रहा। कंबल ठिकाने लगे हफ्ता हो गया—और तब से आप हाथ पे हाथ धरे बैठे हैं! थोड़ी फुरती-चुस्ती लाइए। कंबलों के कॉलम भर गए तो चादर, तकिए, स्टूल, तिपाई सबके असली ऑर्डर और फर्जी वितरण के कॉलम बनाइए। इस उजाड़ खंड में तबादला कराते ही हैं लोग दो साल में दो लाख का बजट बनाकर। नहीं तो क्या सारी जिंदगी इस लालटेनी कस्बे में आल्हा-बिरहा सुनना है!'

साहब चौंके—'अरे हाँ—ठीक याद आया, बड़े बाबू! वो मिट्टी के तेल के और पीपे भी अभी भरे-के-भरे रखे हैं—आपने दो महीने पहले ही उनका ब्लॉक में खर्च हो जाने का मद भेज दिया। अब इन पीपों का क्या होगा, बड़े बाबू?'

'वही होगा जो गंगास्नान के मेले में आई चावल की बोरियों का हुआ था। साहब···बालक बुद्धि है आपकी भी। अरे, अभी मुहल्ले में खबर भिजवाए देते हैं—मिट्टी का तेल राशन से दस पैसे कम, घी, बोतल बिना क्यू के।' मिनटों में पीपे खाली हो गए और बड़े बाबू की जेब अठन्नी, चवन्नी तथा एक-दो के नोटों से भर गई। मुहल्ले की माताओं-बहनों ने सुना तो तुरंत बालकों को मदरसे से दांडी मरवा छुट्टे पैसे और बोतलें लेकर दौड़ा दिया। कुछ ही घंटों में मुहल्ले-का-मुहल्ला मिट्टी के तेल की गमक से भर गया। समूचा मुहल्ला स्वास्थ्य विभाग का ऋणी हो गया तथा गैस विभाग को गालियाँ बकने लगा। हर घर में मिट्टी का तेल भरपूर, जो चाहे खाओ, पकाओ। मन चाहे जितनी बहुएँ जलाओ।

बड़े बाबू ने दो-दो बोतल मिट्टी का तेल अपने बच्चों द्वारा मास्टरों को भी भिजवाया और फर्जी हाजिरी लगवाकर उन्हें स्वास्थ्य विभाग के अति आवश्यक कामों पर लगाया। आखिर अपने देश का, स्वास्थ्य विभाग का काम है। बड़े बाबू और उनके बालक नहीं करेंगे तो कौन करेगा? सच बात तो यह है कि यह काम बड़े बाबू और उनके बच्चे ही कर सकते हैं। बड़े बाबू ने उन्हें पैदा ही किस दिन के लिए किया है? स्वास्थ्य विभाग के काम आने के लिए ही तो। इसी विभाग से मारे हुए रुई के बंडलों की गद्दियों पर लोदे-पोंदे से लुढ़के हैं बालक सब। मिल्क पाउडर के उड़ाए डिब्बों से हजारों गुलाबजामुन खाए होंगे, किलो-की-किलो कुलफियाँ जमवाई होंगी—बाकी ग्लूकोज, ताकती टॉनिकों का कौन हिसाब—कितनी बातें तो भूलतीं नहीं। जिस दिन पहले खेवे के इंजेक्शन, दवाइयाँ बिकी थीं, बड़े का मुंडन निपटाया था। कार्टून भर डिटॉल की शीशियों में मझले की दुपहिया। जीप के मद से साहब के बँगले भर टाइलें और अपने मकान का सिलाब। चलो बड़े, चलो छोटे—मझले कहाँ गए।

साहब अब भी पूरी तरह निश्चिंत नहीं हो पा रहे थे—'इतनी बड़ी-बड़ी घपलेबाजियाँ बच्चे सँभाल ले जाएँगे न, बड़े बाबू?'

'यह कोई पहला मौका है, साहब!'

'फिर भी कोर-कसर रही तो?'

'कोर-कसर रही तो...! पुरखों का आशीर्वाद हमारे साथ है साहब (कटेसी-गुलाबजामुन, कुलफी और अस्पतालों के लिए आया आटा, दाल, चावल)। अरे, इस शहर के तो मक्खी-मच्छर तक स्वास्थ्य विभाग के ऋणी हैं। इसी शहर में डी.डी.टी. की जगह धूल-मिट्टी छिड़कवाकर कितने कीटाणुओं की जानें बचाई हैं, साहबजी। उन सबकी दुआएँ नहीं लगेंगी क्या?'

'ठीक है, फिर आप जाइए, बड़े बाबू—आज की छुट्टी। आपको बहुत सारे विभागीय काम निपटाने हैं।'

'जी साहब!' बड़े बाबू मुड़ते कि साहब को अचानक याद आया—'एक मिनट, बड़े बाबू! जरा इस मरदूद ग्रामोफोन का सही बटन दबाते जाइए। यह गाना मुझे बेहद नागवार लगता है।'

बड़े बाबू ने मुसकराते हुए दूसरा बटन दबा दिया। अब ग्रामोफोन पर बजने लगा—

बहारो फूल बरसाओ, मेरा महबूब आया है,
मेरा महबूब आया है।...

□

अगली सदी का शोधपत्र

एक समय की बात है, हिंदुस्तान में एक भाषा हुआ करे थी। उसका नाम था हिंदी। हिंदुस्तान के लोग उस भाषा को दिलोजान से प्यार करते थे। बहुत सँभालकर रखते थे। कभी भूलकर भी उसका इस्तेमाल बोलचाल या लिखने-पढ़ने में नहीं करते थे। सिर्फ कुछ विशेष अवसरों पर ही वह लिखी-पढ़ी या बोली जाती थी। यहाँ तक कि साल में एक दिन, हफ्ता या पखवारा तय कर दिया जाता था। अपनी-अपनी फुरसत के हिसाब से और सबको खबर कर दी जाती थी कि इस दिन इतने बजकर इतने मिनट पर हिंदी पढ़ी-बोली और सुनी-समझी (?) जाएगी। निश्चित दिन, निश्चित समय पर बड़े सम्मान से हिंदी झाड़-पोंछकर तहखाने से निकाली जाती थी और सबको बोलकर सुनाई जाती थी।

ये दिन पूरे हिंदुस्तान में बड़े हर्षोल्लास के साथ मनाए जाते थे। बच्चों से लेकर विशिष्ट अतिथि और आयोजनों के अध्यक्ष तक इस भाषा में बोली जानेवाली कविता, निबंध अथवा भाषणों का रद्दा मारा करते थे। चूँकि उस दिन रिवाज के मुताबिक आना-जाना, उठना-बैठना तथा हार पहनाना आदि सबकुछ हिंदी में होता था, अतः अनुवाद की निरंकुश अफरा-तफरी और बेचैनी मच जाती थी। अनुवादकों की बन आती थी। पलक झपकते शब्द-के-शब्द, वाक्य-के-वाक्य दल-बदल लेकर कायापलट तक कर जाया करते थे। देखते-देखते 'प्रपोजल' 'प्रस्ताव' में, 'रिक्वेस्ट' 'प्रार्थना' में, 'प्लीज' 'कृपया करके' में, 'थैंक्स' 'धन्यवाद' में और 'स्पीच' 'भाषण' में बदल जाते थे।

देखते-देखते परंपरा, संस्कृति, भाषा, संस्कार, समृद्ध साहित्य, आदर्श, राष्ट्रीयता, कटिबद्ध, एकसूत्रता आदि शब्दों का ट्रैफिक जाम हो जाया करता था। इनामें पर इनाम, तमगे पर तमगे बाँटे जाते थे। इस एक दिन हिंदी लाभ और मुनाफे की भाषा

हो जाया करती थी। इसका संपूर्ण व्यक्तित्व छूट और 'भव्य सेल' की चकाचौंध से जगमगा उठता था। लेकिन यह छूट सिर्फ इन्हीं दिनों के लिए थी। बाकी दिनों बात बिना बात हिंदी बोलने, इसे खर्च करने के जुर्म की सजा हर बेरोजगार, दकियानूसी और पिछड़े आदमी को भुगतनी पड़ती थी।

चूँकि यह भाषा समूचे हिंदुस्तान की गरिमा की प्रतीक थी, इसलिए इसे वातानुकूलित ऑफिसों की एयरटाइट फाइलों में बंद करके रखा जाता था। सरकार की तरफ से इसकी सुरक्षा के कड़े निर्देश थे। जेड क्लास सुरक्षा चक्रों के बीच, संसद् की बैठकों में इस बात का विशेष ध्यान रखा जाता था कि 'माननीय सभासदो! माननीय अध्यक्षजी!' के अतिरिक्त सबकुछ अंग्रेजी में हो। इसलिए कुछेक सिरफिरों को छोड़कर सारे प्रस्ताव अंग्रेजी में ही प्रस्तावित और खारिज किए जाते थे। सारी-की-सारी योजनाएँ और बड़े-से-बड़े स्कैंडल अंग्रेजी में ही किए जाते थे; जैसे बोफोर्स। सिर्फ कुछ विशेष प्रकार के स्कैंडल हिंदी में होते थे, जैसे प्रतिभूति घोटाला। कम अंग्रेजी बोलते थे, जो हिंदीभाषी (पैदाइशी) थे, वे ज्यादा। क्योंकि उन्हें अपने पद की गोपनीयता की तरह ही अपनी भाषा की गोपनीयता बनाए रखने की चिंता सर्वोपरि थी।

उस सदी में पूरे देश में गणतंत्र लागू होने पर भी तथा सभी संभव प्रकार के घोटालों की पूरी छूट होते हुए भी हिंदी के मामले में सरकार के स्पष्ट अनुशासित और कड़े निर्देश थे कि खबरदार! हिंदी को कोई छूने न पाए। यह संपूर्ण राष्ट्र की अस्मिता का प्रश्न है। अत: साक्षात्कारों तथा स्कूलों, कॉलेजों और विश्वविद्यालयों के अध्ययन तक हिंदी के जरिए जो पहुँचने की कोशिश करेगा उसका प्रमोशन, परीक्षाफल, फाइल, आवेदन, अनुरोध, प्रार्थना तथा सारे अटके पड़े काम हमेशा के लिए अटके रह जाएँगे। वह लोगों द्वारा हेय दृष्टि से देखा जानेवाला उपेक्षा का पात्र होगा।

उस सदी में कुछ बड़े-बड़े लोगों के लिए ही हिंदी बोलने का कोटा निर्धारित किया जाता था। कोई बड़ा लेखक, राजनीतिज्ञ, अफसर या अहिंदीभाषी जब हिंदी बोलता तो तालियाँ पिट जाती थीं, लोग 'साधु-साधु' कह उठते थे; लेकिन वही हिंदी जब कोई सामान्य व्यक्ति बोलता तो वह उपहास, दया या उपेक्षा का पात्र समझा जाता था। इसलिए प्राय: ऐसे लोग अपने देश में अंग्रेजी और विदेशों में जाकर हिंदी बोल आया करते थे।

स्कूलों में भी इस भाषा पर कोई आँच न आने पाए, इसका पूरा ध्यान रखा जाता था और हिंदी की सारी पढ़ाई अंग्रेजी के माध्यम से करा दी जाती थी। आज की बात और है। आज तो हिंदी भाषा का अस्तित्व समाप्त हो चुका है। हिंदी है ही

नहीं। हिंदी इतिहास की, अतीत की भाषा हो चुकी है; लेकिन पिछली सदी में जब वर्तमान की भाषा थी तब भी सरकार और शिक्षाविदों ने ऐसी ईजाद कर ली थी कि बगैर हिंदी का एक शब्द भी खर्च किए हिंदी पढ़ा-लिखा दी जाती थी। उन दिनों माताओं के लिए सबसे ज्यादा गर्व की बात यही हुआ करती थी कि उनका बच्चा सिर्फ हिंदी में फेल हो गया। गोया हिंदी में फेल होना अन्य विषयों में पास होने से ज्यादा महत्त्वपूर्ण था।

हमारी नवीनतम शोधें बताती हैं कि कुछ गलत दस्तावेजों और पुस्तकों के आधार पर हम हिंदी को बीसवीं शताब्दी के हिंदुस्तान की राष्ट्रभाषा, राजभाषा, संपर्कभाषा या मातृभाषा जैसा कुछ मान बैठते हैं। पर हकीकत तो यह है कि वह इनमें से कुछ भी नहीं थी। ये सारे तथ्य भ्रामक हैं। शोध बताती है कि दरअसल हिंदी भाषा थी ही नहीं।...वह खास-खास अवसरों पर पहनी जानेवाली पोशाक थी, लगाया जानेवाला मुखौटा थी। वह एक डफली थी, जिसपर लोग अपने-अपने राग गाया करते थे। वह चश्मा थी, जिसे लगाकर अनुदानों, पुरस्कारों की छाया में सांस्कृतिक यात्राओं का सुख लूटा जा सकता था। वह एक सीढ़ी थी, जिसके सहारे अकादमियों के मंच तक चढ़ा जा सकता था और करेंसी नोट थी, जिसे विशिष्ट आयोजनों पर सार्त्र, मार्क्स, ऑस्कर वाइल्टानस्टॉप, चेखव और कामू के माध्यम से भुनाया जा सकता था।...अपने देश की पिछली और अगली शताब्दियों के गरीब कवि-लेखकों में इसे भुनाने की औकात नहीं थी। ग्लानि और लज्जावश कबीर, सूर, तुलसी, रत्नाकर, भारतेंदु और महादेवी वर्मा, प्रसाद, निराला तक नेपथ्य में छुप जाया करते थे, राजमार्गों से हट जाया करते थे।

दिक्कत सिर्फ एक थी, हरेक के अपने चश्मे थे—और चश्मा जिस रंग को सही बताता था, दूसरा उसे पूरी तरह खारिज कर देता था।

डफलियाँ भी सबकी अलग-अलग, जिसपर अपने राग गाते तो भी ठीक था, लेकिन बाद के दिनों में सिर्फ डुगडुगी पीटने लगे और इसी फेरफार में हिंदी की डुगडुगी पिट गई और वह पूरी तरह इतिहास की भाषा हो गई। अपने देश के लोगों द्वारा अपने देश की मिट्टी में विलीन हो गई।

दु:ख है कि पिछली सदी की इस भाषा का कोई अवशेष नहीं रहा। इसलिए शोध छात्रों को काफी समस्याओं का सामना करना पड़ रहा है। उनकी सुविधा के लिए सूचना दी जाती है कि वे चाहें तो विदेशों के कुछ विश्वविद्यालयों से हिंदी से संबंधित कुछ सामग्री और सूचनाएँ उपलब्ध कर सकते हैं।

□

यह देश और सोनिया गांधी

मैंने सुबह-सुबह अपने पति से पूछा, 'सुनिए, ब्रिटेन के प्रधानमंत्री का क्या नाम है?'

उन्होंने झिड़ककर कहा, 'इसीलिए कहता हूँ, अखबार पढ़ा करो; जॉन मेजर।'

'और अमेरिका के राष्ट्रपति का नाम?'

'बिल क्लिंटन।' वे दुबारा घुड़के।

'अच्छा, और इन देशों की सोनिया गांधी का नाम?'

'तुम्हारा दिमाग तो खराब नहीं हो गया है? सोनिया गांधी तो अपने देश की हैं।'

'सो क्या मैं नहीं जानती! पर जैसे अपने देश में एक सोनिया गांधी हैं वैसे ही और देशों में भी तो होती होंगी!'

'क्यों होंगी?'

'लो, तो फिर उन देशों का राजकाज कैसे चलता होगा?'

'प्रधानमंत्री चलाते हैं, राष्ट्रपति चलाते हैं, मुख्यमंत्री, उप मुख्यमंत्री...'

'सो क्या अपने देश में नहीं हैं!...पर इन सभी लोगों को सोनिया गांधी के पास जाते रहना पड़ता है कि नहीं।...तो वैसी जरूरत पड़ने पर और देशों के लोग क्या करते होंगे?'

'तुम्हारा सिर!'

अर्थात् एक पत्नी का सिर।...पति द्वारा जवाब न सूझे जाने पर गाहे-बगाहे सहायता के लिए हाजिर हो जानेवाला। अखबार को बेचारगी की तरह ओढ़ते हुए उन्होंने निःश्वास लिया, 'क्या मालूम, क्या करते हैं!'

'क्यों नहीं वे लोग हमारी सोनिया गांधी के पास आ जाया करते!' मैंने

सोत्साह सुझाया।

पतिदेव का खोया हुआ पौरुष दुबारा हुंकारा—'हाँ-हाँ, क्यों नहीं! तुम्हारे जैसे बेवकूफों से और उम्मीद भी क्या की जा सकती है! साँस लेने की भी फुरसत है क्या उन बेचारी को!'

'वही तो! मैं खुद भी यही सोच रही हूँ। इतने बड़े अपने देश के इतने सारे महकमे, इतने सारे मंत्री, इतने सारे कांग्रेसी, इतने सारे अध्यक्ष-उपाध्यक्ष, कार्यकर्ता और एक अकेली सोनिया गांधी।''जिसे देखो, उनके पास भागा जा रहा है। देश के हर नेता की सबसे बड़ी जरूरत सोनिया गांधी से मिलने जाने की है और सबसे बड़ी उपलब्धि सोनिया गांधी से मिल आना है।'

जो नेता जरा भी खुश, उत्साही दिखे, समझ लीजिए, वह सोनिया गांधी से मिलकर आ रहा है।

'वे मिलीं?'

'जी हाँ!' और वह मगन मन, मदमाते कदमों से आगे बढ़ जाएगा।

अगर आप उससे दो मिनट रुककर बताने का अनुरोध कीजिए कि क्या बातें हुईं, तो वह आँखें तरेरकर कहेगा, 'आज तक किसीने बताया जो मैं बताऊँ! उनसे बातें नहीं की जातीं, सिर्फ मुलाकात की जाती है।'

'मुलाकात ही सही; पर कुछ तो कहने आप गए ही होंगे।'

'कहने नहीं, प्रार्थना करने!'

'तो क्या प्रार्थना की आपने?'

'यही कि इस देश को डूबने से बचा लीजिए।'

'अच्छा! तब क्या कहा उन्होंने?'

'बताया न कि आपको नहीं बताएँगे।'

मेरा मुँह उतर गया। दो-चार और लोग सोनिया गांधी से मिलकर प्रसन्नचित्त लौट रहे थे और लोगों को रोक-रोककर बता रहे थे कि वे सोनिया गांधी से मिलकर आ रहे हैं। उन्हें मुझपर तरस आ गया। वे बताने को तैयार हो गए कि उनके और सोनियाजी के बीच क्या चर्चा हुई।

मेरा दिल बल्लियों उछलने लगा। इन दिनों का सबसे महत्त्वपूर्ण, सर्वाधिक तथ्यपरक, सबसे बड़ी वास्तविकता और सबसे जबरदस्त सस्पेंस मेरे सामने उद्घाटित होने जा रहा था।

'बताइए!' मैंने बेसब्र होकर कहा, 'क्या चर्चा की आपने उनसे?'

'मैंने उनसे कांग्रेस के विघटन पर चिंता व्यक्त की।'

'वाह! तो इसपर क्या कहा उन्होंने?'

'उन्होंने भी चिंता व्यक्त की।'

'विघटन रोकने का कोई उपाय निकला क्या?'

'अब उपाय क्या निकलना है!...विघटन रोकने की ही मंशा होती लोगों की तो विघटन होता ही क्यों!' उन्होंने तथ्योद्घाटन के लहजे में कहा।

'फिर भी आपसी एकता बनाए रखने की कोशिश!'

'वह तो हो ही रही है, सब तरफ से।'

'कैसे हो रही है?'

'सभी लोग अलग-अलग, बारी-बारी से जाकर अपनी स्थिति, पार्टी की स्थिति और वस्तुस्थिति उनके सामने स्पष्ट करने के बाद एकता और सद्भाव स्थापित करने की दिशा में अपनी पूरी सहमति व्यक्त कर रहे हैं।'

'क्षमा कीजिएगा; लेकिन यह तो कोई कोशिश नहीं हुई न कि आप लोग बारी-बारी से अपनी पार्टी के तंबू के सारे खूँटे उखाड़ डालिए और फिर उनके पास जाकर विनती कीजिए कि मैडम! जरा खूँटे फिर से गड़वा दीजिए। आप कांग्रेसी चादर को फाड़-चीरकर तार-तार कर डालिए और फिर उनके पास जाकर गुहार लगाइए कि चादर होगी ब हो ऽऽऽ त...'

'सो कोई बात नहीं।' उन्होंने मुझे रोकते हुए कहा।

'क्यों?'

'इसलिए कि यह सब करने के बाद हम उनके नेतृत्व में अपनी आस्था भी तो व्यक्त कर आते हैं।'

'वो कैसे?'

'बहुत आसानी से। इसके लिए हम लोग गुट बनाकर जाते हैं।...सोनियाजी पूछती हैं, 'आप लोग क्यों आए हैं?' तो सभी लोग कहते हैं, 'आपके दर्शन करने।' फिर वे थोड़ी परेशान होकर पूछती हैं, 'अच्छा, और कोई विशेष कार्य?' तो लोग उनके सेक्रेटरी से कह देते हैं कि 'हम लोग सोनियाजी के नेतृत्व में अपनी आस्था व्यक्त करने आए हैं।' वे शालीनता से मुसकराकर कहती हैं कि ओ.के., अच्छी बात है।'

'अच्छा, और किस उद्देश्य से जाते हैं आप लोग?'

'लीजिए, कोई एक-दो उद्देश्य हैं लोगों के पास। जाकर देखिए, झुंड-के-झुंड, कतार-के-कतार लोग खड़े हैं अपनी बारी का इंतजार करते। कुछ जा चुके हैं, कुछ जाकर लौट रहे हैं। उनसे जाकर पूछिए, आप क्यों गए थे उनके पास? तो

वे कहेंगे, अध्यक्ष पद ग्रहण करने से पूर्व उनका आशीर्वाद लेने। और आप? मंत्री पद छोड़ने के बाद उन्हें सूचित करने। और आप भाई साहब? कौन सी वाली छोड़ूँ और कौन सी वाली में जाऊँ, इस बारे में उनकी राय जानने।'

'इस मामले में वे भला क्या बता सकती हैं? ये तो आपके सोचने-समझने...'

'लेकिन उनसे कहना तो मेरा फर्ज बनता था न! नहीं तो मेरी निष्ठा व्यक्त होने से रह जाती।'

मैं चमत्कृत थी। अपने देश के लोग कितने दूरदर्शी हैं। वक्त-बेवक्त, गाहे-बगाहे के लिए एक सोनिया गांधी तैयार रखते हैं। खुद सोचने-समझने की जहमत उठाने, अपने कृत्यों पर शर्मिंदा होने और इस देश को रसातल में जाने से बचाने की कोशिश करने की जगह वे सोनिया गांधी से मिलने चले जाते हैं। मिलकर सारे दायित्वों से मुक्त हो जाते हैं। उनका मन शांत और चित्त प्रसन्न हो जाता है।

मेरे दाहिनेवाले सज्जन बाएँवाले की ओर इशारा करके फुसफुसाए, 'उनसे पूछिए न! वे मेरे बाद गए और मुझसे पूरे दस सेकंड ज्यादा ठहरे। पूछिए जरा।'

'सुनिए, आपकी सोनियाजी से क्या चर्चा हुई?'

'मैंने उन्हें देश की स्थिति से अवगत कराया।'

'झूठ बोलता है।' दाहिनेवाले सज्जन फुसफुसाए।

'देश की स्थिति से सोनिया गांधीजी अवगत नहीं हैं क्या?—पूछिए, पूछिए।'

मैंने पूछा, 'लेकिन आप तो दस सेकंड ज्यादा रुके थे। उसमें क्या कहा उन्होंने?'

'उन्होंने कहा कि अब मेरे लंच का समय हो गया है, आप कृपा करके जाएँ।'

एक तीसरे सज्जन बहुत उदास दीखे। मैं तत्क्षण समझ गई। पूछा, 'आप अभी तक नहीं मिल पाए न?'

'कहाँ! सुना है, तीन-चार दिनों तक कोई चांस नहीं। बहुत लंबी लाइन है।'

'तो आप तब तक प्रधानमंत्री से क्यों नहीं मिल आते? उन्हें भी देश की स्थिति से अवगत करा आइए।'

'गया था, नहीं मिले।'

'क्यों?'

'वे सोनिया गांधी से मिलने गए थे।'

'अच्छा आप? आप तो कल ही मिलने वाले थे न! क्या हुआ?'

'मिलने जा ही रहा था कि एक मतदाता बीचोबीच रास्ता काट गया। उसने

मुझे अपना अमूल्य वोट दिया था। देखते ही पहचान गया। हैरत और गुस्से से भरकर बोला, 'हमने तुम्हें अपना वोट देकर देश और सरकार का काम करने के लिए भेजा था या सोनियाजी से मिलने के लिए ?'

मैंने उसे बहुत समझाया कि 'देश का काम ही तो करने जा रहा हूँ। अपने देश का सबसे महत्त्वपूर्ण काम आज सोनिया गांधी से मिलना ही तो है। बिना उनसे मिले सरकार कैसे चलाई जा सकती है ?'

उसने आँखें तरेरकर मुझसे पूछा, 'देश और सरकार का मतलब जानते हो ?'

मैंने कहा, 'हाँ, देश अर्थात् गद्दी और सरकार अर्थात् सत्तर-ताकत।'

उसने क्षोभ से भरकर कहा, 'नहीं, देश अर्थात् जनता और सरकार अर्थात् जनता की देखरेख करनेवाली, उसका दुःख-सुख समझनेवाली।'

मैंने संबद्ध विभाग से अनुरोध किया है कि उस मतदाता को कुशल मनोरोग चिकित्सकों के संरक्षण में रखा जाए। मैं सोनियाजी से भी इस बात पर चर्चा···

□

रचनात्मक आयामों से बचते-बचाते

शहर में सनसनी सी है। हर शख्स एक-दूसरे के कान में फुसफुसाता नजर आ रहा है—'सुना आपने? साहित्य हाशिए पर चला गया है।' कवि लेखक को, लेखक संपादक को, संपादक समीक्षक को और समीक्षक वापस कवि को शक की निगाहों से घूर रहे हैं; मानो साहित्य को हाशिए पर डाल दिए जाने का कुकर्म उसीने किया है। फिर सब मिलकर अखबार और पत्रिका निकालनेवालों को, बेचनेवालों को और पढ़नेवालों को दोषी ठहराने लगते हैं कि हो-न-हो, इस कुकर्म की साजिश इन्हीं लोगों की रची हुई है। अजी साहब! इन अखबार निकालनेवालों की न पूछिए। कब किसको हाशिए पर डाल दें, कुछ ठिकाना है इनका! पहले साहित्यिकों को बारी-बारी किस्तों में हाशिए पर डालते रहे, इस बार लगता है, पूरे-के-पूरे साहित्य को ही इकट्ठे डाल दिया। वैसे भी इस देश में फुलस्केपों के दिन लद गए। अब तो हाशियों का जमाना है। वे फुलस्केपों से माल उठाते हैं और देखते-देखते हाशिए पर ला पटकते हैं। खाली हुई जगह में वापस हाशिएवाली कुरसियाँ पसरकर सुस्ताने लगती हैं। क्रिया-प्रक्रिया चलती रहती है। मक्कार होते हैं! आज की ताजा खबर, आज की ताजा खबर के नाम पर भ्रष्टाचारों, यौनाचारों और तमाम तरह के दुराचारों की नई होड़ लाइनों की हाँक से इनकी जबान नहीं सूखती; लेकिन कभी एकदम 'तरोताजा कहानी' (जो संपादक हमें हिदायतें देकर मँगवाया करते हैं) या 'गार्डेन-फ्रेश कविता' की आवाज बुलंद करते सुना है आपने इनको? सवाल ही नहीं उठता। कौन नामलेवा है साहित्य का? झोंके की तरह आए, अखबार डालकर चलते बने। डाल दिया आखिरकार साहित्य को भी हाशिए पर!

और ये पढ़नेवाले? अखबार खोलते ही पहले आखिरी पृष्ठवाला व्यंग्य कार्टून,

फिर उसके पहले दिया राशिफल, उसके बाद क्रिकेट की उखड़ी स्टंपें, शतरंज की पिटी मुहरें, बैडमिंटन, टेनिस की हिश्श-हुश्श और सबसे ऊपर तो शेयरों तथा चाँदी-सोने के उढ़कते-लुढ़कते भाव; इसी आपाधापी में लुढ़का दिया साहित्य को भी हाशिए पर।

कुछ कहिए तो भड़क जाएँगे—यहाँ सारा देश ही रसातल में जा रहा है और आपको साहित्य की पड़ी है! सारी दुनिया में त्राहि-त्राहि मची है। हत्या, आतंक, दुर्घटना, बलात्कार। सारी-की-सारी विघटनकारी शक्तियाँ सक्रिय हैं, बंधु! बस वही तो, यह यांत्रिक, व्यावसायिक, खुदगर्ज और आततायी…ये दुनिया अगर मिल भी जाए तो क्या है!…ब तर्ज जिन्हें नाज है किंद पर वो कहाँ हैं? कहाँ हैं? कहाँ हैं…छोड़ो भी बंधु! जहाँ भी हों, कौन सा हमें उनसे हवालों, घोटालों का लेटेस्ट सूचीपत्र मँगवाना है! संतन को कहाँ सीकरी सों काम…हम तो बस कलम के कारिंदे हैं। हमारा मोरचा कलम, हमारा 'ईमान-धरम, कुंठा-करम, सब कलम। हम दुनिया भले छोड़ दें, कलम थोड़ी छोड़ सकते हैं! सो, बस कलम चलती रहे (और सिर्फ मेरी चलती रहे)। कैसे? चाहे जैसे; चलती रहे। औरों की या तो चले ही नहीं या चले भी तो चर्चा को तरसती रहे। चर्चा ही तो कलम का इष्ट भी, अभीष्ट भी। अगर साहित्य चला जाएगा हाशिए पर तो सारी-की-सारी परचूनी चर्चाओं की समृद्ध परंपरा का क्या होगा? वैचारिक मुद्दों से भरी नौकाएँ अब किस घाट उतरेंगी? क्योंकि जिन घाटों पर मज्जन-स्नान करके हम लोग तिलक, त्रिपुंड्र लगाया करते थे, अखाड़े की मिट्टी शरीर पर लगाकर दंगल में उतरा करते थे वहाँ अब सन्नाटा है, क्योंकि साहित्य हाशिए पर चला गया है।

सन्नाटे से पीड़ित लोग मेरे दरवाजे का कुंडा खटखटाते हैं—

'क्या कर रही हैं आप?'

मैं कहती हूँ, 'क्या करूँगी, लिख रही हूँ और क्या!'

वे बिफरते हैं, 'कमाल है! जरा दीन-दुखियों की भी खबर रखा करिए। साहित्य में इतना जबरदस्त सन्नाटा छाया है और आप इस हादसे से अनजान, शोचनीयता से दूर लिखे जा रही हैं! अज्ञान, अप्रतिबद्धता और अकर्मण्यता की हद है।'

मैंने जन्मजात अपराध-बोध और आजिजी से भरे स्वर में पूछा, 'तो और क्या करूँ?'

उन्होंने कहा, 'सन्नाटा दूर करने की कोशिश।'

मैंने कहा, 'इसीलिए तो लिख रही हूँ।'

उन्होंने बिगड़कर कहा, 'लिखेंगी क्या खाक! लिखने की स्थितियाँ ही नहीं हैं···आपको मालूम है, साहित्य हाशिए पर चला गया है!' कहते हुए उन्होंने 'भारत दुर्दशा' शीर्षक नाटक से नकल टीप, टोपो मार, साहित्य दुर्दशा छाप रूमाल अपनी आँखों पर रख लिया।

मुझसे देखा न गया। उन्हें धीरज बँधाने की गरज से कहा, 'देखिए, यह जो कहा गया है न, उसे समझने की कोशिश कीजिए। यानी साहित्य को हाशिए से उठाकर वापस फुलस्केप पर लाने की कोशिश कीजिए। आप कहिए तो मैं कुछ मदद···'

उन्होंने खीझी नजरों से मुझे देखते हुए दयाभाव से कहा, 'यानी? आप लाएँगी साहित्य को हाशिए से वापस? इतनी आसान समझती हैं आप साहित्य की वापसी को?···यही तो विडंबना है, आप जैसे लोगों को पता ही नहीं कि पहले करना क्या है!'

मैंने अधीरता से पूछा, 'क्या करना है?'

उन्होंने कहा, 'सन्नाटे को तोड़ना है।'

'कैसे तोड़ेंगे?'

'इस तरह कि पहले आप चुप हो जाइए। हमें सोचने दीजिए।'

मैंने उन लोगों से कहना चाहा कि तब तो और भी ज्यादा सन्नाटा हो जाएगा; लेकिन कहने में डर लगा। कहा सिर्फ इतना—'मेरा इरादा सिर्फ साहित्य की इस शोचनीय स्थिति में आप सबको मदद पहुँचाना था।'

'आप जैसे अप्रतिबद्ध, अगंभीर और अस्तरीय लोग लिखना बंद कर दें, यही हमारी सबसे बड़ी मदद होगी।'

मैंने सहमकर हथियार डाल दिए, यानी कलम रख दी—'लीजिए, तथास्तु। अब?'

'अब आप चुपचाप बैठकर देखिए; सीखिए, साहित्य का सन्नाटा कैसे तोड़ा जाता है। कितने वैचारिक धरातलों, रचनात्मक आयामों, समकालीन परिदृश्यों, विपरीत ध्रुवों और व्यापक परिप्रेक्ष्यों में तोड़ा जाना चाहिए सन्नाटे को।'

और वे लोग जुट गए पूरी प्रतिबद्धता से। पहले उन्होंने अपने-अपने अखाड़ों की मिट्टी मल-मलकर वैचारिक धरातलों पर दंगल लड़े, रचनात्मक आयामों को उलट-पलटकर जाँचा-परखा। इस्तेमाल में लाने योग्य और नष्ट करने लायक उपादानों पर एक्सपायरी डेट का छापा मारा। समकालीन परिदृश्यों की जंग खाई मशीनों के पुरजे-पुरजे उधेड़ डाले। वापस, मरम्मती की जुगाड़ बैठाने की कोशिश

में जब अंजर-पंजर और ढीले पड़ गए तो विदेशी विशेषज्ञ बुलाए गए। अपनी टेक्नोलॉजी हमारे पास है ही कहाँ! सो वैश्विक परिप्रेक्ष्यों के साथ ठोंक-पीट, तोड़ा-फोड़ी की गहमागहमी चालू हुई, मंचों को आकार दिया जाने लगा। पुराने, फटे परदों की रँगाई-धुलाई कर, गोट, मगजी लगा टाँगा जाने लगा। और 'ता चढ़ि मुल्ला बाँग दे' की तर्ज पर सोए हुए साहित्य को—'जागिए रघुनाथ-कुँवर' की तर्ज पर जगाया जाने लगा।

लेकिन बाँग बेअसर रही। सन्नाटा अपनी जगह कायम। क्योंकि साहित्य वहाँ था ही नहीं। इन सारे ताम-झामों से दूर साहित्य कहीं लिखा जा रहा था, पढ़ा भी जा रहा था, समझने-समझाने की कोशिश भी जारी थी; बस, शोरगुल नहीं हो पा रहा था।

□

हाय, मैंने क्यों नहीं लिखा सीरियल?

इस प्रश्न का उत्तर मैं मुख्यतः दो स्तरों पर देना पसंद करूँगी। यूँ भी 'डबल स्टैंडर्ड मेंटेन' करना स्तरीय लेखकों, विशेषकर बुद्धिजीवियों की लाचारी होती है। आज का लेखक मात्र ऐसी तमाम लाचारियों का मारा होता है। उसीमें एक लाचारी यह भी। कुछ नया सोचने को बाध्य लोग चाहें तो इसे अनिवार्य आवश्यकता कह सकते हैं।

तो पहले स्तर का जवाब जानने के लिए सर्वप्रथम आपको इस वाक्य में से 'हाय' निकाल देना होगा? बाकी बचेगा—'मैंने क्यों नहीं लिखा सीरियल?'

अब मैं पूर्ण निर्द्वंद्व भाव से कमरे के अंदर चली जाऊँगी और बाहर भेजूँगी एक भाड़े का प्रवक्ता, जो सीधे-सादे पाठकों और भोलेभाले श्रोताओं को खासे नाटकीय अंदाज और गुरु-गंभीर लहजे में बहकाते, फुसलाते हुए यह वक्तव्य जारी करेगा कि—

'सूर्यबालाजी जैसी प्रतिबद्ध, प्रतिष्ठित लेखिका से टी.वी. सीरियल लिखने की उम्मीद करना अयातुल्ला खोमैनी से सलमान रशदी को माफ करने की उम्मीद करने जैसा ही है। सीरियल लिखने की तो बात ही क्या, उन्हें तो ये मुए सीरियल देखना, उनके बारे में बात करना तक मंजूर नहीं। यहाँ तक कि जब टी.वी. में ये मुए सीरियल आ रहे होते हैं तो उतने समय तक वे सेट के आजू-बाजू फटकतीं तक नहीं। बराबर अपना पाक-साफ दामन बचाए रखती हैं (क्षेपक—इमेज की लाचारी)। वे व्यावसायिकता के कीचड़ को अपनी रचनात्मकता के गंगाजल से बराबर धोती-फटकती रहती हैं और निष्ठावान् लेखकों को भी हमेशा साफ-सुथरा रहने की सलाह देती हैं।'

प्रवक्ता आगे कहेगा कि 'मेरे देखते-देखते जाने कितने सीरियल लिखानेवाले

आए और सरस्वती की इस वरदपुत्री की देहरी पर माथा रगड़-रगड़कर, एड़ी-चोटी का पसीना बहा-बहाकर लौट गए कि 'प्लीऽऽज! सूर्यबालाजी, कुछ भी आलतू-फालतू लिख मारिए (और आपके लिए तो यह खास मुश्किल भी नहीं), चलेगा। इस मंडी में सब चलता है—टके सेर भाजी, टके सेर खाजा। भाजी भी सड़ी-गली। इसलिए जो खाजा बेच सकते हैं, वे भी यहाँ सड़ी-गली भाजी ही लेकर आते हैं। ब्रेकफास्ट, लंच, टी और डिनर सबके लिए। दर्शकों के (वज्र के) कलेजे और सॉलिड हाजमे पर अटूट विश्वास है हमें, इसलिए कुछ भी दीजिए।'

'लेकिन मेरे देखते-देखते ही सूर्यबालाजी ने सबों को भगवा दिया। कुछ के लिए तो पुलिस भी बुलानी पड़ी (जो असूलन उनके चले जाने के बाद आई) और कुछ खतरनाक किस्म के निर्माताओं से तो वे ऐसी छुपीं जैसे सलमान रशदी छिपे हुए हैं। समझिए हफ्तों, महीनों तहखाने में भूमिगत रहीं। हवा-रोशनी को तरस गईं, मुई इमेज की खातिर! आन-बान की खातिर! बार-बार तहखाने का पटरा उठाकर पूछतीं—सीरियलवाले गए क्या? निकलूँ बाहर?'

ऐसा कहते हुए प्रवक्ता अचानक रुक गया। उसे याद आया कि वह तो भाड़े के लिए तय किए समय से ज्यादा बोल गया। बस, उसने घड़ी देखी, फौरन अंदर आकर भाड़ा वसूला और चलता बना। इसके साथ ही 'इति प्रथम स्तरे प्रवक्ता उवाच'।

अब आप अपने प्रश्न में बाकायदा वापस 'हाय' जोड़ लीजिए। इस दूसरे या कह लीजिए, भीतरी 'अस्तर' के जवाब के लिए आपको दीवारों के कान रूपी एरियल इस्तेमाल में लाने होंगे; क्योंकि इनसेट-बी यहाँ फेल हो जाता है। यह रिले सेंटर भी ब्रेकफास्ट आफ्टरनून, इवनिंग ट्रांसमीशन में नहीं बल्कि देर रात गए दिखाई जानेवाली वयस्क फिल्मों के समय से चालू होता है। वह भी चुने हुए घरबार के अति विशिष्ट दर्शकों के लिए। यहाँ आप एक दुःखित, कुंठित, त्रस्त, संत्रस्त, फ्रस्ट्रेटेड लेखिका का 'क्लोजअप' देख सकेंगे। इस क्लोजअप में सिर धुनती हुई लेखिका स्पेशल साउंड इफेक्ट के साथ आपका यही सवाल एक संवाद के रूप में बारंबार दोहराती हुई नजर आएगी—कि हाय, मैंने क्यों नहीं लिखा टी.वी. सीरियल? हाय, क्यों न फटका एक ऐरा-गैरा सा ही प्रोड्यूसर इस दरवाजे पर! फटका होता तो पूरे पंद्रह साल के साहित्यिक लेखन की 'कर्टसी' से जमा हुए दुःख-दारिद्र्य का सारा कचरा साफ हो गया होता। हमारे भी दिन लौटे होते, हमारे भी खाते खुले होते। बालवृंद जूते, टोपी से लैस हो जाते और हम स्विस बैंक के

एकाउंट से!

और फिर लिखने में क्या था! जैसे सब लिख रहे हैं, मैं भी लिख लेती। जहाँ अटकती, एक ही संवाद दसियों बार 'इको' करवा देती—ज्यादा टिकाऊ, ज्यादा असरदार बनाने की आड़ में। मिसाल के तौर पर 'कल रात तुम्हारे कमरे में कौन था?' इस वाक्य को लेते हैं। पहले, कहनेवाला इस वाक्य को दसियों बार दोहराएगा, फिर सुननेवाला अपने जेहन में हजारों बार इसपर मनन-चिंतन करेगा। एक्टर, डायरेक्टर, कैमरामैन और साउंड रेकॉर्डिस्ट—सब इसी एक संवाद पर मर मिटेंगे कि 'कल रात तुम्हारे कमरे में कौन था?' समझिए, आधे एपिसोड के लिए तो यह एक वाक्य ही काफी। सहूलियत-की-सहूलियत और सस्पेंस-का-सस्पेंस।

सबसे अच्छी बात, इस तरह के वाक्य हर किस्म के सीरियल में जोड़े जा सकते हैं—डिटेक्टिव सीरियलों से लेकर हास्यास्पद सीरियलों तक—जब कॉमेडियन कान खुजाते हुए जवाब में कह दे 'चूहा' और तत्क्षण दर्शकों के हँसने का इंतजार किए बिना हँसी का कैसेट बजा दिया जाए।

मेरी समझ से इस किस्म के संवादों की फुटकर बिक्री या नीलामी होनी चाहिए, जैसे सस्पेंस के शब्द (कल रात तुम्हारे कमरे में…), हीरो मार्का रोचक शब्द (जैसे—क्या तुम्हारे दाहिने बाजू पर उगते हुए सूरज का निशान है? नहीं! मेरे भी नहीं है, तब तो हम-तुम बचपन के बिछड़े भाई हुए)। विलेनों के लिए उपयोगी संवाद; कुँवारी माँ और बिन ब्याहे पिताओं के हिट संवाद; उनके बच्चों के संवाद (माँ! तू कितनी महान् है अथवा पापा, यू आर ग्रेट!) इसके अतिरिक्त भी गरीब प्रेमिका और अमीर मंगेतर के संवाद, चंद हँसनेवाले संवाद, बुक्का फाड़ रुलानेवाले संवाद…अनुभव से समझदार प्रोड्यूसर जल्दी ही समझ जाएगा कि दर्शकों को हँसाना हो तो रुलानेवाले संवाद और रुलाना हो तो हँसानेवाले संवाद खरीदने होंगे।

बहरहाल, सलाह-सुझावों का अटूट सिलसिला है, लेकिन कोई पारखी मिले तब न! यूँ मैंने सुना है कि मेरे द्वारा टी.वी. सीरियल न लिखे जाने को लेकर तरह-तरह की अटकलें, अफवाहें फैलाई जा रही हैं। कुछ लोगों का कहना है कि चूँकि मेरी हिंदी के संभ्रांत रुचि के पाठकों से पुरानी दुश्मनी है और दुश्मनी निभाने का इससे बेहतर तरीका और क्या हो सकता है कि घटिया चीजें लिख-लिखकर पाठक को बेजार और बोर कर दो? तो इस नीयत से मैं दोस्ती का न सही, दुश्मनी का कीर्तिमान स्थापित करने के लिए पिल पड़ी हूँ। अब अगर सीरियल लिखने

लगूँगी तो कहानी/व्यंग्य लेखन का काम मंदा पड़ जाएगा। हिंदी का संभ्रांत पाठक मुक्ति की साँस लेगा और हम दोनों के बीच पिंछले पंद्रह सालों से चली आती हुई जानी दुश्मनी का रिकॉर्ड टूट जाएगा। अस्तु।

सोचती मैं भी कुछ ऐसा ही हूँ। लेकिन क्या करूँ, दर्शकों के प्रति दुश्मनी का भाव उपजता ही नहीं; उपजता है तो बस दया और सहानुभूति का। और फिर मरे को मारने में क्या वाहवाही!

□

दो शब्द : डूब मरने की बात पर

यों कहने के लिए 'डूब मरना' अपने आपमें बड़ी लज्जास्पद बात मानी जाती है; लेकिन जरा गौर फरमाया जाए तो पता लगता है कि यह काम उतना शर्मनाक नहीं है जितना कि साहसिक और काबिलेतारीफ। और यह तो मानने से इनकार किया ही नहीं जा सकता कि डूब मरना कतई आसान काम नहीं; न यह सबके बूते की बात ही है। लोगबाग खुदकुशी के लिए तमाम नदी-पोखर तलाशते रह जाते हैं और डूबनेवाले चुल्लू भर पानी में ही काम चला ले जाते हैं। जाहिर है कि कुएँ-बावड़ी की अड़चनें बहाने भर हैं। वह काम दिलेरों का है। हमारे-आप जैसे तो सोचते-झिझकते रह जाते हैं उन आशिकों की तरह, जो ताउम्र माशूक की गली में तलाशते रह जाते हैं कि कहीं दो गज जमीन मिले तो एक आरामदेह कब्र खुदवाई जाए। कब्र खुदे कैसे? हिम्मत हो तब न। हिम्मते मरदाँ, मदद ए खुदा; और कब्र खुदवाने जैसे काम में तो खुदा खासतौर से दिलचस्पी लेता है। कहने का मतलब यह कि डूब मरने के आशिकों के लिए चुल्लू भर पानी का बंदोबस्त कोई समस्या नहीं। इंतजाम हो ही जाता है।

ताज्जुब की बात यह कि इतने थोड़े पानी में पशु-पक्षी, कीट-पतंग कोई नहीं डूबता—सिर्फ आदमजाद ही डूबते देखे जाते हैं। यह एक अहम सवाल है, जिसे साहित्य, कला और दर्शनशास्त्र के शोधार्थियों के लिए छोड़ा जा सकता है। विषय चाहे कितना छोटा हो, थीसिस में तीन सौ पेज तो भरे ही जा सकते हैं।

व्यावहारिक दृष्टि से देखें तो डूबकर मरनेवालों की आमतौर पर दो ही किस्में होती हैं—एक, डूबते हुए बचा लिये जानेवालों की और दूसरी, बचाते हुए डूब जानेवालों की। पहली स्थिति दूसरी से भी बदतर होती है।

बहरहाल, दोनों ही प्रकार की स्थितियों में कुछ सावधानियाँ आवश्यक हैं,

जो निम्नलिखित हैं—

अगर कोई व्यक्ति पानी में डूबते हुए 'बचाओ-बचाओ' चिल्ला रहा हो तो एकदम नादानों की तरह फौरन छलाँग मत लगा दीजिए। पहले तसल्ली कर लीजिए कि मूलतः उस व्यक्ति का इरादा आत्महत्या का तो नहीं था! क्योंकि आत्महत्या करनेवालों को प्रायः तैरना नहीं आता है; उन्हें बचाने के लिए कूदना अकसर खतरनाक होता है।

सावधानी नंबर दो यह कि खुद आपको तैरना आता है या नहीं। क्योंकि तैरना न आते हुए बचाने की कोशिश करना खुद डूब मरनेवाली बात हो जाती है। अकसर ऐसे लोग आत्महत्या के अपराधी से जाते-जाते एक 'मर्डर' भी करवा डालते हैं। आँकड़े बताते हैं कि पानी में डूबकर मरनेवालों की तुलना में डूबते हुओं को बचाते हुए मरनेवालों की संख्या ज्यादा होती जा रही है।

आत्महत्या के विचार से डूबनेवालों के लिए यह आवश्यक है कि अंत समय में वे अपने निश्चय से तनिक भी न डिगें; क्योंकि अड़ोस-पड़ोस तथा दोस्तों और दुश्मनों द्वारा बचा लिया जाना डूब मरने से कहीं ज्यादा जहमत भरा होता है। पुलिसवालों को पता लग जाए तो सीधे-सीधे कई सिफरों का जुर्माना या महीनों की मशक्कती जेल! (यद्यपि यह स्पष्ट है कि जुर्माने की रकम आपके पास होती तो डूब मरने की नौबत ही क्यों आती!) मेरा ऐसे कई लोगों से साबका पड़ा है, जिन्होंने अकेले में यह साफ-साफ स्वीकारा है कि अगर उन्होंने डूबते समय जरा भी सावधानी से काम लिया होता तो बचा लिये जाने का कुपरिणाम आजीवन न भोगना पड़ता।

मान लीजिए कि आप आत्महत्यावश नहीं, दुर्घटनावश ही डूब रहे हैं, तो भी समझदारी इसीमें है कि घबराएँ बिलकुल नहीं। अभी तक मैंने आकस्मिक दुर्घटनाओं से बचाव के जितने भी विवरण पढ़े हैं, सबमें इस बात पर विशेष जोर दिया गया है कि डूबते, जलते या गिरते समय घबराना बिलकुल नहीं चाहिए। कारण, घबराने से कोई फायदा नहीं और आज के युग में फायदे-नुकसान का हिसाब लगाए बिना कोई काम नहीं करना चाहिए।

डूबते समय एकदम होश-हवास खोकर चिल्लाने नहीं लगना चाहिए। चिल्लाने से आप थक जाएँगे। थकने से साँस जल्दी उखड़ जाएगी। नहीं चिल्लाएँगे तो साँस धीरे-धीरे उखड़ेगी। अच्छा यही होगा कि आप रास्ते की ओर नजर किए रहें—कोई आता-जाता हो तभी चिल्लाएँ···वरना वही बात—चिल्लाने से फायदा?

चीखने-चिल्लाने के बदले आप पूरी लगन से तैरने की कोशिश कीजिए,

तैरना न आता हो तब भी; कोशिश करे आदमी तो कौन सा काम नहीं कर सकता! और फिर न भी कर पाए तो भी कोशिश करना इनसान का फर्ज है—और फर्ज से बढ़कर दुनिया में कुछ नहीं।

डूबने से बचने का एक उपाय और है। अपने चारों तरफ देखिए, कोई तिनका वगैरह पकड़ने को मिल जाए तो पकड़ लीजिए। कहा भी है—डूबते को तिनके का सहारा। बुजुर्गों ने कहा है, बात गलत नहीं होगी। लेकिन मान लीजिए, तिनका भी नहीं मिलता है तो भी आप घबराइए तो नहीं ही; हिम्मत से काम लीजिए और···धीरे-धीरे डूब ही जाइए।

□

टेपरिकॉर्डर की गागर में सागर बनाम संस्कृति का बारहमासा

जब मैं पहुँची तो वे सो रहे थे। खर्राटों का मंद्र-मूर्धन्य स्वर चतुर्दिक् व्याप्त था। पार्श्व में दूरदर्शन गा रहा था—मिले सुर मेरा तुम्हारा···और दीवार पर टँगा था—अहर्निश सेवामहे···वातावरण निखालिस स्वदेशी।

यूँ खर्राटों के स्वर तो मुझे बाहर से भी सुनाई पड़ रहे थे, पर मैं समझी थी कि शायद 'सर' का हेलीकॉप्टर खराब हो गया है और 'सर' उसीकी मरम्मत कर/करवा रहे हैं। मुझे क्या मालूम था कि 'सर' सो रहे हैं। यही मेरे मुँह से भी निकल गया कि 'हाय, सर तो सो रहे हैं!'

बस इसी पर सेक्रेटरी बिगड़ गया, 'मैडम! वे राष्ट्र की प्रगति और विकास का सपना देख रहे हैं।'

'कब तक देखते रहेंगे?'

'जब तक सोते रहेंगे।'

मेरा मुँह इत्ता सा हो आया। रब्ब! अब्ब के होया! 'सेलीब्रिटीज ऑफ इंडिया' की अगली किस्त में ही तो 'सर' का इंटरव्यू जाना है। मैंने सेक्रेटरी से अपनी परेशानी कही। उसने अपनी असमर्थता में कंधे उचकाए।

हारकर मैंने माइक खर्राटों के सामने रख दिया। इसपर सेक्रेटरी बुरी तरह हड़बड़ा गया और उसने फौरन उन्हें पीछे से कोंच कर जगा दिया। माइक की तरफ इशारा भी कर दिया, फुसफुसाते हुए।

उनकी आँखें बमुश्किल थोड़ी सी खुलीं, 'कौऽऽन···'

मेरे मुँह से हकलाहट में निकल गया, 'जी···जी, मैं···'

यह उनकी आत्ममुग्धी परंपरा पर सीधा कुठाराघात था। बस वे हड़क गए।

बात भी ठीक थी।

'ये 'मैं' कौन? यहाँ तो सिर्फ मैं-ही-मैं हूँ।···एक म्यान में सिर्फ एक ही मैं समा सकता है···या फिर 'मय'।' और वे घुनघुनाकर हँसते हुए पूर्ववत् लुढ़क लिये।

'वाह! वाह! वाह!! क्या बात कही है 'सर' ने!' चमचे झाँझ-मजीरा बजा-बजाकर स्तुति करने लगे, 'कितने विनोदी, कितने सरल···कितने परंपरा-प्रेमी और उर्दू का कितना गहन अध्ययन! समझो, भाषा विवाद हल···बाबरी मसजिद हल···'

मैंने सेक्रेटरी से दुबारा अनुनय-विनय की। उसने चमचों को इशारा किया। वे सब वैसे भी स्तुति के बाद बोर हो रहे थे। अतः प्रसन्न मन सारे जुट गए मुझ अबला की मदद करने। सबों ने पहले 'जोर लगा के···हइश्शा···' वाले अंदाज में उन्हें उठाया, फिर मुँह धुला के बिठा दिया और तरह-तरह के करतब दिखा के, लतीफे सुना के उन्हें प्रसन्न कर दिया। तब वे बोले, 'हाँऽऽ तो कैसे आईं?'

'जी, इस टेपरिकॉर्डर रूपी गागर में आपके शब्दों का सागर भरने।' इस बार मैं तैयार थी।

'ठीक है, भरो।'

'सबसे पहले तो मैं आपके जगने पर अपनी तरफ से, सारे देश की तरफ से बधाई देती हूँ और उम्मीद करती हूँ कि आप चूँकि स्वयं जग गए हैं, इसलिए देश को भी जगाएँगे-ही-जगाएँगे।'

'हूँ···' उन्होंने विचारपूर्ण मुद्रा अपनाई। फिर एक को डपटा, 'देश अभी तक सोया ही भया है क्या? ऐं! लपक के देख तो जरा।'

'जाग गया है, मालिक, ये देखिए। टेलीविजन पर ब्रेकफास्ट कर रहा है।'

वे मेरी ओर देखकर बमके, 'तुम लोग बगैर समस्या की तह में गए गलत-सलत प्रचार करने लगती हो। न देखा, न सुना, सीधे मेरे सिर पर आकर सवार हो गईं कि देश को जगाइए, देश को जगाइए! अब तो सुन लिया न खुद अपने कानों से? जाइए अब, मेरा वक्त बरबाद मत कीजिए।'

मेरा देश की हालत पर नहीं, उनकी हालत पर भी नहीं, खुद अपनी हालत पर बुक्का फाड़कर रोने को दिल चाहा। मै उसी रुआँसी आवाज में गिड़गिड़ाई, 'गुस्ताखी माफ हो। आपको कुछ गलत आँकड़े और सूचनाएँ मिली हैं, सर। देश का हाल बेहाल है। बड़ी शोचनीय स्थिति है।'

वे सेक्रेटरी पर कड़के, 'क्या कहती है यह?'

'सरासर गलत, सर!' सेक्रेटरी लपककर आँकड़े ले आया, 'ये देखिए, सारे

देश में महोत्सव मन रहे हैं। हफ्ते में दर्जनों फूहड़ फिल्में, सैकड़ों हास्यास्पद सीरियल्स देखता अपना देश मस्त है। हमारे पास अभी हॉकी, फुटबॉल के गोल्ड कप टूर्नामेंटों का इतना विशाल भंडार है कि अगले दो वर्षों तक तो किसी शहर क्या, गाँवों तक में किसी नए टूर्नामेंट की जरूरत ही नहीं। किस बात की कमी है देश को?'

इसपर चमचों ने वापस करतल ध्वनि कर दी। तब तक जाने किस छुटभैये ने भूल से चैनल बदल दिया—मुझे तुमसे कुछ भी न चाहिए।

मुझे मेरे हाल पे छोड़ दो···

मुझे मेरे हाल पे छोड़ऽऽदो···

'यह कौन इतने करुण स्वर में गा रहा है?' उन्होंने आँखों पर रूमाल रखते हुए पूछा।

चमचा तुतलाता था, 'चित्रहाल है, हुजूल। अपना देश गा लिया है।'

अब वे चौंके, 'अपना देश! नहीं-नहीं, इसे इसके हाल पे कैसे छोड़ सकते हैं! इसे इसके हाल पे छोड़ देंगे तो हमारा क्या होगा? ऐं! इसे तो इसके हाल पे हरगिज नईं छोड़ना···भई नईं छोड़ना···ऐसा करो, इससे बहला-फुसलाकर पूछो कि आखिर क्या चाहिए इसे?'

'खब्ती है, हुजूर! पूरा सिरफिरा! बस एक ही रट लगाए जा रहा है—मुझे मेरे हाल पे छोड़ दो।···'

वे चिंतित दिखे, 'तो ऐसा करो, उसे थोड़ा बहलाओ, फुसलाओ, महोत्सवों के मेले-तमाशे में घुमाओ, वन-डे क्रिकेट के रिप्ले दिखाओ। न हो तो थोड़े जहरीली शराबों के उत्पादन के ठेके और लाइसेंस दिलवा दो। जितने भी हो सकें, महत्त्वपूर्ण समझौतों और शांति वार्त्ताओं से उसकी झोली भर दो। और तब देखो, क्या असर पड़ता है!'

'जो हुक्म, हुजूर!' कहता हुआ सेक्रेटरी पिछले दरवाजे से निकला और छुटभैयों को इशारा कर चैनल बदलने का इशारा किया। अब चैनल पर आ रहा था—

'दुःख भरे दिन बीते रे भैया
अब सुख आयो रे···
रंग जीवन में नया लायो रे···'

वे खिल उठे, 'देखा! मैं कहता था न, रंगीन टी.वी. आने से सबके जीवन में रंगीनी आ जाएगी। वह हमारे सुर में सुर मिलाकर परंपरा और संस्कृति का बारहमासा

गाने लगेगा ?' कहते-कहते उन्होंने मुँह में डमाडम भरी तांबूल संस्कृति की पिचकारी पीकदान में दे मारी।

मौका देखकर मैंने फौरन पीकदान पीछे कर टेपरिकॉर्डर की गागर आगे सरकाई, 'कुछ शब्द हमारी परंपरा और संस्कृति पर भी उलीचिए, सर!'

'हमारी परंपरा और संस्कृति!' उन्होंने लपककर माइक को दबोच लिया, जैसे परंपरा और संस्कृति को ही दबोच रहे हों, 'बड़े आला दरजे की है हमारी संस्कृति। पूरी दुनिया घुमाकर इसे फॉरेन रिटर्न बना दिया अब तो, क्या जानती हो! ऊपर से अपनी नई एक्सपोर्ट क्वालिटी संस्कृति के बड़े पैमाने पर उत्पादन के लिए तकनीकी दृष्टि से हम पूर्ण आत्मनिर्भर हो गए हैं!...किसी तरह की तंगी नहीं होगी देश को। अब अपनी संस्कृति (नई तकनीकवाली) को लोकल, राष्ट्रीय और अंतरराष्ट्रीय, किसी भी लेवल पर, किसी भी एंगल से भुनाया जा सकता है, फटे ढोल की तरह बजाया जा सकता है और इस तरह देश को और ज्यादा खुशहाल बनाया जा सकता है। यही हमारी कोशिश है।'

'जी, बहुत-बहुत धन्यवाद, सर! अच्छा, एक जरा सा आखिरी सवाल—भ्रष्टाचार...'

वे मुसकराए, 'शास्त्रों में कहा है—विषस्य विषौषधम्—अर्थात् भ्रष्टाचार ही भ्रष्टाचार को मिटा सकता है। हम इसी कोशिश में लगे हैं।...और हमें विश्वास है कि हम होंगे कामयाब।...'

□

भारतीय रेल का फलित ज्योतिष अथवा 'हे गाड़ी! तू बोल…'

कल्पना कीजिए, सारी दुनिया एक गाड़ी है और हम-आप मुसाफिर। जब जिसका स्टेशन आता है, उतर जाता है। लेकिन सारी दुनिया में भारतीय रेल ही एकमात्र ऐसी गाड़ी है, जिसमें यात्रा कर रहे मुसाफिर का स्टेशन कभी आता ही नहीं।

तब उसके लिए यात्रा अनंत हो उठती है। वह सदेह, सशरीर इस लोक, इस देश और इस गाड़ी में ही अनंत यात्रा का लुत्फ उठाने को बाध्य हो जाता है। यहाँ तक कि एक बार इस लुत्फ के हाइपरटेंशन से बेसब्र हुआ मेरा एक सहयात्री सीधे महायात्रा पर निकल गया। जो नहीं निकले उनका वृत्तांत आगे की पंक्तियों में मैं सोदाहरण प्रस्तुत करने का प्रयत्न करूँगी।

मान लीजिए, मैं बनारस से मुंबई आ रही हूँ, या कहीं-से-कहीं जा रही हूँ और भारतीय रेल की एक गाड़ी के एक डिब्बे विशेष में बैठी हूँ—इस उम्मीद, इस विश्वास के साथ कि यह गाड़ी एक-न-एक दिन मुझे मेरे गंतव्य तक पहुँचाएगी।

इस प्रकार अपने आपको गाड़ी के हवाले करने के बाद मैं चारों तरफ का जायजा लेती, आश्वस्त हो सो जाती हूँ। सुबह उठने के बाद मैं पाती हूँ कि मैं तो यथास्थान, यथास्थिति हूँ। गाड़ी तो चल ही नहीं रही। विश्वास नहीं आया। गाड़ी और न चले! क्या मजाक करते हैं! होश में तो हैं? होश में आप आइए। यह गाड़ी पूरे साढ़े सात घंटों से बिलकुल चली ही नहीं।

क्या मतलब? मतलब यह कि आप पिछली रात चढ़ी थीं न! जी हाँ, चढ़ी थी। किस स्टेशन पर चढ़ी थीं? मुगलसराय स्टेशन पर चढ़ी थी।…तो देख लीजिए, गाड़ी स्टेशन से ग्यारह मील दूर जंगल, पहाड़ी, लता-द्रुमों के बीच पुलिया पर

खड़ी है। मैंने गौर से देखा, बात सही थी।

मेरे सामने अनेक सच उद्‌घाटित होने लगे। सचमुच, जब से मैं चढ़ी, गाड़ी को खड़ी ही देखा। शायद रात में मेरे सोने के बाद थोड़ा-बहुत चली हो। उठने के बाद से और होश सँभालने के बाद से तो खड़ी ही है। कभी स्टेशन पर, कभी स्टेशन से पहले और कभी स्टेशन के बाद। हर खड़ी हो सकनेवाली जगह पर और हर खड़ी न हो सकनेवाली जगह पर भी।

क्यों भाई साहब! क्या बात है? गाड़ी चल क्यों नहीं रही?…अभी लाइन क्लियर नहीं है। अब इंजन बदला जा रहा है…अब? आगे पटरी बन रही है…अब? कई लोग फारिग होना चाहते हैं, कुछ सहयात्री फुसफुसाते हैं। लेकिन डिब्बे में तो टॉयलेट है ही। वहाँ पहले से ही ठुँसकर बैठने की व्यवस्था कर ली गई है न!…और फिर पानी इत्यादि भी रात भर में समाप्त। खैर…अब तो वे लोग वापस आ गए न! जी हाँ, देखिए न, गाड़ी हिली मात्र और पुनः रुक गई। क्या हुआ, भाई? युवा वर्ग का कॉलेज निकट था, अतः चेन खींचकर रोक ली गई। युवा शक्ति का श्रम और समय वृथा क्यों नष्ट किया जाए!

हिलती-डुलती, लड़खड़ाती गाड़ी अगले स्टेशन से ठीक पहले पुनः खड़ी थी। यह रहस्यवाद, यह पहेली मुझे समझ में नहीं आ रही थी कि गाड़ी उस स्टेशन से ठीक पहले आखिर क्यों रुक जा रही है जिसपर उसे रुकना है? जवाब मिला, क्योंकि वह निर्धारित लक्ष्य है और लक्ष्य तक पहुँचने में पर्याप्त समय तो लगना ही चाहिए।

लक्ष्य तक पहुँचने के निर्धारित लक्ष्य की प्रतीक्षा से ऊबे हुए बेसब्र बच्चे पूछते हैं, 'मम्मी! गाड़ी कब चलेगी?'

'चलो, उतरकर पूछते हैं, मुन्ने।' सो हम बाहर उतरे। प्लेटफॉर्म तक आए। देखते क्या हैं कि कई लोग क्यू में सोए पड़े हैं। कुछ भोजनादि से निवृत्त हो रहे हैं, कुछ नहा-धो रहे हैं, ताश खेल रहे हैं, अखबार पढ़ रहे हैं। (कि अपना देश कितना चौमुखी विकास कर रहा है) लेकिन जब मैंने उनसे पूछा तो पता चला कि वे सबके सब गाड़ी का इंतजार कर रहे हैं।

'किस गाड़ी का?'

'कोई भी, जो चलती हो।'

मैंने हर्षातिरेक से कहा, 'आपको भी चलनेवाली गाड़ी का इंतजार है? मुझे भी।' और हम दोनों की आँखों में आँसू आ गए, समानधर्मी खुशी के। हमने एक-दूसरे को शुभेच्छाएँ दीं, 'आपकी यात्रा शुरू हो।' यह भी कि हमें हिम्मत

नहीं हारनी है, क्योंकि हिम्मते मरदाँ, मदद ए खुदा (बशर्ते खुदा भी इस गाड़ी में न बैठा हो)।

'आइए, मैं आपकी मदद करता हूँ।' मैंने पलटकर देखा, आवश्यकता के आविष्कार रूप कई ज्योतिषी ट्रेन के 'अराइवल' टाइम का भविष्यफल बताने के लिए फेरी लगा रहे थे। मैंने पिंड छुड़ाने की गरज से कहा, 'हमारे पास टाइम टेबल है। उसमें अराइवल टाइम लिखा है न!'

'क्या लिखा है?'

'सवा सात बजे।'

ज्योतिषी मुसकराया—'सवा सात बजे पहुँचने का लक्ष्य है। यानी निरंतर कोशिश करते हुए एक-न-एक दिन यह गाड़ी लक्ष्य तक पहुँचेगी जरूर। लेकिन जहाँ तक लक्ष्य और आँकड़ों का प्रश्न है, यह अभी तक सवा सात बजे पहुँच नहीं पाई। अतः आज गाड़ी कब पहुँचने वाली है या नहीं पहुँचने वाली है, इसका भविष्यफल हमारे अतिरिक्त आपको कोई नहीं बता सकता।'

'वाह! क्यों नहीं? वह पूछताछवाला काउंटर जो है।' मैंने उँगली उठा दी।

ज्योतिषी दर्शन और रहस्यवाद का संयुक्तांक बना मुसकरा दिया—'मैडम! भारतीय रेलों के 'अराइवल' और 'डिपार्चर' फलित ज्योतिष किसी पूछताछ ऑफिस के कर्मचारी के बस का नहीं। पूछकर देख लीजिए। वे ऊँघेंगे, टालेंगे, कतराएँगे, बहकाएँगे; लेकिन सही समय नहीं बता पाएँगे। लेकिन हम तो अनुमानित समय से लेकर निर्धारित समय तक के गृह स्थानों के ब्योरे के साथ-साथ आपकी यात्रा और गाड़ी की कुंडली का मिलान कर संपूर्ण फलित बता देंगे। एक बार हमें आजमाकर तो देखिए।' हमने आजमाया।

उन्होंने बताया, 'आप जिस डिब्बे में यात्रा कर रहे हैं उसकी खिड़कियाँ हवाला कांड की तरह खुली होंगी और दरवाजा प्रधानमंत्री कार्यालय की फाइलों की तरह गायब। उसका एक संडास, जिसका मुँह उत्तर दिशा की तरफ होगा, सूखाग्रस्त इलाके की तरह सूखा होगा। कहीं पानी नाम की बूँद नहीं। और दक्षिण दिशावाला पाइप फट जाने से पूरी तरह जलमग्न। वॉश-बेसिन के शीशे टूटे होंगें हमारे भविष्य की अंधी योजनाओं की तरह। शटर खुले होंगे नेता के सौभाग्य की तरह। सिटकिनियाँ जाम होंगी जनता के दुर्भाग्य की तरह।'

सुनते-सुनते भारतीय ज्योतिष विद्या में हमारा विश्वास पक्का से पुख्ता होता चला गया। वर्तमान सबका सब सही। बस भविष्य पर आकर यहाँ भी चक्का जाम हो गया। फलित नहीं फला, गाड़ी नहीं चली। ज्योतिषी ने बताया था कि चूँकि

आपका सूर्य अपने घर का बलवान् है, अतः जिस गाड़ी में आप बैठेंगी उसे चलना चाहिए; लेकिन भारतीय रेल के सामने सूर्य ने भी घुटने टेक दिए।

अजब आलम था। किस पर विश्वास किया जाए, किस पर नहीं। हमें बचपन में बताया गया था कि एक जमाने में भारतीय रेलों की गाड़ियाँ चला करती थीं। बल्कि कभी-कभी छूट भी जाया करती थीं। (खैर, वह अंग्रेजों का जमाना था, गारत ऐसे जमाने पे) तो जाहिर है कि यह गाड़ी भी कभी-न-कभी चलती जरूर होगी; लेकिन इसकी गति कुछ समझ में नहीं आ रही···चल रही है, नहीं चल रही है, रेंग रही है या रुकी हुई है। अर्थात् गति इतनी सूक्ष्म कि 'अविगत गति कछु समुझ न आवै···'

चिंतन की प्रक्रिया चल रही है। पता नहीं इस गाड़ी के मन में क्या है। कुछ तो जरूर होगा। तो हे गाड़ी! तू बोल! अपनी अडोल स्थिति, मुद्रा का रहस्य खोल! शायद तेरे मन में···

आज के भारतीय मानस में द्विधा है, द्वंद्व है, भय है, आतंक है। उम्मीद की एक छोर से ज्यादा हताशा का भीगा कंबल है···

कि चलूँ या न चलूँ!···कहीं चलते-चलते फिर कोई दुर्घटना न घट जाए। कहीं पटरी से न उतर जाऊँ···(आत्मविश्वास की कमी) कहीं मालगाड़ी के डिब्बे पर न चढ़ जाऊँ। कहीं रेलमंत्री के इस्तीफे का कारण न बन जाऊँ। कहीं धुआँधार एक्सीडेंटों के बावजूद इस्तीफा न देने का कारण न बन जाऊँ···

और कहीं रोते-कलपते, अँटे-ठुँसे, चीखते-पुकारते, गाड़ी में यात्रा करने के नाम पर हर शै, हर सजा से गुजरते यात्रियों के सब्रतोड़ बाँध का कहर न टूट पड़े मुझपर कि प्लेटफॉर्म पर पहुँचते-न-पहुँचते तोड़-फोड़, तहस-नहस और चीख-पुकारों के बीच घटना की न्यायिक जाँच के लिए खड़ी रह जाऊँ···

क्योंकि तोड़-फोड़, नुकसान और सत्यानास तो मेरा होगा न!···रेलमंत्री का क्या है! किसी तरह इस्तीफा दिया भी तो अगले महीने कृषि विभाग या किसी और विभाग का कार्यभार सँभाल लेंगे।

□

मेरी आनेवाली फिल्म की रूपरेखा

चूँकि पिछले दो दशकों से लगातार कथा, उपन्यास और व्यंग्य लेखन के क्षेत्र में तलवार भाँजने के बावजूद मैं अलग से स्त्री-चेतना और नारी-स्वातंत्र्य जैसे विषयों पर कुछ जोरदार, दबंग और बोल्ड नहीं लिख पाई हूँ, मेरे आलोचकों का कहना है कि आपके नारी पात्र न तो जमकर (बात-बेबात) विरोध करते हैं, न जुल्मोसितम के चक्कर में हड़ताल का नारा ही बुलंद करते हैं। सिर कटाने और भूख हड़ताल की धमकी देना तो दूर की बात है, आप तो नारी शोषण के खिलाफ परचम लहरानेवाली कोई तेज-तर्रार नायिका तक हिंदी साहित्य को नहीं दे पाईं। यह कितने शर्म की बात है।

अत: इस शर्मिंदगी और आत्मधिकृति से बचने के लिए सोचती हूँ, क्यों न प्रायश्चित्तस्वरूप एक नारीवादी फिल्म ही बना डालूँ। इससे एक तो महिला कथाकार और सिनेमा के रिश्ते ज्यादा प्रगाढ़ और सौहार्दपूर्ण होंगे, दूसरे घर-परिवार की इकॉनॉमी सुधरेगी—और सबसे बढ़कर करोड़ों की बात करनेवाला सिनेमा कौड़ियों के मोल आँके जानेवाले साहित्य का लोहा मानने को भी मजबूर होगा।

अपनी इस नारीवादी फिल्म में मैं सीधम-सीध, पूरी बेबाकी और बेखौफी से वह सब करूँगी जो साहित्य में, लेखन में चाहकर भी नहीं कर पाई—अर्थात् मेरा रोल काफी बोल्ड, दबंग और लीक से हटकर होगा।

उदाहरण के लिए, अपनी फिल्म के पहले ही दृश्य में मैं पति को पत्नी से पिटता हुआ दिखा दूँगी, अर्थात् शुरुआती सीन ही 'हिट'। इससे खुद पर बकाया साहित्य का (परंपरा से विरोधवाला) कर्ज तो उतारूँगी ही, नारीवादी लेखन के इतिहास में एक शिलालेख अपने लिए आरक्षित करवा लूँगी, सो अलग। पुरुष के प्रति आक्रामकता और विरोध दर्ज हो जाने से स्त्री दर्शकों के अंदर एक नए प्रकार

का आत्मविश्वास पैदा होगा और उनमें संकल्प शक्ति की बढ़ोतरी होगी।

स्त्री-पुरुष समानता आज का सबसे ज्यादा बिकनेवाला विषय है। अत: मेरी फिल्म में पत्नी शराबी-कबाबी होगी, पति सूधी गाय···या बैल कह लीजिए—यह प्रेमचंद की कहानी 'दो बैलों की जोड़ी' की जगह सिंगल बैल की मदद से ही आगे बढ़ेगी तथा प्रकारांतर से पशुओं पर होनेवाली डॉक्यूमेंटरी के भारतीय पेनोरमा में भी शामिल की जा सकेगी। बहरहाल, पत्नी बात-बेबात पति को मारेगी, पीटेगी, प्रताड़ित करेगी; पति हाल-बेहाल रोते हुए उससे अपने चरणों में पड़े रहने देने की गुजारिश करता रहेगा। जरा सोचिए, सदियों से चली आती स्त्री की गुलामी प्रथा का यह उन्मूलक क्षण समूची स्त्री जाति और मानव सभ्यता के लिए कितना रोमांचक होगा। अब्राहम लिंकन की आत्मा ओवर शैडो होकर मुँह छुपाती घूमेगी। सदियों पहले भारत ने समूचे विश्व को धर्म और अध्यात्म दर्शन की समृद्ध परंपरा सौंपी थी। आज इतने वर्षों बाद एक भारतीय लेखिका की यह फिल्म सारी दुनिया में स्त्री-चेतना की हिट परंपरा की पुख्ता बुनियाद रखेगी।

स्त्री-पुरुष समानता के दूसरे चरण में कुछ तहलका मचा देनेवाले वैज्ञानिक आविष्कारों के फलस्वरूप पति गर्भ धारण करेगा (करना क्या, उसे करना पड़ेगा दबावों के तहत···) और एक 'बेटे' के रूप में अपने दुर्भाग्य को जन्म देगा (जबकि पड़ोस के घरवाले पति को एक बेटी पैदा होगी)। कहने की आवश्यकता नहीं कि बेटा जनने की पति पुरुष की कमअक्ली और हिमाकत पर पत्नी उसे ताने-तिशनों से बेध डालेगी और लानतों-मलामतों की बेहिसाब बदसलूकियों के साथ पेश आएगी। तैश में आकर लोगों द्वारा रोके जाने के बावजूद दो-चार हाथ भी जमा देगी। लेकिन पति एक 'आदर्श भारतीय पुरुष' की तरह उसका बुरा न मानते हुए अपनी नियति समझकर स्वीकार लेगा।

कुपोषण के बावजूद बेटा किसी तरह जी जाएगा, लेकिन रहेगा दुबला-सींकिया ही। उम्र बढ़ने पर उसका बाहर निकलना, रास्ता चलना बंद कर दिया जाएगा, क्योंकि पड़ोस के घरवाले पति को जनमी लड़की अब बड़ी होकर कराटे के दाँव में पारंगत होने के साथ-साथ स्वस्थ, सुदर्शना और कद्दावर भी हो गई होगी। अब उम्र पर आई लड़की तो गली-मुहल्ले के लड़कों पर डोरे डालेगी ही, छेड़-छाड़ करेगी ही। तो अपने ही मुहल्ले की इस कद्दावर लड़की की बुरी नजरों से अपने सींकिया लड़के की 'इज्जत-आबरू' बचा ले जाने की पूरी जिम्मेदारी लड़के के निकम्मे बाप की ही तो हुई!

परंपरा की धज्जियाँ उड़ाती मेरी इस फिल्म में इस कद्दावर लड़की को

देखते ही बेचारे सींकिया लड़के की रूह काँपने लग जाएगी, घिग्घी बँध जाएगी। उसे मिरगी के दौरे तक पड़ने लग जाने की आशंका है और विश्वस्त सूत्रों के अनुसार, वह गली-सड़क के चौराहे पर मुँह से झाग उगलता दृष्टिगत होगा। इन सच्चाइयों तथा उड़ी अफवाहों की वजह से बेचारे लड़के के बीमार और नाकाबिल होने की सूचना आधिकारिक सूत्रों में बदल जाएगी और अपने तो अपने, गैर मुहल्लों और शहरों तक की लड़कियों से उसके विवाह हो जाने की संभावना मिट्टी में मिल जाएगी। इस 'माटी-मिले' की तकदीर के अंजर-पंजर ढीले हो जानेवाला फलसफा ही मेरी फिल्म में जान फूँकनेवाला ऑक्सीजन सिलेंडर सिद्ध होगा। खासकर इस मोड़ पर उस बेचारे अबला और अनब्याहे लड़के की कहानी कितनी हृदय-विदारक हो जाएगी, इसकी कल्पना पाठक भलीभाँति कर सकते हैं।

मेरी फिल्म का अगला 'अटैक' अथवा छापा हमारे दिमागों में सदियों से पैठी रूढ़िवादी सोच और पिछड़ेपन के खिलाफ होगा। हम बनी-बनाई रूढ़ियों पर ही सोचने के अभ्यस्त हैं—जैसे अमुक काम स्त्री का है, अमुक काम पुरुष का। पुरुष लंबा-चौड़ा कसरती जवान ही दिखना चाहिए, स्त्री दुबली-पतली, कोमल, कमसिन ही—क्या है यह सब? सिर्फ सड़ी-गली पुरानी मान्यताएँ ही तो। अतः मेरी फिल्म में इसपर सख्त एतराज दर्ज किया जाएगा। हीरोइन लंबी-चौड़ी गामा सी दिखेगी। कटे बाल, भुज विशाल, उन्नत भाल। हीरो दुबला, शर्मीला, कमसिन और नाजुक (बानगी आप देख ही चुके हैं)। 'इमेज' के खतरे से दोनों मुक्त। फिल्म लाइन में तो एक-से-एक आला दरजे की टैलेंट को 'इमेज' की बोतल में भरकर उसके कैरियर पर कॉर्क लगा दिया जाता है। अतः मेरी फिल्म में नायक-नायिका से लेकर दर्शकों तक को 'इमेज' के पूर्वग्रहों से पूरी तरह मुक्त रखने की कोशिश की जाएगी। सबकुछ नया और ताजगी से भरपूर।

यूँ भी जरा गौर से सोचें तो जब महिलाएँ पुरुषों के कार्य करती हुईं ज्यादा प्रगतिशील, ज्यादा आत्मविश्वस्त और आधुनिक मानी जाती हैं। उनके पुरुषोचित करतबों को जरा भी हास्यास्पद नहीं माना जाता तो स्त्री सुलभ कार्यों को संपन्न करते हुए, स्त्री सुलभ भावों को दरशाते हुए, उठते-बैठते, मुसकराते और लज्जा से आरक्त होते पुरुष ही भला क्यों हास्यास्पद माने जाएँ? यह तो पुरुष समाज के साथ ज्यादती होगी। इस निहायत पिछड़ी, भेदभाव की राजनीति को समाप्त करना होगा। साथ ही जीवन के जिन व्यापक अनुभवों से पुरुष जाति वंचित रही है, जिनको सिर्फ नारी ही भुगतती आई है, वे अनुभव भी पुरुष समाज को सुलभ कराने में मेरी फिल्म का महत्त्वपूर्ण योगदान होगा। अतः मैं अपनी इस फिल्म की

नायिका को इस बात पर राजी करने की कोशिश करूँगी कि प्रेम संबंधों, विवाह संबंधों आदि को लेकर वह, जहाँ तक हो सके, स्वयं को पिछड़ेपन और रूढ़ियों से मुक्त रखे, दकियानूसी न बने। सामाजिक बंधनों एवं लोक-मर्यादा और लोक-लज्जा जैसी चीजों से ऊपर उठने की कोशिश करे। इस दिशा में सबसे पहले तो एक पतिव्रतावाली पुरानी मान्यता के खिलाफ बगावत का बिगुल बजाना जरूरी है। खुलेआम एक के बाद एक चार-छह पुरुष संबंधों का इजहार करते हुए उसे अपनी बौद्धिक और रचनात्मक आवश्यकता के रूप में प्रमाणित करे। चार-छह नारीवादी पत्रिकाओं में अपने इंटरव्यू छपवाए, जिससे शेष बची नारियाँ भी उससे प्रेरणा लेकर इस दिशा में प्रवृत्त हो सकें।

अपनी फिल्म के माध्यम से यह सब दिखाने के मूल में मेरी मंशा यही है कि सदियों से प्रताड़ित नारी की सारी दमित इच्छाएँ पूरी हो जाएँ। उसके दिल में कोई कुंठा या हीनभावना न रह जाए, न यह मलाल ही कि वह अभी भी पुरुषों को मिलनेवाली सुविधाओं से वंचित रखी जा रही है।

मैं कल्पना कर रही हूँ कि मेरी इस फिल्म को खरीदने के लिए वितरकों में होड़ लगी है, सिनेमा हॉलों में महीनों आगे तक की एडवांस बुकिंग चालू है, हजारों में टिकट ब्लैक हो रहे हैं, लाठियाँ चल रही हैं, सिर फूट रहे हैं, नारी कल्याण में प्रवृत्त संस्थाएँ, संगठन, छोटे-बड़े समूहों में इस फिल्म को देखने-दिखाने की दिशा में पहल कर रहे हैं। महिलाएँ मेरे दीर्घायु होने की कामनावाले मंगल गीत रच रही हैं। स्वयं मेरे दरवाजे पर पत्रकारों की भीड़ को नियंत्रित करना मुश्किल पड़ रहा है। ग्लॉसी आवरणवाली रंगारंग पत्रिकाओं में मेरे चित्र और इंटरव्यू दनादन छप रहे हैं—सामाजिक संस्थाएँ मुझे सम्मानित करने की होड़ा-होड़ी और गहमागहमी में व्यस्त हैं। निमंत्रणों के लिफाफों से लेटर बॉक्स ठुसा पड़ा है। ब्रिटेन की लेबर पार्टी ने नोबल पुरस्कार के लिए प्रस्तावित फूलनदेवी के नाम का आइडिया बदलकर मेरा नाम प्रस्तावित करने का निश्चय किया है।

वे कामयाब हों, ऐसी मेरी प्रार्थना है।

□

बोल री कठपुतली

हे सखी! आज मेरे पति को न जाने क्या सूझी। सुबह-सुबह उठते ही पान-सुरती, जरदा-खैनी का हुँकारा लगाने के बदले मेरे लिए 'फौरन हाजिर हो' का हाँका लगाया और दम-के-दम ऑर्डर मार दिया—

'जल्दी से नहा-धो के पढ़ी-लिखी लुगाइयों सरीखी जरा ठीक-ठाक साड़ी पहन ले। मूँड़ मत ढाँकना, बस साड़ी का पल्लू बच्चों से कट्ट के कंधे पर पिन से टँकवा लेना जरा ढंग से। (तेरा ठिकाना नहीं, जनम की लसड़-पसड़ ठहरी) और हाँ, हाथ में एक बैग जरूर लटका लेना, लेडिस लोगों सरीखा।'

मैं महामगन, हैरान। इतरा के बोली, 'काहे ? कौनो खेल-तमासे में जाना है का? चलिए, भला आपको फुरसत तो मिली मेरी खोज-खबर लेने की।'

वे गरजे, 'मूरख! मेरी जान पे बनी है। वारंट पे वारंट निकल रहे हैं, जेहल-थाने की नौबत आ गई है और तुझे खेल-तमासे की सूझी है।'

'क्या ?' मारे डर के मेरी घिग्घी बँध गई—'वारंट! हिरासत! जेहल! यह सब मैं क्या सुन रही हूँ, प्राणनाथ? आप थाने चले गए तो मेरे तीन कम दर्जन भर बच्चों का क्या होगा?'

'कुच्छ नहीं होगा।' वे गरूर से सीना फुलाकर बोले, 'सब राजी-खुसी रहेंगे, बच्चों के बच्चों से लेकर नाती-पनाती, पुस्त-दर-पुस्त तक इतना सॉलिड इंतजाम कर दिया है, इतने गोदाम, कुठिले भर दिए हैं कि सब मौज मारेंगे।'

'लेकिन मेरा? मेरा क्या होगा?'

पति ने 'तेरा क्या होगा कालिया' स्टाइल में पहले मसखरी की, फिर ठुमके—'तेरे लिए तो बहुत बढ़िया प्लानिंग किया है हमने। अब तक देस-बिदेस तो क्या, तीनों लोक, चौदहों भुवन में कोई ऐसा प्लानिंग नहीं किया होगा। तुझे नेताओं का

नेता बनाने जा रहा हूँ हम।'

मेरी साँस जहाँ-की-तहाँ रुक गई—'नेता! मैं? आप होस में तो हैं?'

'पूरे होसोहवास में हूँ। गस (गश) ते खाएगा पूरा हिंदुस्तान यह सुनकर…बस तू बेहोस मत हो जाना।'

'कैसे न होऊँ बेहोस!' मैं घिघियाई, 'आप ही सोचिए, प्राणनाथ! भला मैं नेता कैसे हो सकती हूँ?'

'नेता नहीं, जाहिल, नेताओं की नेता। और क्यों नहीं हो सकती तू? नेता के क्या कोई सींग-पूँछ होती है, जो तू नहीं हो सकती! इस महान् लोकतंत्र में सबको नेता बनने की आजादी है। जरा आँखें खोल के अपने चारों तरफ देख न, नेताओं की कितनी किस्में कैसे-कैसे फल-फूल रही हैं—एकदम 'मनुष्य रूपेण मृगाश्चरन्ति।' मतलब समझती है इसका? जाने दे, मतलब समझ के क्या करना है तुझे!'

'मैं जानती हूँ, प्राणनाथ! हमने सुना है, नेता लोग पसुओं का चारा भी खा जाते हैं, सो नहीं खा पाऊँगी। तारकोल भी नहीं पी पाऊँगी।'

'उसकी चिंता मत कर। यह सब खाना-पीना अपनी जगह चलता रहेगा। तू तो बस नेताओं की नेता बन जा, बस।'

'लेकिन नेता बनकर मैं करूँगी क्या?'

'वही जो अब तक की जिंदगी में करती आई है—यानी मेरा आडर मानना।'

'यानी आप कहें दिन तो दिन, आप कहें रात तो रात?'

'यस्स…'

'अरे जाइए, जैसे मैं समझती नहीं। अभी तो आप फलाने रिपोर्टर से कह रहे थे कि अगले हफ्ते से मैं गरजने लगूँगी!'

'जरूर गरजेगी, लेकिन मेरे आडर से। बिना मेरे हुकुम कुछ नहीं। मैं कहूँ तो गरजेगी, मैं कहूँ तो बरसेगी, मैं कहूँ तो भौंकेगी और मैं कहूँ तो म्याऊँ…।'

'वाह! फिर मैं नेता काहे की?'

'येल्लो! ई तो अभी से म्याऊँ करने लगी। अरे, तुझे आला दरजे की नेता बनानेवाला, तुझे यह ओहदा, यह आरक्षण देनेवाला कौन है? मैं ही न! 'मैं' यानी नेताओं के नेता को क़ानी उँगली पे नचानेवाला—कठपुतली की तरह।'

'ओ…तो ऐसे काहे नहीं कहते कि तू नेता नहीं, कठपुतली बन जा। अरे बचवे! जरा ऊ बाला गाना बजा तो कि बोल री कठपुतली…सचमुच नाच नाचे किसके लिए!'

'सिरफ नाचना ही नहीं है, तुम्हें अपनी जबान भी बंधक रखनी होगी मेरे पास।'

'सो तो रखी है ही कित्ते-कित्ते जमाने से। हमने कभी अपनी जबान खोली क्या? लेकिन बस एक बात बता दीजिए कि आखिर आप हमें नेता क्यों बना रहे हैं?'

'इसलिए कि आजादी के पचासवें वर्ष में हम अपने महान् देस को एक नई परंपरा की सौगात देने का संकल्प कर रहा हूँ। भाई-भतीजावाद, बेटा-बेटी-बहू वाद से बहुत ऊपर उठकर अपनी पत्नी को नेता, मंत्री बनाने की अनोखी सुरुआत। चिंता सिर्फ एक ही है कि इससे बहुपत्नी प्रथा की वापसी की सुरुआत भी न हो जाए।···देखल अब से लोग, घर की मुरगी दाल बराबर की जगह घर की मुरगी मुख्यमंत्री बराबर कहना सुरू कर देंगे।'

'सो तो सब ठीक है, लेकिन मेरे प्राणपति! आपको बता देना मेरा फरज बनता है कि सारी उमर तो आपने मुझसे आलू, भाँटा, सेम छौंकवाई, चूल्हा-चौका करवाया और अब सासन करने को कह रहे हैं तो हम बड़ी साँसत में पड़ गए हैं। सारे चैनलवाले सवालों की तोप दागने लगेंगे तो मेरी घिग्घी बँध जाएगी। ऐसे में कहीं कुछ-का-कुछ गलत-सलत निकल गया तो मेरी नहीं, आप ही की जगहँसाई होगी, प्राणनाथ! सारा देस लिहाड़ी लेगा, मखौल उड़ाएगा।'

'मूरख! जगहँसाई से हम डरते हैं क्या? जगहँसाई से डरा तो नेता कैसा, मंत्री कैसा? जगहँसाई से डरे होते तो इतने बेशर्म घोटाले, हवाले देस में हो पाते क्या?'

'और फिर हम तो चाहते ही हैं कि जनता हँसे, खूब हँसे, खाली पेट पकड़-पकड़ के हँसे। यह सारा मनोरंजन का सरंजाम, टी.वी. चैनलों और अखबारी कॉलमों के माध्यम से दिखाए जाते तमासे, हम जनता की खुसी के लिए ही तो परोस रहे हैं। सर्वे करा के देख ले, आजकल का सबसे ज्यादा 'पापुलर' हिट प्रोग्राम हमारावाला ही होगा।'

'लेकिन हम बहुत दूर तक देखने, सोचनेवाले हैं। जनता को लेकर भी हम यही सोचता हूँ। जनता क्या है? वह तो हँसने-रोने के लिए बनी ही है। उसे हँस-हँसकर रोने दो, मिमियाने और रिरियाने दो। चीखने-चिल्लाने और बुड़ी-थुड़ी करने दो। यह सब करके भी वह क्या कर लेगी हमारा? हम तो इसी सबके बीच जल में कमलवत् तुम्हारा बहुमत सिद्ध करवा दूँगा।'

'कैसे?'

'अरे! यह सब अब हम लोगों के बाएँ हाथ का खेल हो गया है। हम औरों से एक कदम आगे चलकर एक मिसाल कायम कर दूँगा।

'सारा देस तो क्या सारी दुनिया देखेगी, हकबकी फटी-फटी आँखों से। मैं

खुलेआम, डंके की चोट पर डुगडुगी बजाकर दिखाऊँगा कि देखो लोगो! सासन चलाने के क्या पैंतरे हैं! सत्ता को आरक्षित करने की क्या-क्या नायाब तरकीबें हैं! और मूरख! तू जिसे जनता कहती है न, जनता वह नहीं है। असली 'जनता' तो ये रही। इधर देख। ये चमचे, ये गुरगे, ये मुरगे—जो सवेरा होने पर नहीं, अँधेरा होने पर, मेरे इशारे पर जय-जयकार की बाँग देते हैं। बस यही जनमत है, लोकमत है, जनतंत्र है, हमारा गुरुमंत्र है।

'जनता का मतलब समझ में आ गया न!...अब 'देस' का मतलब भी समझ नादान! 'देस' माने 'हम'। हम जैसे चराएँगे, सब चरेंगे। जिस कुएँ में चाहेंगे, सबको ढकेल देंगे। जिसे चाहे उसे गद्दी सौंप देंगे। कानून की खाल में भुस भरने के एक नहीं, हजार तरीके हमने ईजाद कर रखे हैं।'

'सो सब तो ठीक है, प्राणनाथ! लेकिन इतिहासों से कुछ तो सबक लीजिए। इतना दंभ ठीक नहीं। थोड़ा ही बहुत सबक।'

'मूरख! हम सबक लिया नहीं करते, दिया करते हैं। देखा, हमने कैसा सबक सिखाया सबको! कलामंडी खा गए बड़े-बड़े अखाड़ेबाजों के दाँव और पेचीदगियाँ।...अरे! तू खड़ी-खड़ी मेरा मुँह क्या देख रही है! कहा न कि झटापट हुलिया बदल के आ, कायापलट तो मैं तेरी कर दूँगा सबके देखते-देखते, इस महान् लोकतंत्र की जय बोलते-बोलते।...'

□

सवाल जामचक्कों की दुरुस्ती का

महिलाओं को मालूम है, हर असफल महिला के पीछे कोई-न-कोई पुरुष होता है। आप भी मानें न मानें, स्त्री-स्वातंत्र्य या महिला-मुक्ति का आंदोलन भी, जो माकूल स्पीड नहीं पकड़ पा रहा, उसके पीछे भी यही कारण है। इसे यों समझिए कि अपने हिंदुस्तान की जनसंख्या के हिसाब से ही बेहिसाब तादाद में महिलाएँ सामाजिक, राजनीतिक विकास की गाड़ी पकड़ने को चुस्त-दुरुस्त तैयार! इंजन ने सीटी भी मार दी। महिलाएँ हचककर फुटबोर्ड पर लटक लीं, लेकिन चक्का जाम! भई, यह तो वही बात हुई कि इंडियन एयरलाइंस के आसमान से टूटे तो भारतीय रेलवे के खजूर में अटके। गाड़ी थी कि न टस, न मस।

पड़ताल हुई तो पता चला, पिछला पहिया या पिछले पहियों के नट-बोल्ट इतने खस्ताहाल कि ये अगलों को खिसकने ही नहीं दे रहे।

यहाँ हम पाठकों का परिचय इस पिछले पहिए या पिछले पहियों से करा दें। ये पिछले पहिए पुरुष हैं। पाठकों को यह भी ज्ञात होगा कि स्त्री और पुरुष को हमने समाज और परिवार की गाड़ी के दो पहिए माना है। अब एक पहिया चालू हो और दूसरा पंक्चर, कैसे चलेगा भई! या फिर कई पहियोंवाली गाड़ी की भी बात करें तो अगले पहिए दुरुस्त और पिछले बेमरम्मती हालत में हों तो गार्ड हरी झंडी दिखाए कैसे?

बस, इसीलिए हम जागरूक, प्रबुद्ध महिलाओं ने सोचा कि चलो, अपनी भारतीय रेलगाड़ी जैसे आठ घंटे लेट वैसे अठारह घंटे। पहले इन जामचक्कों की मरम्मत, दुरुस्ती की जाए, इनके पूर्वग्रहों के स्पीड ब्रेकर सपाट किए जाएँ, तभी अपनी गाड़ी सरपट दौड़ेगी।

वरना यह क्या कि हम तो प्रगति और विकास की नसेनी पर सोत्साह,

कछाड़ा मार चढ़ने को तैयार, लेकिन यह मुआ (सॉरी) अभी बेड-टी के इंतजार में सोया पड़ा है। इसका क्या ठिकाना, नींद के झोंके में एक पाँव फटकारेगा तो नसेनी गिरेगी धड़ाम से चारों खाने चित। वही हर असफल महिला के पीछे एक पुरुष!

इसलिए कई महिला संगठनों ने अनेक शिखर मार्का वार्त्ताओं के बाद यह निर्णय लिया कि नहीं, अपने काउंटरपार्ट बेचारे पुरुष को यों ही सोता नहीं छोड़ना है, अर्थात् उसे जगाकर ही छोड़ना है कि 'उठ जाग मुसाफिर देर भई, तुझे नहीं तो मुझे तो ऑफिस जाना है!'

सो, हे पति/पुरुष (इनमें से एक या दोनों)! उठ और अपनी मुक्ति तथा बढ़ोतरी के लिए अपने आपको हमारे हवाले कर दे। हमारी दूरदर्शिता और उदारता का लोहा मान, जो हमने अपनी दशा सुधारने का काम बीचोबीच छोड़कर तुझे उबारने, उठाने और तेरी धूल-धक्कड़ झाड़ने का 'टास्क' हाथ में ले लिया है।

यह काम उतना आसान नहीं। इसके लिए हमें पूरी तरह समर्पित और एकजुट होकर काम करना होगा। सबसे पहले तो पूरी योजना का मेनिफेस्टो तैयार करना होगा। फिर उसके हिसाब से सभी महिला संगठनों को मिल-जुलकर पुरुष मुक्ति, पुरुष जागरण के पक्ष में मोरचे निकालने होंगे, रैलियाँ आयोजित करनी होंगी तथा पुरुषों को स्वावलंबी, आत्मनिर्भर बनाने के लिए वर्कशॉप चलाने होंगे; क्योंकि महिलाओं द्वारा किए गए सर्वेक्षणों तथा परीक्षणों से पता चलता है कि आज का पुरुष समाज अनेक प्रकार के हीनता बोधों से ग्रस्त है। अनेक अहं, अनेक वहम, अकर्मण्यता तथा आलस्य जैसे विकार इसके मूल कारण हैं। अत: आवश्यकता इस बात की है कि हम उनकी वर्तमान, गिरी हुई दशा पर तरस खाएँ तथा उन्हें उनके संकीर्ण विचारों की चारदीवारी से बाहर लाने की हरचंद कोशिश करें।

इसके लिए सबसे पहले तो रैलियों की तख्तियों पर प्रेरक, उत्साहवर्धक वाक्य लिखवाए जाएँ; जैसे—'पति एक सम्मानजनक ओहदा है', 'पतित्व हीनता नहीं, गौरव का प्रतीक है' या फिर 'गर्व से कहो, हम पति हैं' आदि।

प्रायोगिक दृष्टि से वर्कशॉपों में इन्हीं वाक्यों को अमल में लानेवाले कदम उठाए जाएँ, जैसे पतियों/पुरुषों को कई समूहों में बाँटकर बाहरी दरवाजे से पिछले दालानों तक झाड़ू लगवाई जा सकती है, सुराही व घड़ों में पानी भरवाया जा सकता है तथा थैले लेकर बार-बार बाजार भेजा जा सकता है।

वर्कशॉप के दूसरे सत्रों में पति/पुरुषों से वे सारी 'रेसिपीज' ट्राई करवाई जाएँगी जिनकी फरमाइश वे समय-समय पर अर्थात् वक्त-बेवक्त अपनी पत्नियों से करते रहे हैं। उन्हें बताया जाएगा कि आत्मनिर्भर बनने का पहला पाठ पति

किचन में ही सीखता है। साथ ही बिरयानी, पुलाव, कोफ्ते-शोफ्ते बनवाने के दौरान ही उनके दिलों में यह पवित्र भावना पैठाई जाए कि जो सुख बनाने और परिवार को खिलाने में है, वह खाने में कहाँ!

सर्वे से प्राप्त सूचना के अनुसार पत्नी और परिवार के नाम से नर्वस होनेवाले पतियों की संख्या में भी इधर बहुत बढ़ोतरी हुई है। कुछ पति तो इसी भय के कारण ड्यूटी आवर्स के बाद भी ताश-पपलू आदि तरह-तरह के बहाने मार ऑफिस में ही दुबके रहते हैं। ऐसे पतियों को समझाना चाहिए कि यह पलायनवाद अर्थात् भगोड़ापन है। यही कारण है कि उनका पुरुष समाज हमेशा पलायन करते-करते आज इस दीन-हीन दशा को पहुँच गया। हमारे देश की दुर्गति का प्रमुख कारण यही तो है। इतिहास साक्षी है कि जब-जब पुरुष वर्ग पलायन करता रहा तब-तब देश रसातल को जाता रहा, यानी हमेशा।

फिलहाल देश और रसातलवाले मुद्दे को छोड़कर हम वापस अपने मेनिफेस्टो पर आते हैं, जिसके अनुसार वर्कशॉप का अगला सत्र बरतन माँजने-धोने से संबंधित है। पुरुषों के बाहुबल के सार्थक उपयोग के लिए यह एक 'सुनहरा मौका' सिद्ध होगा। धोओ-धाओ सब मिल-जुलकर। क्या? नहीं धुलते? धुलते हैं, लेकिन गंदे-संदे? कोई बात नहीं। एक मैच्योर व समझदार पत्नी इसपर तुम्हें कभी नहीं झिड़केगी। उलटे अत्यंत मीठे, प्रोत्साहन भरे स्वर में कहेगी, 'नेवर माइंड। शुरू-शुरू में सभी पतियों को ऐसी दिक्कतें पेश आती हैं। धीरे-धीरे खूब साफ मँजने-धुलने लग जाएँगे। चमाचम। बस रियाज जारी रखो। हिम्मते मरदाँ, मदद ए खुदा!'

इन सामूहिक तथा एकजुट अभियानों के अतिरिक्त पारिवारिक तथा वैयक्तिक स्तर पर भी हर पत्नी का फर्ज बनता है कि वह कम-से-कम एक अदद पुरुष को तो स्वावलंबी बनाने में प्राणपण से जुटे-ही-जुटे। मिसाल के तौर पर यदि वह किसी जरूरी काम में फँसी है तो निठल्ले पति द्वारा डपटकर पानी माँगे जाने पर हरगिज न उठे। उसे स्वयं उठकर पानी लेने की आदत डलवाए। साथ ही उसे स्वयं अपनी शर्ट में बटन टाँकने तथा पाजामे में नाड़ा डालने के लिए प्रेरित करे।

पत्नी को स्मरण रखना चाहिए कि ऐसे मौकों पर पति पहले झल्लाएगा, डपटेगा तथा पत्नी को पागलखाने में भरती करने की धमकी भी देगा; किंतु पत्नी को अपनी फर्ज अदायगी से डिगना नहीं है। उसे फौरन समझ लेना है कि यह पुरुष नहीं, उसकी हीनभावना बोल रही है।

जरा कल्पना कीजिए, डाकखाने, दवाखाने और टेलीफोन, बिजली की लाइनों से लेकर मछली बाजार और भाजी-गल्ली तक जो जगहें जागरूक महिलाओं के

क्रीड़ास्थल, लीलास्थल समझे जाते हैं, वहाँ यदि पुरुष समुदाय को भी बलपूर्वक भेजा जाने लगे तो एक तो पुरुष वर्ग में भी जागृति आएगी, दूसरे इनमें से बहुत से स्थानों की बेवजह की भीड़ कम होगी। बहुत से नाम अपनी अर्थवत्ता का ग्लैमर खो देंगे, जैसे—मछली बाजार या भाजी-गल्ली। किंतु महिलाएँ पुरुषों की बेहतरी के लिए यह सदमा हँसते-हँसते बरदाश्त कर लेंगी।

हाँ, कुछ पढ़ाई-लिखाई के काम, जैसे बच्चों के होमवर्क भी। इससे पतियों की सहनशक्ति बढ़ेगी और भूले हुए पहाड़े भी याद आ जाएँगे। और फिर घबराने की क्या बात! जहाँ उसे, अर्थात् पति को, नहीं समझ में आएगा वहाँ बताने के लिए पत्नी तो है ही। और हाँ, सबसे बढ़कर बच्चों के बस्ते उठवाने में मदद करने से उसके मसल्स मजबूत होंगे तथा अपने देश में वेटलिफ्टिंग का भविष्य उज्ज्वल होगा।

ये और इस तरह के कितने ही अन्य कमरतोड़ कामों को समझदार महिलाएँ अपनी योजना में शामिल कर सकती हैं। सिर्फ जरा सी सूझबूझ और चतुराई से वे पुरुषों का युगों से खोया आत्मबल उन्हें वापस दिला सकती हैं। सिर्फ कुछ हफ्तों के निरंतर अभ्यास से ही इस अभियान के उत्साहवर्धक परिणाम सामने आने लगेंगे।

अंत में एक आवश्यक सूचना—महिलाओं को चाहिए कि पारिवारिक स्तर पर अपने-अपने घरों में चलनेवाली इस योजना की साप्ताहिक, पखवारी रपटें वे बिला नागा अपने अंचल के 'महिला संचालित' पुरुष मुक्ति संगठनों को भेजती रहें।

□

देश-सेवा की तालमेल किस्तें

उन्होंने नई-नई पार्टी बदली थी।

उत्साह शक्कर फुटाने सा छिटका पड़ रहा था।

चारों तरफ दिल तो पागल है जैसा माहौल था।

सालों से उनके घर का रास्ता भूल गए पत्रकारों की वापसी हो रही थी।

दरबारेखास में गहमागहमी थी।

फिजाँ में धोकर सुखाए, कलफ लगे, नए से दिखते वक्तव्यों की भरमार थी।

पत्रकार सोत्साह बटोरने में जुटे थे; यथा—

प्र. : आपको पुरानीवाली पार्टी से क्यों निकाला गया?

उ. : निकाला नहीं गया, मैं स्वयं निकल आया। ऐसी पार्टी में बने रहने का कोई मतलब ही नहीं था, खासकर मेरे जैसे के लिए जो देश के लिए कुछ करना चाहता हो।

प्र. : आप देश के लिए क्या करना चाहते हैं?

उ. : (सगर्व, कृपया नोट कीजिए) मैं देश के लिए मर-मिटना चाहता हूँ। आप शायद नहीं जानते, मैं इसी देश में जनमा, शादी-ब्याह किया, बाल-बच्चे पैदा किए। इसी देश में घोटालों में फँसा, बामशक्कत कैद झेली और बाइज्जत बरी भी हुआ।...

पत्रकार धड़ाधड़ नोट करने लगे।

प्र. : और अब?

उ. : कहा न, मैं इस देश के लिए मर-मिटना चाहता हूँ।

प्र. : लेकिन यह काम तो आप पुरानीवाली पार्टी में रहकर भी कर सकते थे।

हमारे खयाल से वह आपको मर मिटने की सहर्ष अनुमति दे देती।

उ. : (मुसकराकर) कहाँ दे रही थी! पार्टी खुद देश के नाम पर मरने-मिटने के नुक्कड़ नाटक की हीरोइन बनना चाह रही थी।

प्र. : ऐसा?

उ. : फिर! किराए के लल्लू-पंजुओं को टनों मिट्टी का तेल, किरोसिन मुहैया करा रही थी, लेकिन न मेरे मर-मिटनेवाला प्रस्ताव पारित कर रही थी, न धमकियोंवाले मुद्दे को गंभीरता से ले रही थी।

प्र. : तो अब आप कैसे मरेंगे-मिटेंगे? वैसे कठिनाई तो नहीं होनी चाहिए। अब तो यह आपकी ही पार्टी है। मन माफिक, खुदकुशी का इंतजाम करा सकते हैं।

उ. : देखिए, आप दो विपरीत मुद्दों को मिला रहे हैं। खुदकुशी और आत्मदाह अलग चीज है, देश के नाम पर मरना-मिटना अलग।

प्र. : कैसे?

उ. : खुदकुशी और आत्मदाह जनता टाइप गरीब-गुरबों में से कोई करता है। उसके लिए रेलगाड़ी की पटरी, नकली दवाओं के लाइसेंस, डिग्रियों का घुन खाता पुलिंदा और पापी पेट आदि स्थितियाँ तथा सुविधाएँ हर कहीं उपलब्ध होती हैं।...लेकिन देश पर बड़े-बड़े लोग ही मरा-मिटा करते हैं। सबके बस की बात नहीं यह। बड़ी हिकमत लड़ानी पड़ती है। मेनिफेस्टो बनाने होते हैं—उसमें सिलसिलेवार मर-मिटने की प्रक्रिया दर्ज करनी होती है।

प्र. : अच्छा, क्या-क्या प्राथमिकताएँ हैं आपके नए मेनिफेस्टो में?

उ. : हमारे नए मेनिफेस्टो की प्राथमिकता में गरीब जनता है। शुरू से आखिर तक उसकी भूख है, प्यास है, अशिक्षा है, बेकारी है, हारी है, बीमारी है, अन्याय है, शोषण है...।

प्र. : (गद्‌गद) इतना सब! तो इसके लिए आपकी पार्टी क्या करने जा रही है?

उ. : इसके लिए हमारी पार्टी दूसरी पार्टियों से तालमेल बिठा रही है। जल्द ही कुछ अच्छे परिणाम सामने आएँगे।...साथ ही हमारी पार्टी विरोधी पार्टी से जुड़ी कड़वी सच्चाइयों को देश के सामने बेनकाब भी करने वाली है।

प्र. : लेकिन यह सब तो आप पिछली पार्टी में रहते हुए पिछले चुनावों के दौरान कर चुके न!

उ. : अब मैंने पार्टी बदली तो देश की सच्चाइयाँ और दुश्मन भी बदलेंगे या नहीं!

प्र. : जैसे ?

उ. : जैसे सबसे बड़ी सच्चाई तो यही है कि जो पार्टी मैं छोड़ के आया हूँ, वह चाटुकारोंवाली पार्टी है। देश के सामने यह सच्चाई उजागर करना आज बहुत जरूरी हो गया है।

प्र. : लेकिन आप जब उस पार्टी में थे तो इस वाली को गद्दारों की पार्टी बोला करते थे।

उ. : थी तो बोलते थे। अब मैंने साफ-सफाई करवाई, मेनिफेस्टो बदलवाए।

प्र. : आपकी जानकारी के लिए बता दें कि ठीक यही काम इस पार्टी के भगोड़े उस पार्टी में कर रहे हैं; यानी साफ-सफाई। बहरहाल, अपने बदले मेनिफेस्टो के हिसाब से क्या प्राथमिकता होगी आपकी पार्टी की ?

उ. : (सगर्व) हमारी पार्टी सही मायनों में देश को नई सदी में ले जानेवाली पार्टी होगी।

प्र. : लेकिन नई सदी में तो हम लोग वैसे भी जाने वाले हैं। आपकी पार्टी के बिना भी जाएँगे-ही-जाएँगे।

उ. : वाह, ऐसे कैसे चले जाएँगे! आप हमारी पार्टी का झंडा लेकर, बिल्ला लगाकर, ट्रक में भरकर भेजे जाएँगे; क्योंकि हमारी पार्टी के पास आम आदमी की समस्याएँ होंगी। इसे लेकर हम एंट्री मारेंगे नई सदी में।

प्र. : लेकिन आम आदमी बेचारा तो जहाँ-जहाँ जाएगा, उसकी समस्याएँ और उसका दुर्भाग्य साथ जाएगा-ही-जाएगा। वह तो जस-का-तस या बद-से-बदतर नई सदी में जाने के लिए अभिशप्त है ही।

उ. : नहीं, अब मेरी यह वाली पार्टी ऐसा नहीं होने देगी। मैं आम आदमी के नाप के कपड़े सिलवाऊँगा। उसके घर में खाना, दफ्तर में टिफिन का डिब्बा उपलब्ध करवाऊँगा। उसके बच्चों को मातृभाषा में शिक्षा दिलवाऊँगा। उसके जेबखर्च और पेंशन की माकूल व्यवस्था...

प्र. : लेकिन यह सब आपने अब तक क्यों नहीं सोचा था आम आदमी के लिए ?

उ. : सोचने के लिए, कहने के लिए भी सही समय की प्रतीक्षा करनी पड़ती है, मुहूर्त निकलवाना पड़ता है। देखिए, हमने चुनावोत्सव का मुहूर्त निकलवाया। इस उत्सवी मुहूर्त के निकलते ही मृग की नाभि माहिं कस्तूरी महक-महककर पार्टियों को बेचैन करने लगी। मृग बेचारों को क्या पता! वह तो पार्टियाँ शिकारी कुत्तों-सी सूँघती झंडा, बिल्ला और मेनिफेस्टो लिये उनके

पीछे दौड़ पड़ती हैं। बस हम समझ लेते हैं कि देश के लिए मर-मिटने का सही समय आन पहुँचा है।

प्र. : लेकिन इसके लिए पार्टी बदलने की क्या जरूरत थी आपको?

उ. : देश का भाग्य नहीं बदलना था!

प्र. : देश का या अपना? (क्षमा कीजिए, एक ओछा प्रश्न)

उत्तर में वे आहत हुए—'आप मुझे देश से अलग करके देख रहे हैं। मेरी देशभक्ति पर लांछन लगा रहे हैं! आपको क्या मालूम, मेरे शरीर के रक्त की एक-एक बूँद इस देश के लिए समर्पित है। न मानें तो दीवारों पर चिपके पोस्टर देख आइए। मैंने रक्तदान भी किया है। यानी मेरे खून की बूँदों की पहली किस्त देश-सेवा के लिए पहुँच गई है। आगे भी रक्तदान शिविर की किस्तें समय पर पहुँचती रहेंगी।

प्र. : देश के हित में हमने भी एक मामूली सी योजना बनाई है आम आदमी के हित में। इसमें कुछ खास नहीं करना है, सिर्फ⋯

उ. : अरे, आप बेझिझक कहिए, ये तो हमारे अमूल्य योगदानों का ही समय चल रहा है।

प्र. : अन्य संस्थाओं की देखादेखी राजनीति में भी हमने एक वॉलेंटरी रिटायरमेंट स्कीम बनाई है। इस योजना के अनुसार आपका जो भी, जितना भी बकाया हो इस देश के पास, वह इकट्‌ठे एकबारगी ले-देकर किस्सा खत्म कीजिए और देश को उसके हाल पर छोड़ दीजिए। देश इसे आपकी सबसे बड़ी कुरबानी मानेगा, उपकृत होगा और इस अति विशिष्ट सेवा के एवज में चौराहों पर आपकी प्रतिमा लगवाएगा। चाहेंगे तो उन्हें पुजवा भी देगा। दशकों पहले दस्युओं तक के हृदय परिवर्तन हुए थे। उन्होंने शस्त्र-समर्पण किए थे। शायद आप भी कर दें!

और⋯शायद देश का भाग्य बदल जाए!

□

संदर्भ बारतेंडु, हिंदी और बाजी का

सिर्फ दो-ढाई पीढ़ी पहले हिंदी भाषा और साहित्य के एक महान् पुरोधा हुए थे—भारतेंदु। साहित्यकार वैसे भी दूरदर्शी, भविष्यद्रष्टा हुआ करता है। देश की हथेली पर लिखी रेखाएँ आनन-फानन में बाँच लिया करता है। सो भारतेंदु ने भी बाँची और एक नाटक रच डाला—

अंधेर नगरी चौपट राजा,
टके सेर भाजी, टके सेर खाजा।

अब उस नाटक का प्रभाव देखिए कि कालांतर में सारा देश ही अंधेर नगरी में परिवर्तित हो गया। सबकुछ टके सेर बिकने लगा, सिर्फ टके को छोड़कर। भारतेंदु की अंधेर नगरी की कल्पना मात्र आधी सदी में इस देश ने साकार कर दिखाई। सपने सच नहीं हुआ करते, लेकिन दुःस्वप्न हो जाते हैं शायद। बल्कि पूरे इनलार्ज साइज में। कहाँ एक नगरी में अंधेरगर्दी होने का दुःस्वप्न, कहाँ एक पूरा देश 'अंधेर नगरी' शीर्षक इस नाटक के मंचन और सफलतम प्रस्तुतियों की स्वर्ण जयंती मनाने की दिशा में अग्रसर है।

धर्मक्षेत्रे, न्यायक्षेत्रे, व्यवस्था और संचार क्षेत्रे—हर क्षेत्र की अगली प्रस्तुति पिछली से बढ़-चढ़कर होती है तथा टके सेर भाजी और टके सेर खाजावाला मूल्य निर्धारण कर सिद्धांत इस कदर लोकप्रियता के शिखर पर पहुँचा हुआ है कि आदमी ने अब खुशी-खुशी अपने आपको टके के मोल बेचने-खरीदने में विशेष योग्यता हासिल कर ली है।

स्मरण रहे, यह तालिका रोजमर्रा की आवश्यक वस्तुओं के मूल्य पर लागू नहीं होती, बल्कि उन्हें जुटाने के लिए भाव-बेभाव बिकते आदमी पर लागू की जाती है। आखिर कैसे यह व्यवस्था चलती है, किस तरह इस सिद्धांत पर अमल

होता है ? यही सब जानने के लिए हमने हर क्षेत्र, हर विभाग के एक-एक, दो-दो विशेषज्ञ चुनकर उनसे कुछ महत्त्वपूर्ण प्रश्नों के उत्तर तलाशे। सबसे अहम सवाल तो यही कि हम भाजी की श्रेणी में आते हैं या खाजे की ? इसके निर्णय की कसौटी क्या है ?

विशेषज्ञ ठहाका मारकर हँसे—'कसौटी-वसौटी का चक्कर हम नहीं पालते, और फिर कसौटी की जरूरत ही क्या है ? बिकेंगे तो आप टके सेर ही। यही असमानता मिटाने के लिए ही तो हमने यह समान मूल्योंवाली वैज्ञानिक तालिका अपनाई है। आलिम-फाजिल का झंझट ही खत्म। अब इसे भाजी का सौभाग्य कहिए या खाजे का दुर्भाग्य—हमारे राज्य में सब टके सेर, सम भाव।'

'लेकिन इससे क्या असंतोष नहीं व्यापेगा ? खाजों की प्रतिभा कुंठित नहीं होती जाएगी ?'

'होने दीजिए। देश तो आगे बढ़ता जाएगा। और हमारा काम तो देश को चलाना है। हमारा काम चलते रहना चाहिए। अब देश के लिए इतनी सी कुरबानी अगर हम 'ले' और आप 'दे' नहीं सकते तो देश कैसे चलेगा! इसलिए हमें कुरबानियों के लिए तैयार रहना है। इसके बिना देश आगे नहीं बढ़ पाएगा। अब कुछ ही दिन रह गए हैं इक्कीसवीं सदी के आने में। सो हमें भारतेंदु के सपने को साकार करना है। उनके काम को आगे बढ़ाना है।'

हम सवाल के सफे पलटते हैं—

'मान लीजिए, कोई खाजा टके सेर बिकने से इनकार कर दे तो ?'

वे प्रमुदित हँसे—'तो हम मान लेंगे क्या ? आप तो वो होंगे, जो हम आपको सिद्ध कर देंगे। हमारी व्यवस्था ही ऐसी होगी कि बड़े-से-बड़े खाजा भी हमारे ढाँचे में फिट होने के बाद धीरे-धीरे भाजी की तरह व्यवहार करने लगेगा। उसकी मुद्रा, चेहरे की रंगत और आचार-विचार सबकुछ भाजीनुमा होता जाएगा। दूसरी तरफ भाजी से बढ़ता भाजी भी, व्यवस्था की कुरसी पर बैठने के बाद, एकदम खाजे की सी शेखी बघारने लगेगा। यानी आपके खाजा होने की नियति अथवा भाजी हो जाने की परिणति सबकुछ हम विशेषज्ञों पर निर्भर करती है। यह सब हमारी टेक्नीक का कमाल है। जन आचरण और चरित्र परिवर्तन की टेक्नोलॉजी।

'इस तकनीक द्वारा ऐसे-ऐसे विस्मयकारी, हाहाकारी प्रयोग हमने किए हैं, जिन्होंने नियम-कानूनों और व्यवस्था के क्षेत्र में तहलका सा मचा दिया है। हमारी शोध, हमारे प्रयोगों ने पलक झपकते योग्यता और पात्रता के सारे चले आ रहे सिद्धांतों को बटोरकर कूड़े के ढेर पर डाल दिया, परिवर्तन का कहर ढा दिया।

'आप पूछेंगे, यह सब हमने क्यों किया? इसलिए किया कि इससे राजकाज चलाने में सहूलियत रहती है। सोचने-समझने की मशक्कत ही नहीं। क्योंकि सोचने-समझने पर तो चालीस प्रतिशत आरक्षण और चौरासी प्रतिशत आरक्षण में, पढ़े और बेपढ़े में, योग्य और अयोग्य में बड़ा फर्क नजर आने लगता है। खिन्नता व्यापती है, घबराहट बढ़ती है, मूड उखड़ता है, विवेक चुनौती देने लगता है।'

'तो इस सबसे अच्छा है कि सोचा ही न जाए। फरमान जारी कर दो। बिकने दो सबको भाव-बेभाव। होने दो नीलामी पात्रता की, परिश्रम की, ईमान की, असूलों की। चलने दो हर क्षेत्र में टके के भाव की् काला बाजारी।'

खुशफहमी का एक पक्ष यह भी है कि शुक्र कीजिए, टके के भाव तो बिक रहे हैं, क्या जाने कब वो वक्त आ जाए कि कोई टके के भाव भी पूछनेवाला न रह जाए। आप तान दे-देकर 'हिंदी, हिंदू, हिंदुस्तान' का देश राग गाते रहिए। (भारतेंदु गा गए हैं) इन शब्दों पर सर्वे करते रहिए। सारे सर्वेक्षणों का निचोड़ यह निकलेगा कि 'हिंदू' शब्द मंदिर के स्वर्णकलशों से उतरकर ईंट-पत्थरों के मलबों में तब्दील हो गया है तथा हिंदुस्तान की समूची संस्कृति, संपूर्ण चीरहरण की पीड़ा और शर्मिंदगी से छटपटाती मुँह छुपाए सिसक रही है। पति, पराक्रमी, सभासद सिर झुकाए बैठे हैं। अपनी इज्जत-आबरू लुटते देने की वचनबद्धता से मजबूर। शेष दर्शक हँसी-खुशी तमाशा देख रहे हैं।

बाकी बची हिंदी, तो इस गुमशुदा की तलाश जारी है। अभी कुछ दिनों पहले दो-चार रेलवे प्लेटफॉर्मों के प्याऊ और खंभों पर चिपकी दिखी थी। डरी-सहमी, लुकती-छुपती, आँखें चुराती हिंदी। कुछ लोगों ने उसे कुछेक दड़बेनुमा सरकारी संस्थानों में मटमैले कबूतरों की तरह यहाँ से वहाँ भेदरंग पंख फड़फड़ाते हुए भी देखा है, या फिर राजभाषा विभाग की गर्द-गुबार अँटी फाइलों में। कुछ देशी दफ्तरों में पानी पिलाती, सलाम ठोंकती, दरबानी करती हिंदी भी दिखाई पड़ जाती है।

इसके अलावा चुनावी नारों और हड़ताली आंदोलनों के बैनरों की बैसाखियों के सहारे भी उचक-उचककर चलती-फिरती देखी गई है हिंदी। बाकी सेठ-साहूकार तो अपनी गद्दी पर आने की अनुमति उसे तभी देते हैं जब उसके साथ कोई 'फ्री गिफ्ट' या बोनसनुमा उपहार नत्थी किया हुआ मिले। किसी समिति, सम्मेलन, संस्थान या पुरस्कार ट्रस्ट का संरक्षण जुड़ा हो।

इस संरक्षण के माहात्म्य और गरिमा की रक्षा करते हुए खरीद-फरोख्त की बात की जा सकती है। हिंदी को सुरक्षित करने के लिए बड़े पैमाने पर कोल्ड स्टोरेज या छोटे, खुदरा डीप-फ्रीज बनवाए जा सकते हैं। प्रचार, पब्लिसिटी कराई

जा सकती है कि देखिए, ये वे नायाब तरीके हैं जिनसे हम अपनी राजभाषा को अनंतकाल तक सुरक्षित रख सकते हैं।

इसके अलावा आम पब्लिक को हिंदी के बारे में खास-खास जानकारी दी जानी चाहिए। हिंदी का मतलब पूछना-समझाना चाहिए स्कूल-कॉलेजों में। कुछ इस तरह कि—'यू नो, हम सर्वे पर निकले हैं। टेल मी, आप क्या समझते हैं हिंदी से?'''जवाब मिलेगा 'इऽयाऽऽ वी नो। इट्स ए काइंड ऑफ लैंग्वेज—यू नो, बाशा! वो क्या केते हैं नेशनल बाशा!'''आइ मीन लिंक लैंग्वेज। बट आइ डोंट नो ह्वाट इट्स क्रिएटिंग सो मच प्रॉब्लम याऽऽर!'...

वेरी गुड, अच्छा भारतेंदु? आपने भारतेंदु का नाम सुना है?

कई कंधे लापरवाही से उचक जाते हैं। गिव अस सम क्लू। इज ही ए पॉप स्टार? सिंगर? मिमिक? ड्रेस डिजाइनर?...

छोड़िए, अच्छा खाजा? खाजा जानते हैं? यू मीन खोजा? ए इ ऽऽ यास्मीन''जी नहीं, यास्मीन खोजा को मत बुलाइए।''हमें हमारे प्रश्न का उत्तर मिल गया।

अच्छा, हिंदी, बारतेंडु और खाजा तो हो चुका। बची क्या? अंधेर नगरी और उसका राजा!...

□

तुर्भेवाली बस

क्या आप कभी तुर्भेवाली बस में बैठे हैं? वही तुर्भेवाली बस जिसमें सूर्यबालाजी ठाणे से चेंबूर और चेंबूर से ठाणे आती-जाती रहती हैं।

अब तो आप समझ ही गए होंगे कि सूर्यबालाजी कौन हैं?

वही, जो तुर्भेवाली बस में बैठकर आती-जाती रहती हैं।

प्रश्न उठ सकता है कि लेकिन वे ऐसा क्यों करती हैं?

उत्तर—क्योंकि उन्हें एक पागल कुत्ते ने काट खाया है। (हमें तो लगता है, इसीलिए वे हास्य-व्यंग्य भी लिखती हैं।)

जब कभी आप ठाणे-मुंबई हाइवे पर चल रहे हों और दूर से ही किसी बस के चलने मात्र से देशी झाँझ-मजीरे-खड़ताल से लेकर किसी लेटेस्ट पॉप एलबम जैसे संगीत (?) का शोर, डीजल का भबका और न गुजरनेवाले गुबार का कारवाँ एक साथ निकले तो समझ लीजिए कि तुर्भेवाली बस में बैठकर सूर्यबालाजी आ रही हैं।

विश्वास न हो तो स्वयं उन्हींसे पूछ लीजिए। आपके सारे संशयों का निवारण कर देंगी। कहेंगी—'जी हाँ, आपने बिलकुल ठीक सुना है। पता नहीं क्या बात है, चाहे जिस समय भी मैं निकलूँ, इधर से मैं निकली नहीं कि उधर से तुर्भेवाली बस स्थानक में प्रवेश कर जाती है। घर से मैं जिधर भी जाऊँ, बस स्थानक बीचोबीच पड़ता है। बेस्टवाले मौका-ए-वारदात पर शिकारी कुत्ते की तरह तुर्भेवाली बस मेरे पीछे छोड़ देते हैं। मेरी यात्रा की गोपनीयता की सारी शर्तें (कि सूर्यबालाजी अब इस नौबत को पहुँच गईं कि तुर्भेवाली बस में यात्रा करने लगीं।) राजनेताओं के कारनामों की तरह उजागर होने लगती हैं। तुर्भेवाली बस आँखें मारकर, डीजल के धुएँ का एक भरपूर कश छोड़कर शोहदाना अंदाज में कहती है—बचकर कहाँ

जाइएगा मुझसे ? चेंबूर ही जाना है न!···कुल जमा दर्जन भर झटकों में पहुँचाए देती हूँ। मैं सोचती हूँ, ऑटो-वॉटो क्या कुछ कम उछलते हैं ? इस कदर बेशहूरों-से स्पीड ब्रेकरों पर चढ़-चढ़कर कूदते हैं कि गुसाईंजी का 'गर्भ सवद्रि रजनीचर नारी'···याद आ जाता है। सँकरी-से-सँकरी जगह में भी थूथन उठाए घुसने की फिराक में···जबकि तुर्भेवाली बस घड़घड़ाती हुई, डंके की चोट पर सारे वाहनों के होते शोर को अपनी अकेली बुलंद आवाज से दबाती हुई एक हादसे की तरह गुजर जाती है। यूँ देखने में उसका हुलिया आतंकवादी जैसा जरूर लगता है, लेकिन गतिविधियों में वह चंद्रास्वामी से उन्नीस ही बैठेगी।

सूर्यबालाजी अनुभवी हैं। वे बताती हैं कि तुर्भेवाली बस की यात्रा दो स्तरों पर की जानी चाहिए—एक, भुगते हुए यथार्थ के स्तर पर और दूसरी, कल्पना एवं आदर्श के स्तर पर; अर्थात् आदर्शोन्मुख यथार्थवाद। इससे यात्रा का आनंद दुगुना हो जाता है। एक टिकट में दो यात्राएँ। टू-इन-वन यात्रा-वृत्त। अब जैसे यथार्थ में तुर्भेवाली बस भयंकर रूप से ठस्स ही होगी। उसमें की जा रही यात्रा आपके लिए एक चुनौती, एक अनुभव, एक समर और सतत संघर्ष होगी। आपका धर्म संघर्ष, आपकी नियति संघर्ष। पीछेवाले आपको आगे धकेलेंगे, आगेवाले आपको पीछे। कंडक्टर चौकन्ने रेफरी की तरह सीटी मार-मारकर खेल जारी रखने का संकेत देता रहेगा। आप जिंदगी और तुर्भेवाली बस के डंडे के बीच झूलते रहेंगे।

यह सोचते हुए कि देश के वर्तमान चुनावों की वास्तविक प्रेरणास्रोत हो-न-हो, तुर्भेवाली बस ही है। किसी भी पार्टी का टिकट प्राप्त करनेवाले प्रत्याशी के लिए नृशंस हत्याओं, लूटमार, डकैतियोंवाली योग्यता और सामूहिक बलात्कारों के अनुभवों के सही प्रामाणिक आँकड़ों के साथ-साथ तुर्भेवाली बस की दो-चार यात्राएँ भी अनिवार्य होनी चाहिए—जन-जीवन से जुड़ी रहनेवाली अतिरिक्त योग्यता के रूप में।

सूर्यबालाजी ने इसके पहले धक्के खाते, भीड़ में पिसते लोगों को दूरबीन से देखा जरूर था, लेकिन केवल रचनात्मक, रोमांचक अनुभव के स्तर पर। आज प्रत्यक्ष अनुभव हुआ तो एक-दो धक्कों में ही पस्त हो गईं। कंडक्टर को दया आ गई। उन्हें खेल से बाहर कर ड्राइवर के पीछेवाली सीट पर बिठा दिया।

बैठने की विशेष सुविधा मिलते ही सूर्यबालाजी अपने आपमें विशिष्ट अनुभव करने लगीं। उन्होंने चतुर्दिक् दृष्टि फिराई। बस की शेष सारी सीटें उनकी सीट से नीची थीं। पलक झपकते सारा माहौल रंगारंग हो उठा। विशिष्टता बोध के रेबॉन चश्मे ने दयनीय यथार्थ को ऐतिहासिक यथार्थ में बदल दिया। चश्मे ने दिखाया—

तुर्भेवाली बस तो फ्रेशली पेंटेड, चाटी पोश, चमाचम लाई गई है सूर्यबालाजी की खातिर। वरदीवाला ड्राइवर चुस्त, कंडक्टर दुरुस्त। एयर इंडिया के महाराज स्टाइल में सलाम बजाता अर्ज कर रहा है—'आइए, आइए मैडम! सीट ग्रहण कीजिए। स्त्रियाँसाठी भी खाली है, पुरुषाँसाठी भी। कौन सी का टिकट काटूँ?'

फिर स्वयं सुझाव देता है—'आप यहाँ बैठिए, ड्राइवर के पीछेवाली सीट पर। धूप, धूल जो भी उड़ेगी, उसे ड्राइवर झेलेगा, आपकी खातिर।' और यात्रीश्रेष्ठ सूर्यबालाजी को लेकर बस श्रीगणेश कर जाती है।

अरे! सूर्यबालाजी को सहसा विश्वास नहीं होता। हाइवे पर आगे-पीछे, दाएँ-बाएँ चलते सभी वाहनों की सीटें उनकी सीट से बहुत नीची हैं।

चारों तरफ चिल्ल-पों करती इंपाला, मर्सिडीज, सिएलो, कांटेसा, रंग-बिरंगी मारुतियाँ और विभिन्न मॉडलों की टोयटा आदि कारों पर तुर्भेवाली बस आराम से डीजल पका धुआँ छोड़ती, गुमान से भरी आगे बढ़ जाती है। यह देखकर सूर्यबालाजी स्वभावतः प्रसन्न होती हैं और हाथ में पकड़े संतरे का छिलका बगल से गुजरते ऑटो रिक्शाओं की छत पर फेंककर अपनी खुशी का इजहार करती हैं, उसी तरह जैसे राजनेता अपने गले में पड़ी मालाओं को श्रोताओं की तरफ फेंककर।

सूर्यबालाजी की यही तो विशेषता है, चाहे (बस की) कितनी ही ऊँची सीट पर बैठी हों, अपनी जड़ों से जुड़ी रहती हैं। उन्हें इस बात का जरा भी मलाल नहीं होता कि वे इंपाला या कांटेसा में नहीं बल्कि तुर्भेवाली बस में बैठी हैं। उलटे वे खुश होकर खुद-ब-खुद बुदबुदाती सुनी जाती हैं कि कितना अच्छा है जो मेरे पास इंपाला या मर्सिडीज नहीं है, वरना निचली स्तर की सीटों पर बैठना पड़ता।

जैसे ही तुर्भेवाली बस किसी स्टॉप पर पहुँचती है, इंतजार में खड़े लोग लपककर आगे बढ़ते हैं, फिर नंबर पढ़कर पीछे हो लेते हैं। अहा! सूर्यबालाजी समझ जाती हैं। उन्हें बस में बैठी देखकर ही लोग रास्ता छोड़ देते हैं। तुर्भेवाली बस में नहीं बैठते, किसी और बस में बैठ जाते हैं। कहीं और चले जाते हैं।

लोग विह्वल मन, एक-दूसरे से कहते सुने जाते हैं—कैसे बैठें? देखते नहीं, सूर्यबालाजी बैठी हुई हैं। आज उन्हें ही जाने दो, अपन किसी और दिन। अहा! कितना रोमांचक है यह अहसास, यह आह्लाद किसी लेखक के लिए जो आज तुर्भेवाली बस की बदौलत उसे मिल रहा है।

इतना ही क्यों, पूरी यात्रा के दौरान हर थोड़ी सी दूरी पर, अमरूदों के ठेले। सूर्यबालाजी हैरान रह जाती हैं, बेस्टवालों को कैसे मालूम कि मुझे फलों में अमरूद विशेष पसंद हैं। फ्लाइओवरों की रेलिंगों पर फैली कथरियों का लाजवाब रंग

संयोजन। समूचा क्षेत्र जहाँगीर आर्ट गैलरी में तब्दील हुआ लगता था। मैदानों, फुटपाथों पर क्रिकेट खेलते बच्चे रुककर देखने लगते थे, अबे रुक, देखते नहीं, तुर्भेवाली बस में···बगल से ओवरटेक करते ट्रकों के पीछे घटिया और कुरुचिपूर्ण नारों जैसे 'बुरी नजरवाले तेरा मुँह काला' की जगह 'मेरा भारत महान्' जैसे देशभक्ति से ओतप्रोत नारे, उद्घोष तथा सड़क छाप, सस्ते शेरों की जगह बढ़िया शायरी, जैसे—'देखो मगर प्यार से···' या फिर तरन्नुम से लबालब छंद—

'हम किस-किसकी नजर से देखें, हर किसीकी नजर में रहते हैं,
किस्मत ही कुछ ऐसी पाई है, हर वक्त सफर में रहते हैं।'

इरशाद! मुकर्रर।

सूर्यबालाजी की सुरुचियों का ध्यान। इतना दीवारों, बाउंड्रियों पर लिखे विज्ञापन तक शुद्ध समाजोपयोगी। जैसे—नेत्रप्रभा, परिवार अंडरवियर और बनियान, पीड़ाहारी बाम, लुकमाने हयात तेल इत्यादि।

अचानक सूर्यबालाजी को वह दिन याद आता है जब वे पहली बार तुर्भेवाली बस में बैठी थीं। लगता था जैसे चुनाव हारकर, जमानत जब्त कराकर लौटी हों। या फिर किसी महापातक की मारी, हारी बेचारी···एक झुँझलाई हुई आत्मदया। कुंठित अस्थिरता से बस के अंदरूनी आहटी हालातों पर झुँझलाती हुई और कहाँ यह आज का दिन। आत्मविश्वास से ठसेठस्स ड्राइवर के पीठ पीछे, आत्मव्यंग्य की मसखरी बखानती लेखिका और इस सबका श्रेय तुर्भेवाली बस में की जानेवाली यात्राओं को ही तो।···

निष्कर्षतः सूर्यबालाजी का मानना है कि हिंदी के प्रायः सभी आमोखास रचनाकारों को जीवन में कभी-न-कभी और हो सके तो जल्दी-से-जल्दी तुर्भेवाली बस में यात्रा अवश्य करनी चाहिए। ठाणे से चेंबूर अथवा चेंबूर से ठाणे जाने के लिए नहीं वरन् मात्र तुर्भेवाली बस की यात्रा के दौरान होनेवाले रोमांचक तथा अभूतपूर्व अनुभवों का लाभ उठाने के लिए। उन्हें मालूम होना चाहिए कि जीवन में गंतव्य नहीं, यात्रा महत्त्वपूर्ण है, विशेषकर तुर्भेवाली बस जैसी यात्रा, जिसे एक बार संपन्न कर लेने के बाद आप हिंदुस्तान के किसी भी शहर, गाँव, कस्बे में किसी भी सवारी से, कैसे भी हालातों में बिना उफ किए प्रसन्न मन यात्रा करना सीख जाएँगे।···

□

दल-निर्माण की पूर्व संध्या पर

मैं देख रही हूँ कि अब मुझसे देश की दुर्दशा नहीं देखी जा रही। कुछ-न-कुछ करना ही होगा। तो करना तो यह है कि देश को ऊँचा उठाना है; और देश को ऊँचा उठाने के लिए हमें सबसे पहले सरकार को गिराना है। देश के लिए, देश की जनता के लिए इस समय इससे बढ़कर जरूरी काम दूसरा नहीं हो सकता—और हो भी तो उसे छोड़कर हम तो सबसे पहले सरकार को ही गिराएँगे।

अब चूँकि यह एक बड़ा काम है—सरकार को नीचे गिराने और देश को ऊपर उठाने का काम है, तो इसके लिए हम सबको यानी तमाम विरोधी दलों को एकजुट होकर यह काम करना होगा और एक सशक्त विपक्ष का निर्माण करना होगा। सशक्त विपक्ष के निर्माण के लिए आवश्यक सामग्री जुटानी होगी। सामग्री कुछ खास नहीं, सिर्फ कुछ अदद पार्टियाँ, निकम्मी सरकार की मलामतें करनेवाले पोस्टर और बैनर—विभिन्न दलों के चमचे, भैये, छुटभैये और उनके सीनियर-जूनियर मेट।

'तो सशक्त विपक्ष जिंदाबाद! क्या तुम्हें मालूम है कि हमें क्या करना है?'

'हाँ-हाँ, खूब मालूम है। सरकार ही तो गिरानी होगी।'

'गिरानी तो है, लेकिन कैसे?'

'उसमें क्या मुश्किल! दन्न से पटकनी देकर।'

'देखो, ज्यादा मत हाँको। अभी तक एक भी सरकार गिराई है?'

'उँह, सरकार नहीं गिराई तो क्या, एक-दूसरे को तो ऐसे ही अड़ंगी देकर गिराते आए हैं।'

'वो तो है, लेकिन सरकार के मामले में इतना आसान नहीं है, दोस्त, अड़ंगी देना। पहले हमें अपना एजेंडा बनाना होगा। एजेंडा बनाने के लिए अधिवेशन

बुलाना होगा।'

'और उससे भी पहले हमें अपने दल का अध्यक्ष बनाना होगा।'

'लेकिन अध्यक्ष किस दल का बनेगा? इसलिए पहले हम लोगों को अपने दल···इस सशक्त विपक्ष का नाम रखना होगा।'

'हाँ-हाँ, ठीक। चलिए, सबसे पहले अपने दल का नाम रखिए आप लोग।'

इसपर दल नंबर एक का मेट बोला, 'अरे, नाम में क्या रखा है? हमारे दल का नाम रख लीजिए। इसी नाम में सारे दलों को 'मर्ज' कर लीजिए।'

इसपर दल नंबर दो का चमचा चमककर बोला, 'मर्ज ही होना है तो आपवाला दल ही क्यों? हमारावाला क्या बुरा है? हमारेवाले में ही 'मर्ज' हो जाएँ सभी दल।'

'ओए-होए भइए!' तीसरे दल का छुटभैया ललकारा, 'स्ट्रेंग्थ देखी है अपने दल की! आपकी अचकन सीनेवाले कुबड़े दर्जी, दूधवाले ग्वाले और बगल की सब्जी मंडी के काछी-कुँजड़ों के मिलाने पर भी गिनती साढ़े सत्रह से आगे नहीं बढ़ पाई और हौसला देखो कि 'मर्ज' करेंगे सारे दलों को।'

'हें-हें, सवर्णों की राजनीति न चलाओ गुरु, वरना सारे खातों के नंबर उलीच देंगे।'

'छोड़िए-छोड़िए, होश में आइए। काछी-कुँजड़ों के चक्कर में आप भूले जा रहे हैं कि हमारा महान् उद्देश्य सरकार को गिराकर देश को ऊँचा उठाना है। चलिए, एकजुट होकर अपने सशक्त दल का नाम रखिए। मर्ज नहीं होना चाहते तो सब दलों के नामों को जोड़-तोड़कर देखिए—कुछ-न-कुछ नया, विचारोत्तेजक नाम सूझेगा ही।'

'हाँ-हाँ! ऐसे कि भारत दल, माइनस राष्ट्र दल, माइनस समाज दल, माइनस जन दल, बराबर दलदल? नहीं, ऐसे नहीं, जन दल माइनस राष्ट्र दल, प्लस हिंदुस्तानी दल बराबर! वही दलदल।'

'लेकिन दलदल पर तो लोग हँसेंगे न!' एक चमचे ने चिंता व्यक्त की।

'तो हँसने दो। उसकी हमने कब परवाह की! और फिर नाम में क्या रखा है? हमें तो काम देखना है, काम—काम यानी सरकार को गिराना। तो फिर यह तयशुदा है कि दल नंबर एक, दल नंबर दो, दल नंबर तीन, चार और पाँच—अर्थात् सारे दलों और उनके भैयों-भैयों को मिलाकर बनाया गया हमारा यह दलदल—सॉरी, सशक्त विपक्ष तैयार हो गया। अब हमें झटपट अपने महान् मकसद अर्थात् सरकार को गिराने का एजेंडा···'

इसपर दल नंबर दो का मेट ऐंठकर बोला, 'अरे, आप पहले अध्यक्ष का चुनाव तो करवाइए, एजेंडा बाद में।'

'ठीक है। मैं फलाँ-फलाँ तारीख को एक अधिवेशन बुलाए लेता हूँ। उसीमें आप लोग अध्यक्ष का चुनाव…'

दो नंबर का मेट वापस ऐंठकर बोला, 'लेकिन आप कैसे अधिवेशन बुलाने जा रहे हैं! अधिवेशन तो अध्यक्ष बुलाएगा न! आप लगे हाथों यहीं अध्यक्ष का चुनाव कर छुट्टी पा लीजिए। फिर वह अपना अधिवेशन वगैरह बुलाता रहेगा।'

इसपर पहलेवाले गुरु का चेला चमककर बोला, 'छुट्टी पा लीजिए से आपका क्या मतलब है? ऐं! भैयाजी ने इतने महान् उद्देश्य से सारे दलों को एकजुट किया है और आप अध्यक्ष का चुनाव कर उनसे छुट्टी पाने को कह रहे हैं! कायदे से अध्यक्ष का पद तो भैयाजी को ही सुशोभित करना चाहिए।'

'यानी आपके भैयाजी स्वनिर्वाचित अध्यक्ष हो गए! ऐं! वाह भई वाह! तो यों कहिए न कि सरकार को गिराने से पहले भैयाजी को उठाने की योजना थी आप सबकी!' दो-तीन दलों के मेट गरमाए।

भैयाजीवाले मेट भी आस्तीनें चढ़ाते आगे बढ़ आए—'क्यों नहीं! उन्होंने इतने-इतने दलों को एकजुट करने, पटाने की जहमत उठाई तो वो नहीं होंगे तो कौन होगा!'

'अरे वाह! और हमने जो अपनी पार्टी, अपना दल छोड़ा? इतना बड़ा त्याग किया, आपका साथ देने आए, सो कुछ नहीं?'

'सो तो हम सभी आए। लेकिन भैयाजी तो हमारी अध्यक्षता तक छोड़कर आए और फिर उनके पास तो कई पार्टियों की अध्यक्षता का अनुभव है।'

'देखिए, हमें पार्टी तोड़ने और छोड़नेवाले नहीं बल्कि पार्टी जोड़नेवाले अध्यक्ष की आवश्यकता है।'

'और उस सबके लिए आप सिर्फ अपने भैयाजी को ही उपयुक्त पाते हैं। ही-ही-ही।' चमचों के बीच से एक फब्ती उछली।

तीसरा छुटभैया चमककर बोला, 'क्या मैं पूछ सकता हूँ कि यहाँ आप पार्टी तोड़ रहे हैं या जोड़ रहे हैं?'

'न जोड़नेवाले, न तोड़नेवाले, हमें तो जोड़-तोड़ बिठानेवाले अध्यक्ष की आवश्यकता होगी। ही-ही-ही-ही!' समूह के बीच से एक आवाज ने किलकारी मारी। इसपर बाकी बचे छुटभैये, जिन्हें चाय की तलब लग रही थी, चिल्लाए, 'ओफ्फोह! आप लोग अधिवेशन क्यों नहीं बुला लेते?'

'भैये! यही तो तय नहीं हो पा रहा है कि अधिवेशन कौन बुलाए!'

तब अपने चमचों के उकसाने पर भैयाजी नंबर तीन गंभीर स्वर में बोले, 'छोड़िए भी यह टंटा, आप दोनों के बीच मामला नहीं सलट पा रहा है तो मैं बन जाता हूँ अध्यक्ष। असूल पर चलिए तो मेरी पार्टी की स्ट्रेंग्थ भी सबसे ज्यादा है, इसलिए कायदे से अध्यक्ष…'

'वाह, जब पार्टी मर्ज हो गई तो आपकी स्ट्रेंग्थ कैसी?'

'वह तो तब पता चलेगी जब उस स्ट्रेंग्थ को लेकर मैं अलग हो जाऊँगा।' भैयाजी नंबर तीन बमके।

भैयाजी नंबर एक फिर पुचकारे, 'देखिए, आप भूल जाते हैं कि हम लोगों ने एकजुट होकर सरकार को गिराने की कसम खाई है!'

इसपर चमचों ने ताली पीटकर कैसेट लगा दिया, 'खाई है रे हमने कसम संग रहनेऽऽऽ की।'

'ओफ्फो! तो उससे कौन इनकार करता है? मुझे अध्यक्ष बना दीजिए। इसी दम सबको जुटा-पटाकर सरकार को गिरा दूँगा।'

'लेकिन पार्टी का दो-तिहाई बहुमत मेरे अध्यक्ष बनने के पक्ष में है। ऐसी स्थिति में मैं लोकतांत्रिक मूल्यों के खिलाफ कैसे जा सकता हूँ!'

'और मैं आपको बता दूँ कि आपके इस लोकतंत्र की रक्षा के लिए जितने सदस्य मैंने और पार्टियों से फोड़े हैं उतने आपने नहीं। आप अध्यक्ष बनाते हैं मुझे या मैं उठाऊँ अपने फोड़े हुए सदस्यों की सूची का खोंमचा? तमाम ग्राहक खड़े हैं लोकतंत्र, जनतांत्रिक मूल्यों और जनहित को मुँहमाँगे दामों में खरीदने के लिए। समझे?'

'यानी आप लोकतांत्रिक मूल्यों को बेचने पर उतारू हैं?'

हंगामा बरपाने के लिए इतना इशारा काफी था। 'कौन? कौन बेच रहा है हमारे रहते (या हमारे सिवा), जरा देखें तो कौन?'

'ये! नहीं ये!'

'और ये भी तो…'

दम-के-दम लोकतंत्र की प्रतिष्ठा इन महत्त्वपूर्ण सवालात के साथ जुड़ गई। खतरे की घंटी बज गई। यार लोग भिड़ गए। बीच-बीच में 'अध्यक्ष कौन' की आवाजें आती रहीं, 'मेरा नाम जोकर' का कैसेट बजता रहा—'ये नहीं, वो नहीं, तू नहीं, तू भी नहीं…' गुलाम अली भी पूछते रह गए—'हंगामा है क्यों बरपा?' लेकिन आलम यह कि भैयों-छुटभैयों तथा मेटों के बीच नोच-खसोट और सिर

फुटव्वल के कई राउंडों के बाद भी मुद्दा ज्यों-का-त्यों रहा, क्योंकि अंतिम राउंड की समाप्ति तक भारत माता के इन तमाम लालों में (अध्यक्ष बनने के लिए) साबित बचा न कोय।

इस प्रकार 'सशक्त विपक्ष के निर्माण की पूर्व संध्या' 'एक शाम देश के नाम' के रूप में आनेवाली पीढ़ियों के लिए एक मिसाल कायम कर गई।

□

एक खुराफाती सपना

प्रिय पाठको! अपने इस लेख में आगे मैं जो कुछ लिखूँगी वह सब असंभव, ऊलजलूल और बेतुकेपन की हद से गुजरनेवाली गप्प होगी। यानी महानर्गल। काफी कुछ शर्मनाक किस्म की भी।…दो-चार पंक्तियाँ पढ़ने के बाद आप खुद समझ जाएँगे कि सब झूठ है। कोरी गप्प और बकवास!…ऐसा कहीं (और कभी) किसी देश, किसी मुल्क, किसी व्यवस्था में घट सकता है भला!

सचमुच नहीं घटा। घटता तो उस देश, उस सरकार, उस व्यवस्था की सारी दुनिया में थपोड़ी न पिट जाती! इसलिए हरगिज घट नहीं सकता था यह सबकुछ हकीकत में।

बस इसीलिए, घटा यह सब तो सिर्फ मेरे सपने में।

अब आप मुझे या मेरे सपने पर लाख लानतें भेजें, पर सपना तो सपना, घटना था, घट गया। अब जो कुछ यथार्थ में नहीं घट सकता, वही सब तो स्वप्न में घटित होता है, यानी हमारी अधूरी, अजीबोगरीब इच्छाएँ, कुंठाएँ, दिमागी खुराफातें…मेरे सपनेवाली!

कौन सा सपना? अरे वही, रक्षाबंधनवाला। जिसमें मैंने लपक के एक नेताजी को राखी बाँध दी थी। हकीकत में इतनी दूरदर्शी कहाँ थी मैं कि उन नेताजी की हथेलियों, कलाइयों में पड़ी रेलवे लाइनों की आड़ी-तिरछी पटरियाँ पढ़ लेती; पर सपने में बाँच लीं। बाँचकर गद्गद हो ली।

अगल-बगल खड़े ऐरे-गैरे भाइयों को कोहनी मारकर कहा, 'मैंने भविष्य के रेलमंत्री को राखी बाँधी है।'

'तो?'

'तो अपने भी नसीब की गाड़ी का सिग्नल ग्रीन ही रहेगा न!'

और मेरी 'स्वप्नदर्शी' आँखें भविष्य का लंबा माइलेज तेजी से तय करने लगीं—'क्या पता कब मेरा मन रेलगाड़ी में बैठने के लिए मचल जाए, तो राखी के पवित्र धागों में बँधा मेरा भाई मेरा मनोरथ पूरा करेगा-ही-करेगा। वह राखी का अपमान नहीं होने देगा, सपने में भी···

लोगों ने भी (सपने में ही) मेरी खिल्ली उड़ाई, 'अरे, इतना असंभव नहीं है अभी भारतीय रेल में यात्रा करना कि उसके लिए रेलमंत्री को राखी बाँधी जाए!'

'भक्क!' मैं इठलाकर बोली।

'मैं कोई ऐसी-वैसी रेलयात्रा थोड़ी करूँगी।'

'फिर कैसी करोगी?'

'रेलगाड़ी ऐसी होवे कि मैं जहाँ भी चाहूँ वहीं रुक जावे, जब तक चाहूँ, रुकी रहवे···और चला दूँ तो चल देवे। जो-जो स्टेशन पे ना रुकती होवे, वोई पे रोकूँ और जो लाइन पे ना चलती होवे वोई पे चलाऊँ।···जब चाहे पटरी से उतारूँ, जब चाहे पटरी पे चढ़ाऊँ।'

सपने में भी एक मनचले ने बिराया, 'मेरी मान तो तू एक घोड़ी ले ले, बहन।'

मैंने भी करारा जवाब दिया, 'जब मैं रेलगाड़ी को ही घोड़ी की तरह चला सकूँ तो फिर घोड़ी काए कूँ लूँ? बताओ तो? मैं अपने राखीबंद भाई से कहूँगी—भैया मेरे! ऐसी रेलगाड़ी चलवाओ जो मेरी जुबान के 'रिमोट' से चले।'

भैया कहेंगे, 'कितनी गाड़ियाँ चाहिए, बहन? एक नहीं, दस ले ले तू! तेरी राखी पर तो सारा रेलवे टाइम टेबल क्या, रेल विभाग न्योछावर कर दूँ। भाई-बहन के इस पवित्र रिश्ते को कोई कंट्रोल रूम नियंत्रित नहीं कर सकता। कोई समय सारणी इसकी अवहेलना नहीं कर सकती। मैं नहीं चाहता कि भारतीय संस्कृति को रेल की पटरियों पर आकर खुदकुशी करने की कोशिश करनी पड़े।···और फिर अब तो अपना राज है। जब तक है, कर लें अपने मन की।'

'तो भैया, मैं इंजन में बैठ जाऊँ?'

'बैठ जा, बैठ जा। बल्कि चला भी ले, तेरा मन करे तो। वैसे भी इस वाली ट्रेन का ड्राइवर रिटायर होने वाला है, घंटे भर पहले सही।'

'भैया, एक बात और मन में आई।'

'बोलो बहन! बोलो।'

'मैंने कभी एक्सीडेंट ना देखा।'

'क्या बात करती है, बहन! ऐसा गैर जिम्मेदाराना वक्तव्य तो तू देना मत।

वह भी मेरी बहन हो के। अरे, मेरे रेलमंत्री होने से पहले तो महीनों, सालों, गाड़ी पे गाड़ी, डिब्बे पे डिब्बे, एक्सीडेंट पे एक्सीडेंट, इस्तीफों के शोर पे शोर…'

'हुए होंगे, पर हमने ऐन आँखों के सामने नई देखे न!'

'तो जब बोल, इंतजाम करवा दूँ। हो जाएगा। एक्सीडेंट कौन बड़ी चीज है!…अरे, शाहजहाँ की बेगम मुमताज ने नहीं ख्वाहिश जाहिर की थी कि मैंने कभी नाव को नदी में डूबते नहीं देखा। बस माशूका को खुश करने के लिए बादशाह सलामत ने चुटकी बजाई, इशारा किया—और…मल्लाह ले डूबे अपनी नाव को। इस देश के मल्लाह हमेशा से ट्रेंड रहे हैं अपनी नाव डुबोने में। तो हम क्या अपनी बहन के लिए वर्तमान को रिवर्स गियर में नहीं डाल सकते क्या! हम तो हमेशा से इतिहास दुहराते आए हैं।'

'सो तो है ई, डुबोने में कोई कोर-कसर बाकी हैगी क्या?'

'अरे, हम देश की बात ना कर रहे, हम नाव की बात कर रहे, बहन!'

'एकई बात है, जैसे नाव तैसे देस।'

'अरे! क्या देश भी डूब रहा है, बहन? मुझे किसीने फोन तक नहीं किया।…अच्छा, तुम्हारे पास आई सूचना के हिसाब से कब डूबा देश?'

'सूचना की न पूछो। मैंने सही-गलत जानना चाहा तो लोग उलटे मुझे ही बिराने लगे, खिल्ली उड़ाने लगे कि बताएँ! पैली बार जब तुम्हें टिकट दिया गया, दूसरी बार जब तुम्हें वोट दिया गया, तीसरी बार…'

'हैं! इतनी बार देश डूब-डूबकर उतराया और मुझे मेरे सेक्रेटरियों ने सूचना तक नहीं दी!'

'छोड़ो भी भैया, सूचना मिल भी जाती तो क्या करते तुम?'

'देश को बचाने की कोशिश करता, बहन! देश को नहीं बचाएँगे तो हम-तुम राज कहाँ करेंगे? बोलो? और किसी देश में हमारा-तुम्हारा गुजारा नहीं, बहन। यह सब इसी देश में संभव है। इसलिए इस देश को बचाना है। बहन! मुझे क्षमा करना। रेलगाड़ी जहाँ कहो चलवा दूँ, जहाँ कहो रुकवा दूँ। पटरी से उतार दूँ, डिब्बे पे चढ़ा दूँ। आखिर रेलमंत्री बना किसलिए हूँ! तुम्हारे लिए इतना भी नहीं कर सकता! लेकिन अगर देश पूरा डूब जाएगा तो हम राज कहाँ करेंगे? बोलो?'

प्रिय पाठको! मैंने आपसे पहले ही कहा था कि मैं एक अनर्गल, वाहियात सपना बयान करने जा रही हूँ। अब सपना तो सपना, कैसी भी दोपर की हाँक सकता है! लेकिन सपने कभी सच नहीं हुआ करते। अब हकीकत में थोड़ी न हो सकता है यह सब! है कि नहीं! □

हिंदी साहित्य की पुरस्कार परंपरा

हिंदी साहित्य के लेखकों को दो प्रमुख श्रेणियों में विभाजित किया जा सकता है—एक, पुरस्कृत लेखक और दूसरे, अपुरस्कृत लेखक। मोटे तौर पर पुरस्कृत लेखक वे होते हैं जो गालियाँ लिखते हैं और अपुरस्कृत लेखक वे होते हैं जो गालियाँ देते हैं। इसके पीछे भी बड़ी समर्थ और सुदीर्घ परंपराओं का हाथ होता है। पुरस्कृत लेखक गालियाँ कैसी और कितनी लिखते हैं, यह उनके गहन चिंतन, जीवन दर्शन, रुचि और दृष्टिकोण पर निर्भर करता है। साथ ही उन्हें मिलनेवाले पुरस्कारों की शर्तों पर भी। कुछ पुरस्कार तो गालियोंवाले साहित्य के लिए आरक्षित ही रखे जाते हैं, जिस तरह कुछ फिल्में मात्र वयस्कों के लिए।

ठहरिए, थोड़ी भूल हो गई। अपुरस्कृत लेखकों की भी दो श्रेणियाँ होती हैं। एक, वे लेखक जो पुरस्कारों पर टूटते लेखकों को देखकर यह सोचकर दुःखी होते हैं कि हे ईश्वर! यह बेचारा नहीं जानता कि यह अपनी कलम के लिए कितना बड़ा खतरा उठाने जा रहा है। दूसरे, वे लेखक जो यह सोचकर दुःखी होते हैं कि काश! खतरा उठाने का यह मौका मुझे मिला होता।

यूँ जहाँ तक दुःखी होने का सवाल है, पुरस्कृत लेखक भी होते हैं; बल्कि अपुरस्कृतों से ज्यादा ही। क्योंकि जहाँ अपुरस्कृत लेखक सिर्फ यह सोचकर दुःखी हो लेता है कि मुझे पुरस्कार क्यों नहीं मिला, वहीं पुरस्कृत लेखक यह सोच-सोचकर अनवरत दुःखी होता रहता है कि अमुक पुरस्कार मुझे इतनी देर से क्यों मिला? चार-छह या आठ साल पहले ही क्यों नहीं मिला? और मुझे मिला तो मिला, औरों को भी क्यों मिला? उन लोगोंवाले पुरस्कार भी मुझे मिल जाते तो क्या हर्ज था? उसका पुरस्कार मेरे पुरस्कार से ऊँचा कैसे? आदि। निष्कर्ष, अपुरस्कृत लेखकों के दुःख एक, पुरस्कृतों के अनेक।

हाँ, दोनों ही श्रेणी के लेखकों में समानता सिर्फ एक होती है कि हर पुरस्कृत या अपुरस्कृत लेखक के हिसाब से, उसके सिवा बाकी सारे लेखकों का लेखन अप्रतिबद्ध, अपरिपक्व, अस्तरीय तथा खारिज कर देने लायक होता है।

खैर, ये तो हुए कुछ उच्च स्तरीय सैद्धांतिक और वैचारिक मुद्दे। अब इनकी चर्चा छोड़, चलें हम झाँसी के मैदानों में···जहाँ पुरस्कृत तथा अपुरस्कृत, दोनों सेनाओं के तंबू आमने-सामने तने हुए हैं। सरगर्मी दोनों तरफ है। क्या कहा? फलाँ के लिए फलाँ पुरस्कार की घोषणा हो गई? और हमारे ट्रस्ट-ट्रस्टी, न्यास-न्यासी और अकादमियाँ अगले-के-अगले साल पर टालते सोते रह गए! साहित्यकार की तो खैर कोई बात नहीं, पर पुरस्कार तो हमारे पुरस्कार से पहले और ज्यादा सुर्खियाँ समेट ले गया न!

खैर चलो, अपन भी दिए डालते हैं। करा दो घोषणा। और हाँ, पुरस्कार की राशि भी उसवाले पुरस्कार से पच्चीस रुपए ज्यादा कर दो। सुर्खियाँ बटोर लो। जितना कवरेज उसवाले पुरस्कार को मिला उससे कम हमें न मिलने पाए। पुरस्कार हम साहित्यकार की श्रेष्ठता या महानता दिखाने से ज्यादा अपने पुरस्कार की श्रेष्ठता दिखाने के लिए देते हैं। श्रेष्ठ साहित्यकार नहीं होता, श्रेष्ठ पुरस्कार होता है। और ऐसे किसी श्रेष्ठ पुरस्कार को पाकर ही साहित्यकार श्रेष्ठता को प्राप्त होता है। वह अगर महान् बन गया या माना गया तो अच्छा लिखने के कारण नहीं वरन् पुरस्कार मिलने के कारण। जैसे ही किसी नामी पुरस्कार का वरदहस्त लेखक पर पड़ा, चारों तरफ, हर खेमे में खलबली मच जाती है। चैन की नींद सोती पत्र-पत्रिकाएँ, लेखक-समीक्षक, रेडियो-दूरदर्शन और साक्षात्कारी खाटी-पाटी छोड़ उठ दौड़ते हैं। पीछे-पीछे प्रकाशक और फुटकरिए भी अपने शॉल-दुशाले और श्रीफल लिये क्यू में आ खड़े होते हैं। बेचारा लेखक भी उनको, कभी उनके दुशाले और श्रीफल को देखता हुआ सोचता है—आप लोग अब तक कहाँ थे बंधु?

बहरहाल, पुरस्कारों का कारवाँ गुजरता है। गुबार उड़ती है अपुरस्कृतों के खेमों की तरफ। आखिर कब तक सब्र किया जाए? तो बाकी बचे बंधु भी धूल झाड़कर खड़े हो जाते हैं। आनन-फानन में पुरस्कार लेने के बदले पुरस्कार देने की योजना बना डालते हैं। हर लेखक अपने पिता, पुत्र, पत्नी (दिवंगत होने की ही स्थिति में) के नाम से एक पुरस्कार घोषित कर उसे तत्काल अपने एक मित्र के नाम आवंटित कर देता है। पुरस्कृत मित्र भी ठीक यही प्रक्रिया दोहराता है और इस प्रकार कालांतर में दूसरा मित्र भी अपुरस्कृत रह जाने के कलंक से मुक्ति पा लेता

है। निरंतर प्रगति करती हुई यह प्रक्रिया तेजी से लेखकों की एक विशाल जनसंख्या को पुरस्कृत करने की दिशा में सेवारत है। इसका दावा है कि अगले कुछ वर्षों में हिंदुस्तान में गरीबी, भुखमरी आदि चीजें मिटें-न-मिटें, अपुरस्कृत लेखकों का नाम जड़ से मिटा दिया जाएगा। सारी दुनिया हिंदुस्तान के किसी अपुरस्कृत लेखक का मुँह देखने को तरस जाएगी।

पर फिलहाल तो हैं ही। अकसर मेरे पास आते भी हैं, प्रकारांतर से यह पूछने कि पुरस्कार न मिलने के दुःख से किस प्रकार मुक्ति पाई जाए? उपाय के तौर पर मैं उन्हें सुझाती हूँ कि अपनी पुस्तकें पुरस्कार-ट्रस्टों और योजनाओं को न भेजकर। ऐसे में आप स्वयं और दूसरों से यह कहने के लिए पूर्ण स्वतंत्र हैं कि मैंने अपनी पुस्तक ही नहीं भेजी थी तो पुरस्कार कहाँ से मिलता!

तब नवोदित बताते हैं कि क्या करें, न भेजने पर कुछ संस्थाएँ और योजनाएँ पहले हठ फिर धमकी भरे पत्र भेजने लगती हैं, जिसका आशय कुछ इस प्रकार का होता है कि देखिए, आपकी सेवा में भेजा जानेवाला यह तीसरा पत्र है। हम पहले ही सूचित कर चुके हैं कि हम अपनी पुरस्कार योजना के अंतर्गत आपको पुरस्कृत करने का दृढ़ संकल्प और पक्का इरादा कर चुके हैं। अतः पत्र पाते ही कृपया अपनी पुस्तकों की चार-चार प्रतियों का पूरा सेट अथवा एकाध पुस्तक ही सही, अविलंब भेजें। यदि आपकी कोई कृति प्रकाशित न हुई हो तो हमारी सहयोगी पत्रिका की कहानी प्रतियोगिता के लिए एक (कोई भी, कैसी भी) कहानी ही भेजें। हम आपको विश्वास दिलाते हैं कि पाँच रुपए से लेकर पचास रुपए तक के अन्यान्य पुरस्कारों में से एक-न-एक आपके हक में जाएगा ही। कृपया शीघ्रता करें। नोट—पुस्तकें न भेजने, प्रतियोगिता में भाग न लेनेवाले अप्रतियोगियों को घातक परिणाम भुगतने पड़ सकते हैं।

इस धमकी से डरा-सहमा लेखक उक्त प्रतियोगिता के लिए सही अर्थों में एक करुण कहानी लिखने बैठता ही है कि पोस्टमैन कुछ और 'व्यक्तिगत' 'गोपनीय' पत्र डाल जाता है, जिनके अनुसार उसे उक्त प्रतियोगिता में भाग लेने के घातक परिणाम भुगतने पड़ सकते हैं। दोनों ध्रुवों पर भुगतने की नियति के बीच फँसा बेचारा लेखक सलमान रश्दी का तहखाना या सद्दाम हुसैन का बंकर तलाशने लगता है। इस प्रकार आज के साहित्य में व्याप्त आतंक, वेदना और विसंगतियों का मूल स्रोत हिंदी साहित्य की पुरस्कार परंपरा के किसी छोर से ही फूटता है।

बहरहाल, निष्कर्षत: हिंदी साहित्य की श्रीवृद्धि में इसकी पुरस्कार परंपरा का अपना अलग महत्त्व है। इसने लेखक और लेखक तथा लेखक, संपादक और पत्रकारों के बीच परस्पर भाईचारे की भावना को बढ़ाया है। तू मेरे नामवाला पुरस्कार ले और अपने नामवाला मुझे दे। इस प्रकार पुरस्कार लेते और देते हुए हम दोनों एक-दूसरे को समृद्ध करते रहें, साहित्य समृद्ध हो, न हो।

□

जागो, मोहन प्यारे!

मान लीजिए कि आप किसी स्कूल में पढ़ रहे हैं (यों स्कूलों में आजकल पढ़ता-पढ़ाता कौन बेवकूफ है—अर्थात् कोई बेवकूफ नहीं!) और परचे में आ गया कि आज की हिंदुस्तानी औरत पर एक लेख लिखिए, तो कैसे लिखेंगे आप?

ऐसे लिखेंगे कि पहले प्वाइंट्स बना लीजिए, जैसे प्रस्तावना—यानी कि हिंदुस्तानी औरत है किस चीज या चिड़िया का नाम? फिर इस हिंदुस्तानी औरत नामक चीज या चिड़िया को प्रमुख कितने प्रकारों में बाँटा जा सकता है? इसके बाद हिंदुस्तानी औरत से फायदा और नुकसान तथा अंत में निष्कर्ष यानी 'कनक्ल्यूजन'? (खासा सस्पेंसी न!)

अब लेख बाकायदे शुरू होता है कि यों तो संसार में अनेक प्रकार की औरतें पाई जाती हैं, लेकिन हिंदुस्तानी औरत की तरह हैरतअंगेज चीज कोई दूसरी नहीं। इसे लेकर देश-विदेश में तरह-तरह के किस्से और किंवदंतियाँ प्रचलित हैं। इसका नाम कुतूहल और आश्चर्य के साथ लिया जाता है। बाहरी मुल्क के लोगों को तो इस बात पर विश्वास ही नहीं होता कि हिंदुस्तानी औरत एक ऐसी गुणकारी 'कमोडिटी' है जिसे वक्त-बेवक्त ईंधन की तरह जलाया भी जा सकता है। खैर, यह सब तो रहे फायदेवाले प्वाइंट, पर अभी तो फिलहाल इतना ही कि एक आम हिंदुस्तानी के लिए भी यह पता लगाना खासा मुश्किल काम है कि आज की निखालिस हिंदुस्तानी औरत आखिर है कौन!

'कहिए साहब! आप बताएँगे?' (बतर्ज, टी.वी. क्विज कार्यक्रम।)

'जी हाँ, नींबू की सनसनाती ताजगीवाले साबुन की झाग में छपकोरियाँ मार-मारकर नहानेवाली और कंडीशनरयुक्त शैंपू से बालों को झटककर भाँति-भाँति के कोला, ऑरेंज या लेमोनेड पीनेवाली खुशहाल, तरोताजा कन्या ही असली

हिंदुस्तानी औरत है।'

'और कोई? हाँ, आप!'

'मेरी समझ से इसके बिलकुल विपरीत। दहेज की डिमांड और सप्लाई में बैलेंस न बैठ पाने के कारण परिवार और समाज के बीचोबीच आजीवन वनवास भोगनेवाली दुखियारी कन्या ही असली भारतीय कन्या है।'

'चलिए, और कोई? हाथ उठाइए!'

'जी, हर साल-डेढ़ साल में 'लड़के' की आस में बेडौल पेट लिये, स्वास्थ्य केंद्रों के चक्कर लगानेवाली और उस आस में लड़के की जगह 'लड़की' की भनक लगते ही फौरन अपने संरक्षकों द्वारा जिबह के बकरे की तरह खींचकर भ्रूण-हत्या की बेंच पर लिटा दी जानेवाली औरत ही…'

'बहुत खूब! और आपमें से कोई?'

'महीने में दर्जनों के हिसाब से 'जलाई' जानेवाली और इस तरह किरोसिन की बढ़ी कीमतों का असली दारोमदार ढोनेवाली औरत ही असली हिंदुस्तानी औरत है।'

वे एक और तसवीर पेश करते हैं। शायद वह आपको ज्यादा विश्वसनीय, ज्यादा असरदार लगे। ताली बजाइए, दृश्य बदलेगा और बाजीगरनुमा पति के इशारे पर जमूरा स्टाइल में उठक-बैठक करती नजर आती है हिंदुस्तानी औरत की एक और नायाब किस्म—डायलॉग चालू।

'औरत! खाना लगाया?'

'जी, लगाया पति महाराज!'

'औरत! खाने में कोफ्ते बनाए?'

'बनाए तो नहीं, पर बनाए देती हूँ, महाराज।'

'वेरी गुड! अच्छा, मेरे बच्चे कैसे हैं?'

'सही-सलामत हैं, महाराज!'

'किस-किस क्लास में हैं?'

'इस-इस क्लास में हैं, महाराज!'

'उनका होमवर्क बराबर कराती हो?'

'कराती हूँ, महाराज!'

'और अपना होमवर्क?'

'बुश्शर्ट में प्रेस, कुरते में कड़क काँजी और जूतों में पॉलिश बराबर, महाराज!'

'और मेरा नाश्तेदान?'

'हाजिर महाराज!'

'बिजली का बिल?'

'अदा महाराज!'

'ये क्या 'महाराज-महाराज' लगा रखी है पुराने दकियानूसी, रूढ़िवादियों की तरह? अरे, हम पढ़े-लिखे, सुशिक्षित, समझदार, मॉडर्न लोग हैं—वैसा कुछ बोल!'

'ओ.के. जी।'

'वाह! ये हुई न बात! अब जरा इधर आकर मेरी ये सारी फाइलें निबटवा दे। ज्यादा ही इकट्ठी हो गई हैं। ऑफिस में तो यार-दोस्त हँसी-ठहाकों के बीच कुछ करने ही नहीं देते।'

'ओ.के. जी।'

'हाँ, तुम्हारा पार्ट टाइम जॉब कैसा चल रहा है?'

'ठीक-ठाक जी!'

'पे मिली?'

'मिली जी। उसीसे तो बिजली का बिल और सिलेंडर लाई न!'

'वेरी गुड! अच्छा सुनो, वो जो तुम्हारे दफ्तर में मलकानी की बच्ची 'विमेन लिब एसोसिएशन' बना रही थी, सो कैसा चल रहा है?'

'क्या मालूम! इधर मिली नहीं उससे।'

'वाह! वेरी गुड! मिलना भी मत। हमारे ऑफिस में उस आदमी की बड़ी खिल्ली उड़ती है, जिसकी बीवी विमेन लिब के जुलूसों में नारे लगाती है। यूँ मुझे तो कोई आपत्ति नहीं। मैं तो सेंट-परसेंट आधुनिक विचारों का हूँ। अब यही देख लो, तुम्हें हर तरह की स्वतंत्रता मैंने दी है; हर तरह के काम की आजादी—चाहे बिजली का बिल अदा करो, चाहे बच्चों की फीस, होमवर्क, सिलेंडर, ऑफिस-रजिस्टर, दफ्तर-दुकान, पूड़ी-पकवान सब पर तुम्हारा अधिकार। सब तुम्हारे कब्जे में। यहाँ तक कि मेरे ऑफिस के कामों तक में तुम्हारा बराबरी का हिस्सा—डोंट यू थिंक। यू आर रियली लकी!'

'जी महा··ओ.के. जी।'

कहिए, पसंद आई न यह वाली किस्म! यानी पीर, बावर्ची, भिश्ती, खर—सबके गुण, सबके काम। 'एकहि साधे सब सधे'—यही वाली किस्म आजकल सबसे ज्यादा पॉपुलर और डिमांड में है। यह औरत सुघड़, सुशिक्षित, घर के कामकाज में निपुण और आधुनिक सलीकेवाली होती है। इसके पति का यह दावा

रहता है कि उसकी बीवी एक मुक्त, जागरूक नारी है और यह मुक्ति उसे खुद उसके पति ने ही प्रदान की है।

लेकिन रुकिए, जरा इन साहब की भी सुन लें। हाँ, आपका क्या कहना है कि तथाकथित पति झूठ बोलता है? हिंदुस्तानी औरत को उसके पति ने नहीं, हम बाकी पुरुषों ने जगाया हुआ है, तरह-तरह की चाय और क्रीम लोशनों की मार्फत। और इस तरह जगी हुई आज की हिंदुस्तानी औरत हिंदुस्तान के हर क्षेत्र में पुरुष के कंधे से कंधा भिड़ाकर बाकायदा आगे बढ़ रही है। भई वाह! आधुनिकता, उन्नति और विकास के लिए मानदंड भी क्या जोरदार, लाजवाब यानी पुरुष के कंधे! कर्मठता की चोटी यानी कि हाइएस्ट प्वाइंट! या खुदा! अगर हिंदुस्तानी मर्द के कंधे न होते तो आज तक हिंदुस्तानी औरतों के साहस और दमखम की पड़ताल-पैमाइश कहाँ और कैसे हो पाती!

तो लो, पुरुष की बराबरी पर नीचे उतर आईं हम औरतें। अब जश्न मना लिया जाए। कौन सा फाइव स्टार होटल ठीक रहेगा? किस मंत्री से उद्घाटन और कौन सा वी.आई.पी. अध्यक्ष? और मेनू हाँ, हाँ, चटपटा, जायकेदार···

माफ कीजिएगा, मेनू सेट होते समय बाधा उपस्थित हो रही है। सो उसका खेद प्रकाश। 'सुनिए जरा इधर, आप कौन साहब हैं और क्यों इस रंगारंग कार्यक्रम के रंग में भंग डालने पर तुले हुए हैं? क्या कहना है आपको?'

'कहना यही है कि औरत कहीं जगी-वगी नहीं। हिंदुस्तान की असली औरत आज भी भूख, गरीबी और अत्याचारों से त्रस्त है। वह शोषित, पीड़ित, दबी-घुटी और सताई हुई है।'

'माफ कीजिएगा, आपको कुछ गलतफहमी हुई है, भाई साहब! अच्छा, टेलीविजन नहीं है क्या आपके पास? उसपर देखिए न, तो सही जानकारी हासिल होगी आपको। क्या कहा कि टेलीविजन हिंदुस्तानी औरतों की सही जानकारी प्रस्तुत नहीं कर रहा? अरे, वाह-वाह, कैसे नहीं कर रहा! औरतों की तमाम समस्याओं और परेशानियों से जूझ रहा है दूरदर्शन। टी.वी. खोलकर देखिए न! लेटेस्ट जानकारी मिलेगी आपको। यही तो है मुक्ति, यही तो है एवेकनिंग! लेकिन काश, हम अपनी सचमुच की सगी बहनों से गुजारिश कर पाते कि बहनो, औरतों से पहले आज के हिंदुस्तानी पुरुषों को जगाओ न, जो अपने पूर्वग्रहों और नकली आधुनिकता की चादर ढाँपे सो रहे हैं। तो आओ प्यारी बहनो, आओ, सब एक साथ मिलकर गाओ—जागो, मोहन प्यारे, जागो! □

मेरा शहर : कुछ नवनिर्मित दर्शनीय स्थल

आइए-आइए! नए-नए से आए लगते हैं, बंधु, इस शहर में। तो इतिहास के घूरे और वर्तमान की खंदक पर बसे इस महान् ऐतिहासिक, दर्शनीय और पर्यटकों के दुलारे शहर में स्वागत है आपका। चलिए, दम-के-दम पूरा शहर घुमा-फिरा के दिखा लाता हूँ आपको।

क्या कहा? शहर आपका जाना-बूझा है? पुराने बाशिंदे हैं आप यहाँ के? खुद-ब-खुद एक रिक्शा पकड़ के जहाँ जाना होगा, चले जाएँगे? किसी गाइड-वाइड की जरूरत नहीं?

बस यहीं थोड़ी गलती कर रहे हैं, बंधु! शहर अब वह नहीं रहा जो पहले कभी हुआ करता था। हर गली, सड़क, चौराहा नए नामों, नई भूमिकाओं का अभ्यस्त हो चुका है। वह बदलाव से आई नई व्यस्तताओं से लथपथ है। अत: जरूरत है आपको एक ऐसे गाइड की जो विकास की खपच्चियों पर कलामंडी खाते इस ऐतिहासिक शहर को नए संदर्भों में परिभाषित, व्याख्यायित कर सके। नित नए बनते दर्शनीय स्थलों को दिखा-समझा सके, उनके बारे में अपेक्षित जानकारी दे सके।

और फिर खुद तो आप जा ही नहीं सकते न! क्योंकि आज पूरे शहर में 'बंद' है।

क्या, कहाँ? क्यों बंद है शहर में?

दरअसल सारे विद्यालय बंद कर दिए गए हैं न अनिश्चित काल के लिए। इसीके विरोध में शहर बंद का आयोजन है।

विश्वविद्यालय क्यों बंद हुआ? क्योंकि अव्यवस्था और भ्रष्टाचार बढ़ गया था। पिछले कई वर्षों से परीक्षाएँ समय पर नहीं हो पा रही थीं।

परीक्षाएँ समय पर क्यों नहीं हो पा रही थीं?

क्योंकि पिछले कई वर्षों में विश्वविद्यालय कई बार बंद करना पड़ा था न, इसलिए।

कई बार क्यों बंद करना पड़ा? या दूसरे शब्दों में, इतनी बार क्यों बंद हुआ?

इसलिए क्योंकि जब विश्वविद्यालय खोला जाता था तो भ्रष्ट प्रशासनिक गतिविधियों की न्यायिक जाँच के लिए बंद करने की माँगें जोर पकड़ती थीं और जब बंद कर दिया जाता था तो तत्काल खोलने के लिए आमरण अनशन।

चलिए, आपको राहत हुई कि विश्वविद्यालय परिसर में आपको कोई काम नहीं था। अलबत्ता यहाँ के पूर्व छात्र रहने के कारण विश्वविद्यालय से संबद्ध अस्पताल के कुछ डॉक्टरों से मिलना चाहेंगे। किंतु क्षमा कीजिए, बंधु, उस अस्पताल के तो सभी डॉक्टर हड़ताल पर हैं। नर्सें तथा अन्य कर्मचारी भी।

क्या पूछा आपने? कि तब मरीजों और घायलों की चिकित्सा की व्यवस्था?

मरीजों और घायलों की ठीक-ठाक चिकित्सा की व्यवस्था न हो पाने की वजह से ही तो अस्पताल में तोड़-फोड़ और गड़बड़ी मचाई गई। इस दौरान कई डॉक्टर और मरीज गंभीर रूप से घायल भी हुए। उन्हें चिकित्सा के लिए अस्पतालों में ले जाया गया।

और इस अस्पताल में पहले के भरती मरीज? उनकी चिकित्सा का सवाल ही पैदा नहीं होता। वे मरीज हैं कहाँ? उन्हें शीघ्र-से-शीघ्र सारे वार्ड खाली कर देने की घोषणा कर दी गई। जब एक तरफ छात्रों से छात्रावास खाली कराए जा रहे थे तभी दूसरी तरफ मरीजों से अस्पताल के वार्ड। उपरांत अस्पताल के बाह्य, सामान्य, सघन और आपातकालीन आदि सभी चिकित्साकक्ष भी बंद घोषित कर दिए गए।

फिर भी शेष नगर तो है ही। उसे तो घूम-फिरकर देखा ही जा सकता है। वरना प्लेटफॉर्म पर बैठकर मक्खियाँ मारने का क्या लुत्फ; जबकि इस शहर में आने से पहले, ठीक ऐसे ही बदबू भरे प्लेटफॉर्म पर ऐसी ही अनगिनत भूखी-प्यासी मक्खियाँ अपनी ट्रेन आने के इंतजार में घंटों-घंटों मारी होंगी।

इसलिए आइए, किसी पुलिस, गुंडे या नेता की गाड़ी पकड़ते हैं। शहर इनका, वारदातें इनकी, कारनामे इनके, कसूर जनता का।

सामने से आती इसी गाड़ी को रोका जाए? साफ-साफ पता चलना तो मुश्किल है कि गाड़ी किसी आतंकी, अपराधी तत्त्व की है, नेता की है या पुलिस की; पर हमें इससे क्या! हमें तो शहर देखना है (जिसकी भी गाड़ी दिखा दे।), न

कि किस विभाग की गाड़ी है, यह पड़ताल करनी है।

हाँ, इतना जरूर है कि शहर में आप सुरक्षित हों या नहीं, इन गाड़ियों में आप सुरक्षित हैं। इनकी शर्तों पर। इसलिए आतंक का मारा शहर इन्हीं गाड़ियों में से किसी एक पर सवार हो जाना चाहता है।

तो, अंततः सवार हो लिये आप भी। अब नजारा लीजिए टूरिस्ट अट्रेक्शन वाले स्थानों का। यह देखिए, सड़क के बाईं तरफवाला वह बड़ा कूड़े का ढेर देख रहे हैं न! वे छोटे-बड़े, सड़ी-गली भाजियों और फलों की दुर्गंधवाले नहीं, यह वृहदाकार कीचड़ और बदबू का आगार—जहाँ कुत्ते और चील-कौए भी नहीं चोंच मार पाएँ। यहीं पर स्वास्थ्य मंत्री का पुतला जलाया गया था। पुतले की स्मृतिस्वरूप कूड़े का ढेर वैसा-का-वैसा रख छोड़ा गया है।

अब जिस इलाके से हम गुजर रहे हैं, यह इस शहर का सर्वाधिक संवेदनशील हिस्सा है। यहाँ स्थायी रूप से तनावपूर्ण शांति बनी रहती है तथा गोली-बारूदों के यदा-कदा चलते रहने के बावजूद स्थिति नियंत्रण में रहती है और कोई अप्रिय घटना घटने के समाचार नहीं मिलते। इस अजूबे इलाके को देखने दूर-दूर से पर्यटक आते रहते हैं।

यह रही इस शहर की पाठशाला। जी हाँ, यही इमली का पेड़। इतिहास साक्षी है कि इस नगर की कितनी पीढ़ियों ने शिक्षा एवं ज्ञान का फल मात्र इमलियों के रूप में चखा। बीच में इस परंपरा पर कुठाराघातस्वरूप एक पाठशाला भवन का भी निर्माण हुआ; किंतु ऐतिहासिक परंपरा का अपमान शायद दैव और भवन निर्माण के ठेकेदार को सहन नहीं हुआ। परिणामस्वरूप पाठशाला के तीन कमरों की छतें छह-छह महीने के अंतराल पर धराशायी हो गईं और जैसाकि आप देख रहे हैं, इतिहास पुनः इमली के पेड़ की छाँव में अपने आपको दोहरा रहा है।

अब हम शहर के सबसे संभ्रांत और शिष्ट इलाके में पहुँच चुके हैं। यहाँ स्थायी रूप से शांति विराजती है तथा व्यवस्था कायम रहती है; क्योंकि यहाँ अब कोई रहता ही नहीं। लुटी दुकानों और मलबे के ढेर हो गए मकानों पर कोई परिंदा तक नहीं फटकता। यहाँ रहनेवाले आजिज आकर हमेशा के लिए इलाका छोड़ गए। पहले इन गलियों में स्वर्णाभूषणों से लेकर हथकरघों तक की शिल्प परंपरा सुरक्षित थी। आज यहाँ अधजले करघों की कतारों और स्वर्णभस्मियों के अवशेषों पर नए जिज्ञासु शोध के लिए तत्पर हैं। विदेशी पर्यटकों का ध्यान विशेष रूप से खींचा है इस हिस्से ने। डॉलरों में विदेशी मुद्रा अर्जित कर रहा है यह पर्यटकप्रिय इलाका। शहर के बीचोबीच स्थापित यह शांतिस्थल लोगों के कौतुक का केंद्र बना

हुआ है। कला-शिल्प के ध्वस्त-पस्त अवशेषों के बीच अधजले हथकरघों का कफन ओढ़े अपनी निस्तब्धता में स्तब्ध है।...

ये डाकखाने हैं—अर्थात् हर तरह की डाक को खानेवाले! और ये बैंक हैं—समूचे देश की अर्थव्यवस्था को घोटालों में तब्दील कर देनेवाले।

और ये रहे विभिन्न समुदायों के पूजास्थल। आपको समझ में नहीं आएगा, क्योंकि सभी ईंट-चूने के मलबों में बदल गए हैं, लेकिन श्रद्धालु शिनाख्त कर लेते हैं। वो देखिए, उनके धूप, दीप, नैवेद्य की सिक्यूरिटी जाँच हो रही है। फूलों, मालाओं की पंखुरियाँ नोचकर देखी जा रही हैं।

मैं जानता हूँ, आपका मन सबसे पहले अपने विश्वविद्यालय के प्रवेश द्वार पर लगा है, क्योंकि आपकी शिक्षा-दीक्षा वहीं हुई। भावनात्मक लगाव का फेवीकोल बमुश्किल उखड़ता है। लीजिए, पहुँच गए। बस यहीं छात्र खून-खराबे पर उतर आए थे। नियंत्रण के बाहर। नहीं, गोलियाँ यहाँ नहीं, परिसर में चली थीं। और इस प्रवेश द्वार पर कुलपति का पुतला जलाया गया था। चाहते क्या थे छात्र? वर्तमान कुलपति का बिना शर्त त्यागपत्र...तथा किसी ऐसे नए कुलपति की नियुक्ति, जिससे कुछ महीनों उपरांत ऐसे ही किसी आधार पर त्यागपत्र माँगा जा सके। उसका पुतला हर्षोल्लास और हुड़दंग के साथ जलाया जा सके। छात्रावासों में गोलियाँ, दुनालियाँ और हथगोले रखकर शांति और व्यवस्था कायम रखने का नारा लगाया जा सके।

□

सिफर हो गई राजनीति और सूत उवाच

एक बार नैमिषारण्य में शौनकादि ऋषियों ने सूतजी महाराज से पूछा कि—'हे सूतजी! इस कलिकाल में आत्मा तथा परमात्मा का परस्पर क्या संबंध है, सो आप हमें सविस्तार बताइए। हम लोगों की बड़ी इच्छा है। (दूसरे, हम लोगों को और कोई काम-धाम है भी नहीं।)'

चूँकि उन दिनों सूतजी की कोई पूछ नहीं रह गई थी, काफी लो-प्रोफाइल में चल रहे थे। अत: उन्होंने सोत्साह प्रश्न लपका और बोले—

'हे ऋषियो! तुमने बड़ा उत्तम और सामयिक प्रश्न पूछा है, क्योंकि इस कलिकाल में आत्मा तथा परमात्मा के संबंधों ने जबरदस्त झटका खाया है। सारे-के-सारे समीकरण बुरी तरह उलट-पुलट गए हैं। देखते-देखते आत्मा ने परमात्माओं को ओवरटेक कर लिया है। बल्कि सच-का-सच कह दूँ तो परमात्मा पूरी तरह इस कलिकाल की आत्माओं की गिरफ्त में है। फिरौती पर भी छूटने के आसार नहीं दिख रहे।...'

शौनकादि ऋषियों ने सोचा, 'लो-प्रोफाइल' के मारे सूतजी अवश्य सठिया गए हैं, वरना हिंदी साहित्य की तरह एक सर्वमान्य, सर्वसिद्ध बात पर भी बेबात की कंट्रोवर्सी क्यों चलाते? भला इससे ऊटपटाँग बात और क्या हो सकती है कि परमात्मा पर आत्मा ने कब्जा कर लिया; जैसे परमात्मा न हुआ, कुवैत या गाजापट्टी हो गया।

इसपर सूतजी बिगड़कर बोले, 'हे शौनकादि ऋषियो! कागभुशुंडि और प्रेस रिपोर्टरों की भाँति कठहुज्जती मत करो। जो कहता हूँ उसे चुपचाप सुनो। प्रेस रिपोर्टर होने का मतलब यह थोड़े ही है कि तुम जो चाहो, पूछो और तुम जो चाहो, हम वही बताएँ। प्रेस कॉन्फ्रेंस भी बुलवाई जाती है अपनी बात कहने के लिए,

तुम्हारे प्रश्नों के सही-सही उत्तर देने के लिए नहीं। जिसका प्रश्न पसंद आएगा उसका जैसा चाहें हम वैसा जवाब देंगे और जब चाहेंगे, अगले रिपोर्टर पर बढ़ लेंगे।'

शौनकादि चुप्प। सूतजी चालू हुए…कि 'सुनो! इस कलिकाल में मुख्य रूप से दो प्रकार की आत्माएँ पाई जाती हैं। पहली उच्च श्रेणी अर्थात् आला दरजे की आत्माएँ, जो हर क्षेत्र की घटी हुई अर्थात् घाट-घाट का पानी पीकर मौज-मस्ती से छकी हुई, छुट्टी विचरती रहती हैं। ईश्वर इन्हीं आत्माओं से थर-थर काँपता रहता है।

'दूसरी कोटि की आत्माएँ अति दयनीय, न घर की, न घाट की, न मुट्ठी भर अनाज की। यहाँ से वहाँ, गरीबी रेखा के नीचे और बढ़ती कीमतों के कगार के बीच खुदकुशी के लिए वाजिब जगह और तरीका तलाशती रहती हैं।'

आगे सूतजी कहते हैं कि 'हे ऋषियो! अब मैं आला दरजे की आत्माओं के गुण, रूप, चरित्र और कार्यों का वर्णन करता हूँ; क्योंकि इनके गुण गाने में ही कुशल है। ये आत्माएँ महाप्रतापी, महाबलशाली, इंद्रजाली और भयंकर उथल-पुथल मचानेवाली हैं। ये नाना दल, पार्टी, पक्ष, पंथ, कमीशन, कमेटी के रूप में नाना दंगे, नाना फसाद, नाना बंद, नाना हड़ताल, नाना उठक-पटक करती निर्द्वंद्व विचरण करती हैं। झुग्गी-झोंपड़ी से लेकर मंदिर-मसजिद, गिरजे-गुरुद्वारे तक सब जगह इन्हीं आत्माओं का डंका बज रहा है। इन्हींका प्रसाद-भोग, इन्हींका घंटा-घड़ियाल।

'इनकी शक्ति का अंदाज तुम इसीसे लगा सकते हो कि इन्होंने धर्म को पहले झंडे में परिवर्तित किया, फिर उस झंडे को डंडे में। हे ऋषियो! कालांतर में इसी डंडे ने गोली, दुनाली बंदूक, स्टेनगन और कट्टे, कृपाणादि नाना रूप धारण किए तथा अपने प्रताप से बगैर अपने-पराए का भेदभाव किए नाना रामभक्तों को सही मायने में राम के पास तथा खुदा के बंदों को खुदा का प्यारा बना दिया। इस तरह देश की जनसंख्या तथा एकोमोडेशन की प्रॉब्लम हल करने में इनका बहुत बड़ा योगदान रहा।'

आगे सूतजी कहते हैं कि 'हे ऋषियो! इन आत्माओं की धर्म भावना को नमस्कार है, जो उन्माद और धर्म के पहियों पर सवार मुट्ठियाँ तानती, हवा में नारे ललकारती, ट्रेनों, बसों में बारूदों के धमाके कराती, हरे-भरे खेतों को निर्दोषों के खून से सींचती अपने-अपने धर्मों की दुहाई दे रही हैं।

'तो हे ऋषियो! इस देश की आस्था अस्थिशेष हो चुकी है। विनय और

भक्ति के चरम दैन्य का कायाकल्प तनी मुट्ठियों और अंगारे दहकाती आँखों में हो चुका है। मंदिरों और मसजिदों से ईश्वर को कब का बेदखल कर दिया गया है। इन धर्म स्थानों से निष्कासित सहमे और उदास ईश्वरों के लिए शायद ये महान् आत्माएँ कुछ शरणार्थी शिविरों की व्यवस्था की योजना बना रही हैं।

'यों कुल मिलाकर स्थिति सामान्य है और जबरदस्त अलग-अलग झंडों, अलग-अलग तंबुओं के नीचे, संगीनों के साए में दीन-हीन, निर्दोष और भोलेभाले बच्चे, बूढ़े, औरत, मर्द भय से थरथर काँपते हुए आत्मा की परमात्मा पर विजय के गीत गा रहे हैं। गीत के बोल अलग-अलग हैं किंतु भावार्थ एक ही है अर्थात् झंडा ऊँचा रहे हमारा, देश भाड़ में जाए सारा।...

'भरपेट देशभक्ति (?) के गाने गाकर, समाचारों का शरबत पीकर ये भोलेभाले लोग अपने-अपने आतंक के बिलों में समा जाते हैं।'

सूतजी कहते हैं कि 'हे ऋषियो! क्या तुमने इन्हें पहचाना? नहीं न! ये दूसरी श्रेणीवाली दीन-हीन, डरी-सहमी आत्माएँ हैं। गोली-बारूदों की आवाज से, दंगे-फसादों की चीत्कार से जब इन्हें बहुत डर लगने लगता है तो दूरदर्शन समझाने लगता है कि—

- आतंकवाद के लिए देश में कोई स्थान नहीं।
- आतंकवाद की समाप्ति के लिए कृतसंकल्प हैं।
- असामाजिक तत्त्वों को उनके अभियान में सफल नहीं होने दिया जाएगा।
- सांप्रदायिक सद्भाव बढ़ाने के लिए कारगर कदम।
- इस देश की महान् जनता की बड़ी-से-बड़ी कुरबानी की उम्मीद।
- हर नागरिक से उसके अमूल्य वोट का सही उपयोग करने की अपील।

'बस यहीं इन निरीह आत्माओं की घिग्घी बँध जाती है। ये भय से थरथर काँपने लगती हैं; क्योंकि सड़क, चौराहे, बाजार, मेला—फुटपाथ से प्लेटफॉर्म तक फूटते बम तो वैसे ही उनकी कुरबानी की अगवानी कर रहे हैं। अब बंदूकों से लैस पोलिंग बूथ उनमें और जुड़ गया।'

सूतजी कहते हैं कि 'हे ऋषियो! ये निर्बल आत्माएँ कलावती कन्या की तरह रोती-कलपती और विलाप करती हैं कि हे महाबली आत्माओ! हमसे और कुरबानी मत लो। हमें पोलिंग बूथ मत जाने दो। हमें हमारे हाल पर छोड़ दो और चुपचाप अपने झोंपड़ों में चैन की रूखी-सूखी तोड़ने दो।'

वोटर विलाप का यह खंड सुनते-सुनते शौनकादि ऋषि ताव में आ गए। प्रतिबद्धता और निष्पक्षता के जोश में वे बोले, 'तब फिर इन बेचारी आत्माओं के

साथ जोर-जबरदस्ती क्यों ?'

वाह ! लोकतंत्र की प्रतिष्ठा का सवाल जो ठहरा। यही तो इन निरीह आत्माओं को समझाना है कि अरी नादान ! तेरा तो जन्म ही इस महान् जनतंत्र की प्रतिष्ठा के लिए बड़ी-से-बड़ी कुरबानी देने के लिए हुआ है। तब तू क्या स्टेनगनों के भय से वोट डालने जैसे महान् कर्तव्य से चूक जाएगी ?

क्या कहा ? तू अपने अमूल्य वोट की कुरबानी नहीं होने देगी ?

सुन ! अगर तू इस सोच में पड़ी है कि वोट आखिर दूँ तो किसे, तो तू चाहे जितना सिर धुन, फायदा कुछ नहीं। सारे जोड़-बाकी और गुणा-भाग का नतीजा सिफर में ही आने वाला है। अर्थात् सारी आत्माएँ एक हैं और इनमें से ही किसी-न-किसीको अपना अमूल्य वोट देने को लाचार इस सिफर हो गई राजनीति का खुला नजारा देखने के लिए तू अभिशप्त है।

तो जा, चुपचाप वोट डाल और इस महान् लोकतंत्र की जय बोल !

□

सरौता गीत : एक विश्लेषण

'सरौता कहाँ भूल आए प्यारे ननदोइया'—इस एक पंक्ति में समूची भारतीय संस्कृति और आख्यान का निचोड़ है, सारा तत्त्व है। कितने प्यार पगे, अपनेपन से भरे अनौपचारिक शब्द—कि आप आए, जहे किस्मत; लेकिन उस मुए सरौते को कहाँ छोड़ आए, लाए होते तो साथ-साथ कुछ काम भी चलता होता न!

आम भारतीय पुरुष के निकम्मेपन को भारतीय नारी कितने सयानेपन से सँभालती है बहला-फुसला और पुचकारकर...वरना कहने को तो कह ही सकती थी कि निकम्मे, तुझसे चुपचाप बैठकर सुपारी कतरने को कहा था न! तो काटना-वाटना तो दूर, उलटे सरौता के लिए खड़ा है कि क्या करूँ, सरौता ही नहीं है न, वरना सब छोल-कतर, काट-कूट बराबर कर देता। वही सदियों पुराना साधनहीनता का रोना! अब जैसे यही कि मुझे अच्छी तरह मालूम है कि सरौता अब नहीं मिलनेवाला। तूने उसे जड़ से खल्लास कर दिया है कि न रहेगा सरौता, न कटेगी सुपारी। अच्छा मुझे रोज-रोज सुपारी कतरने को बिठा देती थी, अब चखो मजा।

अरे अक्ल के दुश्मन! मैं अकेली मजा थोड़ी चखूँगी। तेरी भी तो लत बिगड़ी है। अब कहाँ से खाएगा पान और कहाँ से पहनेगा मलमल का कुरता जो मेरी ननद लाडली दुलरा-दुलराकर गाना शुरू कर दे कि पान खाए सैंयाँ हमारो...

भला उस बावली से पूछे कोई कि सारे हिंदुस्तान में अकेले उसके शौहर ने ही यह कमाल दिखाया क्या? आँखें खोलकर देख शहर के भीतर। अकेले तेरेवाले ने खाया होता तो हिंदुस्तान की गली-गली पान की पीक से रँगी होती क्या?...यहाँ तो आलम यह है कि हमारे ने खाया और उसके भी उसके ने भी—सबने मिलकर खाया और थूक-थाककर बराबर कर दिया समूचे हिंदुस्तान के नक्शे को। हिंदुस्तान न हुआ, पान खानेवालों का उगलदान हो गया।

मगर हमारी ननद रानी है कि मगनमय गाए जा रही है मलमल के कुरते पर पीक डाल-डाल···जैसे कमाल की बात कर दी उन्होंने, जो कि पान खाकर खुद के ही कुरते को पीक के छींटों से रँग डाला, यानी जिस कृत्य पर शर्म से पानी-पानी होने की जरूरत हो उसे सर्वत्र जाहिर का ढिंढोरा पीटा जाए! जगहँसाई की कुछ परवाह ही नहीं हमारे प्यारे हिंदुस्तानियों को।

सारी दुनिया तमाशा देख रही है। पैसे नहीं पान खाने भर को। आई.एम.एफ. से लोन भी नहीं मिलनेवाला। उधारी बंद। सबकुछ डाँवाँडोल। किस बूते पर उधारी लोगे, कितनी बार टका सा जवाब सुनोगे?

लेकिन नहीं साहब, हम तो खाएँगे, जरूर खाएँगे। लत बुरी चीज है। अपने पैसों की नहीं तो डॉलर की खाएँगे। भीख माँगने की नई-नई तकनीकें हमने डेवलप कर ली हैं। हाथ जोड़कर गुहार करेंगे कि हुजूर, माई-बाप, वो पहलेवाली उधारी हमने थोड़ी की। ये सारी-की-सारी गलियाँ पहलों ने रँगी थीं। तभी तो उनका तख्ता पलट के रख दिया। उस जगह अपनी तख्तियाँ लगा ली हैं अब। स्थिति सुधार पर है। इसलिए प्लीज, हमें डॉलर को उधारी का पान खाने दीजिए। क्यों? सिर्फ इसलिए कि इस तख्त और तख्ती का क्या ठिकाना; यह किसीकी नहीं होती। जाने कब फिर पान खाने को मिले।

क्या कहा? आप उधारी देंगे? लेकिन एक शर्त है। क्या शर्त है आपकी कि हिंदुस्तान में आप खुद पान की दुकान खोलेंगे? अरे तो खोलिए ना। हम तो खुद इंपोर्टेड पान खाने के लिए जाने कब से तरस रहे हैं।

अच्छा-अच्छा, आपके यहाँ पान नहीं पैदा होता। यहीं का पान यहीं बेचेंगे। यहीं का कत्था, यहीं का पत्ता और यहीं का चूना भी लगाएँगे, साधु! साधु! शुभस्य शीघ्रम्।

हम तो खुद चाहते थे कि आप हमारी नमक, तेल, लकड़ी जैसी रोजमर्रा की आम जरूरतों की चीजों के भी कारखाने खोलें। आपके नमक का स्वाद हमें लग गया है। आपके पान का स्वाद भी विशिष्ट होगा-ही-होगा। और तो और, सरौतेवाली समस्या भी आप-से-आप हल हो जाएगी। यूँ आपसे सच-सच कहें तो एक ढंग का सरौता हमारे पास कभी था ही कहाँ। न अपना सरौता, न अपनी सुपारी। आपसे क्या छुपाना! पिछली सदी से हमारी पान की दुकान तो कत्थे और सुपारी के एवज में चूना ही लगा-लगाकर बीड़े लपेटती जा रही है।

लेकिन अब जब आप पान की उधारी के लिए तैयार हैं तो अखबारों की सुबह-शाम की सुर्खियों में दनादन छपवाएँगे न कि महाजन मेहरबान है हमपर।

हमारी साख, हमारा सामर्थ्य सही है उधारी की। वह जानता है कि भिखारियों के कटोरे खाली हैं, लेकिन गोदाम भरे हैं।

इसलिए हे पान-प्रेमियो! आओ और सब मिलकर गालिब के शेर का शुक्रिया अदा करो कि—'कर्ज की पीते थे गालिब, फर्क सिर्फ इतना कि उधारी पान-प्रेमियों की लेकिन फाकामस्ती किसी और की।'

□

समस्या मुख्यमंत्री की

चपरासी हड़बड़ाया हुआ है। वह अफसर के कानों में फुसफुसाते हुए कहता है, 'साहेब! एक और जन आए हैं।'

अफसर के कान खड़े हो जाते हैं—'क्या कह रहे हैं?'

'कह रहे हैं कि जाकर कह दो, मुख्यमंत्री आए हैं।'

'तुमने कहा कि नहीं कि मुख्यमंत्री अंदर बैठे हुए हैं।'

'कहा तो, बहुत समझाया, लेकिन वे अपनी बात पर अड़े हुए हैं। लगातार गरजते हुए बस एक ही वाक्य कि अपने अफसर से जाकर कह दो, मुख्यमंत्री बाहर खड़े हुए हैं। और साहब…'

'क्या है?' अफसर झल्लाया।

'एक जन हॉल का पिछला दरवाजा भी आधे घंटे से पीटे जा रहे हैं; लेकिन मैं दरवाजा नहीं खोल रहा हूँ।' चपरासी सयानेपन से बोला।

'अरे, क्यों?'

'कि कहीं मुख्यमंत्री न हों।'

अफसर पशोपेश में पड़ गया। यह अचानक इस महादेश में सेंध लगाकर इतने मुख्यमंत्री कहाँ से घुस आए प्रभु! यह आपकी कैसी माया है? 'असली क्या है, नकली क्या है' की तर्जवाली इस अजीबोगरीब समस्या से आखिर कैसे निपटा जाए? अफसर अभी यह सोच ही रहा था कि एकाएक चारों तरफ भगदड़ मच गई। खबर फैल गई कि कुछ और मुख्यमंत्री विधानभवन में घुस आए हैं तथा कई जल्दी-जल्दी बंद किए जा रहे दरवाजों को तोड़कर घुसने की कोशिश कर रहे हैं।

अफसरों के होश उड़ गए। बुद्धि भ्रमित, दिमाग खब्त। संविधान के किसी अनुच्छेद में इतने मुख्यमंत्रियों का न तो प्रावधान है, न संभावना और न ही उनसे

निपटने के उपाय। बाकी अफसर भी बुलाए गए। कर्मचारियों की घिग्घी बँधी हुई थी। सब चुपचाप अपनी-अपनी जान की खैर मनाते निकल भागने की फिराक में। बदहवासी में भागते लोगों की जबान पर सिर्फ एक ही बात—

'सुना आपने ? विधानभवन में एक साथ अनेक मुख्यमंत्री घुस आए हैं। जिसे देखो वही अपने आपको मुख्यमंत्री बता रहा है। कोई कह रहा है, मुझे महामहिम ने बनाया है; कोई कह रहा है, मेरे लाखों में खरीदे विधायकों ने मुझे भरोसा दिलाकर भेजा है; कोई कह रहा है, मेरे पास केंद्र की सिफारिशी चिट्ठी है; कोई कह रहा है, मैंने आधी रात को ही शपथ ले ली; कोई कह रहा है, अंदर घुसने दोगे तभी तो शपथ लेंगे। माँ कसम…'

विधानभवन में अभूतपूर्व दृश्य था। एक तथाकथित मुख्यमंत्री पानी-पानी चिल्लाए जा रहा था। प्यास से उसका गला सूख रहा था, क्योंकि जब से उसने अपने आपको मुख्यमंत्री घोषित करना शुरू किया था, भूखा-प्यासा पड़ा था। पानी की एक बूँद भी उसे मयस्सर न हो पाई थी। हालाँकि उसकी बगल में फ्लास्क और गिलास रखे थे, लेकिन उसने सुन रखा था कि मुख्यमंत्री अपने हाथ से गिलास उठाकर पानी नहीं पिया करते। इसलिए वह चपरासी के हाथों ही पानी पीने के लिए अड़ा था।

दूसरे कक्ष में बैठा दूसरा मुख्यमंत्री 'फाइल लाओ, फाइल लाओ' कहकर चीखे जा रहा था; जबकि बाकी कक्षों में बैठे मुख्यमंत्रियों के बीच पहले ही फाइलों की खींचतान, चीर-फाड़ मच चुकी थी। इस तरह कई फाइलों का निपटारा भी हो चुका था।

एक सुरक्षाकर्मी ने सूचना दी कि एक तथाकथित मुख्यमंत्री कैंटीन के बाहर भी बोरी बिछाकर बैठे हैं और एक संडास के दरवाजे पर। यद्यपि संडास का सफाई कर्मचारी उन्हें बार-बार झिड़ककर हटाने की कोशिश कर रहा है कि हटो, हमें अपना काम करने दो। मुख्यमंत्री होकर संडास के दरवाजे पर बैठे हो! तुम्हें शर्म नहीं आती ? लेकिन वे टस से मस नहीं हो रहे हैं। उलटे आँखें गुरेरते हुए उससे कह रहे हैं—मुख्यमंत्री मैं हूँ या तू ?…मैं संडास में बैठूँ या सचिवालय की मोरी में, तुझसे मतलब ? वैसे उनकी गलती भी उतनी नहीं। विधानभवन के सभी कक्ष और गलियारों में कोई-न-कोई मुख्यमंत्री पहले ही बैठ चुका है। सो इन लोगों के लायक कोई जगह बची नहीं थी।

तेजी से बदलते घटनाक्रमों का सर्वाधिक लोकतांत्रिक मोड़ तब आया जब विधानभवन का चपरासी मुख्यमंत्रित्व के लिए अपने हक में समर्थन जुटाने बाहर

निकल भागा।

अब? अफसर लोग थरथर काँपने लगे। इतने सारे मुख्यमंत्री! क्या होगा बेचारी भूखों मरती गरीब जनता का? कैसे पालेगी, पोसेगी इतनों को? उसके लिए तो लोकल छुटभैयों का ही खर्चा-पानी जुटाना भारी पड़ जाता है। हफ्ता जुटाते, रोते-घिघियाते पिंड छुड़ाना पड़ता है। हर साल-छह महीने पर बड़े-छोटे चुनावी प्रत्याशियों का, उनकी पार्टियों का पॉकेट मनी अलग। वोट देने भी तो अब सिर पे कफन बाँधकर ही जाना पड़ता है। मर-खप गए तो भी चैन! हमेशा के लिए इस वोट की बला से छुट्टी! लेकिन हाथ-पैर तुड़वाए तो मरहम-पट्टी का खर्चा कौन पार्टी देने आएगी?…

अफसर के चिंतन में बाधा पड़ती है। दरवाजों पर ठकठकाहटें तेज होती जाती हैं। इस चिंता के सामने जनता की समस्या छूमंतर हो जाती है। असली मुद्दा, असली चिंता तो यह है, कैसे होगा इतने मुख्यमंत्रियों का निपटारा? हर किसीके पास जुटाए गए, खरीदे गए समर्थकों की सूची है, चुनौती है, दावा है, प्रमाण है—कुरता मेरा नुचा है, चप्पल मुझपर फिंकी है, माथा मेरा फटा है, टेलीफोन कनेक्शन मेरा काटकर फेंका गया है, माइक मेरा टूटा है, फाइल मुझसे छीनी गई हैं! लेकिन लात-घूँसे मैंने सबसे ज्यादा खाए हैं, इसलिए मुख्यमंत्रित्व का एकमात्र अधिकारी मैं हूँ, मैं हूँ, मैं हूँ…इस महान् देश के प्रजातंत्र का!…चारों ओर 'मैं हूँ' का शोर बढ़ जाता है।

जैसे डंक मारती, विषैली मधुमक्खियाँ। मुख्यमंत्री की कुरसी न हुई, मधुमक्खियों का छत्ता हो गई। फर्क है तो सिर्फ इतना कि मधुमक्खियाँ शहद बनाती हैं, भरती हैं छत्ते में और ये प्रत्याशी मात्र निचोड़ते हैं।…

□

हिंदी साहित्य और पति

आज से डेढ़-दो दशक पहले जब हिंदी साहित्य सागर में पति नामधारी जीवों की नौका बीच भँवर में डुबकी पे डुबकी खा रही थी, तो उसकी एकमात्र खेवनहार होने का गौरव मुझे भी प्राप्त हुआ है। खेवनहार न मानिए, तिनके का सहारा ही सही; पर साहित्य को दिए मेरे एकमात्र योगदान को आप नजरअंदाज नहीं कर सकते।

मुझे याद है, साहित्य की स्थिति तो जो थी उन दिनों वह तो थी ही, पर साहित्य में पतियों की स्थिति और भी बदतर थी। यही कारण था कि मैंने साहित्य से ज्यादा ध्यान हमेशा साहित्य से संबद्ध पतियों पर दिया। मैंने छुटपन से ही पतियों की रक्षा की, सारी अलाय-बलाय से उन्हें बचाने का व्रत लिया। और यह मेरी ही कर्मनिष्ठा तथा अथक प्रयत्नों का परिणाम है कि सिर्फ दो दशकों पहले जिन पतियों को साहित्य में कौड़ी के मोल नहीं पूछा जाता था, वे आज दैनिक आवश्यकताओं की सभी सुविधाएँ प्राप्त करते हुए सुखी, स्वस्थ और सुरक्षित जीवन व्यतीत कर रहे हैं।

नहीं तो आपसे क्या छिपाना। उन दिनों पतियों की स्थिति बिलकुल दलितों की सी थी। कोई लेखिका, कवयित्री इन्हें पास नहीं फटकने देती थी, इनका नाम सुनते ही कतराकर निकल जाती थी। डरती थी कि इधर उन्होंने पति की बात की और उधर खाँटी साहित्यिकों की नजर से गिरीं, पतित हुईं। हालात ये थे कि प्रेमी साहित्य के नायक हुआ करते थे, पति खलनायक। चाहे कितना ही पढ़ा-लिखा, सलीकेदार और चारित्रिक शुद्धता के प्रमाणपत्रवाला, कमाता, खाता-पीता पति होता, किसी ऐरे-गैरे 'सड़क छाप', सिगरेट से धुँधुआते, प्रेमिका के पिता की ही रोटियों पर पलते, बेरोजगार प्रेमी से भी मात खा जाता। ऐसी शोचनीय स्थिति थी।

आत्मबल ही नहीं शेष रह गया था पतियों में।

पत्नियाँ भी कोई कम दुःखी नहीं थीं। प्रेम संबंधों की शृंगारमयी उक्तियों में, जहाँ आग बराबर की (दोनों तरफ) लगा करती है, वहाँ पाला बराबर से पड़ा रहता था। बड़ी अनिश्चितता की सी स्थिति थी। दिलों में खौफ पैदा रहता था कि कहीं लोगों को पता चल गया कि फलाँ लेखिका या कवयित्री पति और परिवार की सेवा-टहल करती हुई साहित्य सेवा कर रही है, तो उसे दम-के-दम साहित्य के दूध से मक्खी की तरह निकाल बाहर कर दिया जाएगा। लेखिका और बेलन, कवयित्री और कलछी। घोर सतही और बोर कांबीनेशन। साहित्य के साथ इससे बड़ा मजाक और कुछ हो ही नहीं सकता। कलम हो, कागज हो, माइक हो, माचिस हो (चूल्हा जलाने के लिए नहीं, उद्घाटन समारोह के दीये जलाने के लिए) तो कोई बात भी, लेकिन चौके-चूल्हे, आटे और रोटियों जैसे शब्दों का प्रयोग उनके द्वारा रचे साहित्य में हो तो हो, जीवन से पूर्णरूपेण बहिष्कृत होना चाहिए।

और बाद के वर्षों में तो लेखिका के 'लेखन सिलेबस' से भी ये सारे शब्द निकाल बाहर किए गए। इन सब पर लिखोगी तो तुम्हारा लेखन घरबारी होकर रह जाएगा। जीवन पर लिखो, जीवन पर। यह क्या कि बच्चे, बाप, माँ, विलाप, राशन-पानी और दवा-दारू पर लिखे जा रही हो। अच्छा हो, इन चीजों को पुरुष लेखकों के लिए छोड़ दिया जाए। वह लिखेगा तो इन्हीं शब्दों के बीच से जीवन को छाँट-पछोर ले जाएगा। ऐसे डाँवाँडोल वातावरण में, जब बेचारी लेखिका का ही ठौर-ठिकाना नहीं था, वह 'पति' बेचारे का कहाँ से बंदोबस्त करती।

जैसे इतना ही काफी न हो, पतियों की इस महा साढ़ेसाती की दशा में स्त्री चेतना का अंधड़ भी चल गया। बेचारे पतियों के रहे-सहे होश भी उड़ गए। कहा भी है, मुसीबत जब आती है, अकेले नहीं आती—नारी चेतना जैसी कुल्हाड़ी भी साथ लिये आती है। अब क्या, सदियों से सदाबहार पतित्व के हरे-भरे जंगलों का मास स्केल पर सफाया होने लगा। चारों तरफ हाय-तौबा मच गई।

बस, तब मुझसे न रहा गया। मैंने धीरे से बहला-फुसलाकर कुल्हाड़ी छीनी और किचन का चाकू थमा दिया। फिर उन्हें विनम्रता से समझाया कि देखो, बल से नहीं (क्योंकि बल तो शारीरिक तुम्हारे पास है ही नहीं···उखड़ो मत!)। मनोविज्ञान साक्षी है कि शारीरिक बल में श्रेष्ठ होनेवाले व्यक्ति की बुद्धि क्षीण होती है। छल से भी नहीं···(भला अपने ही घर के आदमी से) अतः अक्ल से काम लो कि साँप भी मर जाए और लाठी भी न टूटे। ऐसे कि उसके अहं के साँप को मारो नहीं, बीन

बजाकर झूमने पर विवश कर दो। उसपर प्रभाव अवश्य पड़ेगा। वह बीनवाली दूसरी कहावत की तरह पगुराता हरगिज नहीं रहेगा, बल्कि स्वांतः सुखाय वशीकरण की पिटारी में बंद हो जाएगा। अब रही समस्या लाठी की तो उसे भी 'जिसकी लाठी उसकी भैंस' वाली तीसरी कहावत के मुताबिक भैंसवाले को न सौंपकर अपनी ही अटारी के एक कोने में खड़ी रखिए—वक्त-जरूरत आत्मविश्वास बनाए रखने के लिए। चाहें तो 'साँप पिटारी में, लाठी अटारी में' शीर्षक से एक नई कहावत का आधार भी रख सकती हैं। फास्ट फूड का जमाना है, लोगों को लंबी, गंभीर रचनाओं में रुचि रही नहीं। लघु कहानी से लघु कहावतों पर उतरकर रातोरात फास्ट लोकप्रियता हासिल की जा सकती है। और यह कहावत तो लोकप्रिय होगी अवश्य, क्योंकि भारतीय लोक वाङ्मय में लाठी और भैंस कहावतों के लिए अत्यंत प्रिय विषय के रूप में स्वीकारे गए हैं।

उफ! मैं तो पति पर थी। ये लाठी और साँप बीच में कहाँ से आ गए? निश्चित रूप से 'पति' शब्द की सत्ता, शक्ति और सामर्थ्य का प्रभाव। तो आप भी फौरन अपनी ताजातरीन कहावत के हिसाब से साँप पिटारी में और लाठी अटारी में रख देने का बंदोबस्त कीजिए; लेकिन स्मरण रखिए, छल से या बल से नहीं, सिर्फ अक्ल के नवीनतम उपयोग और प्रयोग से।

□

धृतराष्ट्र टाइम्स से साभार

समाचारों का सबसे पुराना फ्री-लांस रिपोर्टर या कह लीजिए, आदि संवाददाता 'श्रीमद्‍भगवद्‍गीता टाइम्स' का संजय हुआ करता था। कहते हैं, उसे दूरदृष्टि प्राप्त थी, यानी दूरदर्शी था। कुछ लोग इसका अर्थ यह भी लगा सकते हैं कि उसका दूरदर्शन पर पूरा अधिकार था। जाहिर है कि बाकी सैटेलाइट चैनलों के साथ भी आवाजाही लगी रहती होगी और श्रोता भी बड़े भाग्य से मिला था उसे, धृतराष्ट्र। अत: जो देखता था, वो तो था ही, मन से भी गढ़-गढ़कर सुना दिया करता रहा हो तो अंधे धृतराष्ट्र बेचारे क्या कर सकते रहे होंगे!

बाकी परंपराएँ तो लुप्त-विलुप्त होती रहती हैं, लेकिन यह धृतराष्ट्रवाली परंपरा अक्षुण्ण रूप से हमारे साहित्य में आज भी चली आ रही है। मुझे तो लगता है, बंद होते हिंदी समाचारपत्रों की शोचनीय और निंदनीय स्थितियों के बीच किसी-न-किसी 'धृतराष्ट्र टाइम्स' का अविलंब प्रकाशन आज की बहुत बड़ी आवश्यकता है, जो हिंदी ही नहीं, हिंदी के साहित्य जगत्‌ के विलक्षण चमत्कारों से सुधी पाठकों को अवगत कराया करे। यों तो हिंदी साहित्य को 'साहित्य की दुनिया', 'साहित्य संसार' आदि कई नामों से विभूषित किया जाता है, किंतु वो क्या है न कि संसार तो कभी-कभी असार भी हो जाया करता है, लेकिन साहित्य की गतिविधियाँ देखकर 'दुनिया रंग-रँगीली बाबा, दुनिया रंग-रँगीली' का कैसेट बजाने का मन हो आता है।

वैसे यह दुनिया से भी ज्यादा चक्रव्यूह है। (साहित्य की बात हो तो उपमा, रूपकों का कहाँ अकाल!) और इस चक्रव्यूह में फँसे हजारों अभिमन्यु अपनी-अपनी महत्त्वाकांक्षाओं के रथ का टूटा पहिया भाँजते नजर आ रहे हैं। वे इस मुगालते में हैं कि एक-न-एक दिन इस चक्रव्यूह को भेद लेंगे वे। बाहर निकलने

का रास्ता तलाश लेंगे। विजयी योद्धा की तरह 'बाअदब, बामुलाहिजा' स्टाइल में जब वे बाहर आएँगे तो अपने लेखन के सामर्थ्य का भी लोहा मनवाकर रहेंगे। साहित्य की यह दुनिया उन्हें सराहेगी और शॉल, श्रीफल, स्मृति चिह्न सहित विभिन्न मंचों से सम्मानित करेगी।

लेकिन उन्हें क्या मालूम कि साहित्य की इसी मायावी दुनिया के लिए पुराने जमाने से 'माया महाठगिनी हम जानी' जैसे जुमले दुहराए-तिहराए जा चुके हैं। उन जैसे हजारों अभिमन्युओं को साहित्य का कुरुक्षेत्र परम गति को पहुँचा चुका है। उनकी महत्त्वाकांक्षाओं का जंगी बेड़ा बीच मझधार में टाइटैनिक के रूप में जल-समाधि ले चुका है और उनके साहित्यिक कैरियर की सबसे बड़ी उपलब्धि परम वीर चक्र की तरह, मरणोपरांत, किसी मित्र द्वारा लिखी श्रद्धांजलि अथवा आत्मीय स्मरण ही हुआ करती है।

नादान हैं वे सारे-के-सारे। उन्हें यह भी नहीं मालूम कि साहित्य-सागर में छपाछप हाथ-पाँव मारते उन जैसे असंख्य अजामिलों को देखकर तट पर तंबू ताने, डेरा डाले बैठे सुदर्शन चक्रधारी नटनागरों की मायावी मुद्राएँ क्या कह रही हैं। वे कह रही हैं कि हे नादानो! तुम अज्ञानी होने के साथ-साथ मूर्ख और मूढ़ भी हो। बीच धार, गोता मारकर डुबुक-डुबुक करने से पहले तुम्हें इतना तो ज्ञान होना चाहिए था कि 'मात्र' लिखकर कभी कोई 'समर्थ' लेखक बना है? कोई पुरस्कृत हुआ है? कोई विदेश यात्रा पर गया है अथवा विश्व सम्मेलनों का आतिथ्य भोग पाया है? नहीं न! अतः न लिखकर भी लेखक और महान् लेखकों में शामिल होने और लेखक बने रहने का उपाय तो तुझे जानना ही चाहिए न!

सुन! उपाय मैं तुझे बताता हूँ। सशक्त और समर्थ लेखक कहलाने के लिए तुझे समर्थ लेखन की नहीं, समर्थ गुरु की आवश्यकता है। अतः तू मेरी शरण में आ। जैसे 'गीता' में श्रीकृष्ण ने कहा है कि हे अर्जुन! संसार के असंख्य प्राणधारियों के माध्यम से मैं ही खाता हूँ, मैं ही श्वास लेता हूँ, सबकुछ अंततः मुझे ही समर्पित होता है, उसी प्रकार हे मूढ़, अज्ञानी! तेरे जैसे तमाम छुटभैयों का लेखन अंततः मेरी ही शरण में आता है। सारी शिक्षण संस्थाएँ, विद्यालय, महाविद्यालय और विभिन्न नामधारी, लोकल विश्वविद्यालय तक मेरी ही तर्जनी के संकेतों पर स्थित और कार्यरत हैं। सारे-के-सारे ट्रस्ट, पुस्तकालय, संस्थान, अकादमियाँ और पुरस्कार हम नटनागरों की ही इच्छा से विभिन्न दिशाओं, दशाओं और दुर्दशाओं को प्राप्त होते हैं।

अतः हे अभिमन्यु! नौसिखुओं की तरह पहिया घुमाने का चक्कर छोड़ और

मेरी शरण में आ। साहित्य की तमाम छोटी-बड़ी उपलब्धियाँ और कामयाबी तेरे कदम चूमेंगी। तू रातोरात महाभ्रष्ट कहे जाने लायक लेकिन पारदर्शी कहे जानेवाले पुरस्कारों को प्राप्त कर स्टार कथाकार बन जाएगा और समर्थ रचनाकारों से अपनी किताबों की प्रूफ रीडिंग करवाएगा। अन्यथा सारी उम्र के मशक्कती लेखन के बावजूद हिंदी का लेखक पुरस्कार की आस में दम तोड़ देता है और फिर सहगल से प्लेबैक करवाता है कि 'करूँ क्या आस निरास भई।'...लेकिन तू चिंता मत कर। मेरे लिए यह कुछ खास मुश्किल नहीं। मैं पुरस्कारों की तत्काल एवं आपातकालीन व्यवस्था भी करा सकता हूँ। कैसे? सो तू मुझसे सविस्तार सुन।

अब जैसे इस भारत महादेश में कोई भी बुलेट के जोर पर बैलेट बॉक्स उड़ाकर अन्य प्रदेशों में बूथ-कैप्चर तथा बिहार नामक प्रदेश में भूथ-कैप्चर करवाकर लोकसभा या विधानसभा का मेंबर बन सकता है, उसी प्रकार हिंदी साहित्य में किसी अन्य लेखक के शब्द, वाक्य, पैराग्राफ और अगर जरूरत हुई तो पूरी रचना ही उड़ाकर लेखक भी बना जा सकता है। लेकिन त्वरित ख्याति के लिए पुरस्कार का जुगाड़ आवश्यक हो जाता है। अपनी पहचान और अस्तित्व-रक्षा की दिशा में पुरस्कार लेने से ज्यादा कारगर फॉर्मूला पुरस्कार देनेवाला है। हिंदी साहित्य में यह व्यवसाय आजकल बड़े धड़ल्ले से चल रहा है। स्वयं मेरे कई शिष्य-शिष्याओं ने यह कारोबार चला रखा है, जो एम.टी.वी. और एफ. चैनल जैसी पारदर्शिता के साथ फल-फूल रहा है।

इसके लिए उन्हें अपने दिवंगत माता-पिता, भाई-बहन आदि से बड़ी मदद मिलती है। ये दिवंगत लोग किसीका कुछ नहीं बिगाड़ सकते। अतः उनके नाम से पुरस्कार घोषित कर भ्रष्ट-से-भ्रष्ट तरीके से उम्मीदवार का चयन करने में बड़ी सहूलियत रहती है। मेरे कई शिष्य और शिष्याएँ शहर के बड़े-छोटे उद्योगपतियों से चंदा उगाह-उगाहकर यह परमार्थी कार्य संपन्न करते देखे जा सकते हैं। हे पार्थ, सुन! इसके लिए उन्हें कोई दोषी भी नहीं ठहरा सकता, क्योंकि पुरस्कारों की दुनिया में निर्लज्जता का दूसरा नाम ही पारदर्शिता है। और इस दृष्टि से अधिकांश पुरस्कार पारदर्शिता में एक-दूसरे से बढ़कर हैं।

सुन पार्थ! तूने अतिमहत्त्वाकांक्षी राजा के नए वस्त्रोंवाली कहानी सुनी है न! जा, उसे एक बार और पढ़ और गुन। तेरी समझ में आ जाएगा कि अपने को बुद्धिमान समझनेवाले क्यों कभी किसी पुरस्कार विशेष की पारदर्शिता को लेकर टीका-टिप्पणी नहीं करते। क्योंकि मन-ही-मन हर व्यक्ति देखता, जानता और समझता होगा कि राजा तो नए, पारदर्शी वस्त्रों के नाम पर निर्वस्त्र है, लेकिन

राजा को निर्वस्त्र कहे कौन? इसीलिए पुरस्कारों का अंतरंग भी, विश्वस्त सूत्रों द्वारा ज्ञात होने पर भी उसे बहिरंग नहीं किया जाता और पारदर्शिता का भ्रम बनाए रखा जाता है।

इसलिए सकुचाता क्यों है मूर्ख! इस चक्रव्यूह के प्रांगण में तो सभी एक-दूसरे के कंधे से कंधा भिड़ाकर रथ के टूटे पहिए भाँज रहे हैं···सोच रहे हैं कि एक-न-एक दिन···उन्हें नहीं मालूम कि फिलहाल तो इस पुरस्कार का बैलेट बॉक्स मेरे कब्जे में है और मैं जब चाहूँ, घंटा-घड़ियाल बजाकर तेरी उम्मीदवारी की घोषणा कर सकता हूँ।

□

महिला दिवस और फ्रेंच टोस्ट

वह महिला दिवस की खुशनुमा सुबह थी। यानी पूरी तरह अपनी, सिर्फ एक महिला की सुबह। इस सुबह में किसी पुरुष का हस्तक्षेप बिलकुल नहीं था (क्योंकि पुरुष अभी सो रहा था)। मुझे सारा संसार महिलामय दृष्टिगत हो रहा था। करोड़ों साल से उगते आ रहे सूर्य का प्रभामंडल आज मुझे महिलामंडल सा तेजस्वी लग रहा था।

अखबारों में महिलाओं के और दिनों से ज्यादा चित्र थे। महिला दिवस पर होनेवाले कार्यक्रमों की विस्तृत सूचनाएँ भी। सड़कों, पार्कों, मैदानों में महिला दिवस के महत्त्व से संबंधित तख्तियाँ, बैनर और पोस्टर लगे हुए थे। दूरदर्शन पर महिलाओं की खूबसूरती पर बहस छिड़ने वाली थी। वायुमंडल में सर्वत्र महिला व्याप्त थीं। महिलाओं का, महिलाओं के द्वारा, महिलाओं के लिए मनाया जानेवाला एक अनोखा दिवस।

जब रहा न गया तो एक चैतन्य महिला की हैसियत से सोनेवालों को जगाते हुए मैंने सहर्ष, सगर्व घोषणा कर दी, 'जानते हैं! आज हमारा महिला दिवस है!'

'क्या?' वे चादर फेंककर उठ बैठे—'अरे वाह! बधाई! कांग्रेट्स। अरे निक्की, नयना! उठो, उठो जल्दी। मम्मी को विश करो। हैप्पी विमेंस-डे'। मम्मी खुशहाल हों; महिलाएँ खुशहाल हों। हाँ तो बच्चो, चलो, फटाफट सोचा जाए कि कैसे सेलीब्रेट किया जाए मम्मी का महिला दिवस। यानी कुछ अलग ढंग से, समथिंग डिफरेंट…'

महिला दिवस के प्रति उनका यह उत्साह और निष्ठा देखकर मन में नाना प्रकार की प्रतिक्रियाएँ रंगारंग कार्यक्रम प्रस्तुत करने लगीं। प्रतिक्रिया नंबर एक—'स्त्री जाति के प्रति आपका यह पूज्य भाव देखकर मैं श्रद्धावनत हूँ। काश! आप

जैसे कुछ और पुरुष हिंदुस्तान में होते—तो हम महिलाओं को अलग से 'महिला दिवस' मनाने की नौबत ही न आती। हम लोग साथ-साथ 'व्यक्ति दिवस' या 'इनसान दिवस' न मनाते। एक पूरे दिन इनसान न बने रहते।'

···प्रतिक्रिया नंबर दो—'हाय री महिला! तेरी भी क्या तकदीर ठहरी! महिला दिवस कैसे मनाया जाए, यह सोचने का हक तक लपककर एक पुरुष ने हथिया लिया। लोग झूठ थोड़ी कहते हैं कि महिलाएँ अभी बहुत पिछड़ी हुई हैं सोचने की दिशा में।' इसके पहले कि मैं सोचना शुरू करूँ, उन्होंने सोच लिया और जोर-शोर से घोषणा भी कर दी—

'आइडिया! क्यों न महिला दिवस के उपलक्ष्य में नाश्ते में फ्रेंच टोस्ट खाया जाए! ऐ! कैसा रहेगा? आज का दिन भी आधी छुट्टी का, शनिवार। हम ऐलान कहते हैं कि आधी छुट्टीवाली शनिवार की यह सुबह स्त्री जाति की खुशहाली के नाम। मैं आज देर से ऑफिस जाऊँगा—घर में रहकर इस खुशहाली की कामना करूँगा।'

मैं उनकी घोषणा पर दंग रह गई। पैरों के नीचे की जमीन धीरे-धीरे खिसकनी शुरू हो गई। घबराकर कहा, 'लेकिन आप देर से ऑफिस क्यों जाएँगे? कोई आपका दिवस थोड़ी है!'

उन्होंने हँसकर कहा, 'तुम्हारा तो है! तुम्हारी खातिर, एक महिला की खातिर। आज मुझे कोई रोक नहीं सकता देर से ऑफिस जाने से।'···एक पुरुष द्वारा महिला दिवस के उपलक्ष्य में ऑफिस देर से जाना सभ्य समाज में चर्चा और फख्र का विषय होगा। रूढ़िवादी, शोषक और बर्बर मानसिकता के सामने एक मिसाल होगी, एक चुनौती होगी। विमेंस-डे पर एक पति द्वारा पत्नी को दिया गया एक नायाब तोहफा होगा।'

फिर भावुक हो आए—'तुम समझतीं क्यों नहीं! मैं तुम्हें आज के दिन कुछ देना चाहता हूँ; लेकिन क्या बचा है मेरे पास? पैसे तुम्हें महीने भर के पहले ही दे चुका, सिर्फ छुट्टियाँ बची हैं मेरे पास, वही सही तुम्हारे नाम।'

'खैर, कोई बात नहीं, ठीक है।' मैंने कृतज्ञतापूर्वक आभार प्रदर्शन किया।

'तो फिर झटपट फ्रेंच टोस्ट की तैयारी करो। अंडे न हों तो निक्की, नयना से कह दो। तब तक मैं जल्दी से शेव किए लेता हूँ, जिससे तुम्हें इंतजार न करना पड़े। फिर सब साथ-साथ सेलीब्रेट करेंगे द ग्रेट विमेंस-डे।'

लहजे का झोंका कुछ इतना खुशगवार था कि अचानक अंदर टिमटिम जलती 'ईगो' की शमा भभककर जल उठी। एकदम हिंदी फिल्मों की खलनायिका की

तरह। वही विष बुझी हँसी मेरे नायिकापन की चादर को उधेड़कर रख देती हुई—'भई वाह! क्या अंदाज है एक लेखिका के स्त्री सरोकार की प्रतिबद्धता का! क्या जबरदस्त शुरुआत है महिला दिवस की! पति और बच्चों को सुबह-सुबह ब्रेकफास्ट में दिया जाता फ्रेंच टोस्ट का शानदार स्वादिष्ट तोहफ़ा। मुबारक हो तुम्हारा महिला दिवस!'

मैं रुआँसी पति के पास दौड़ी। बात सँभालने की गरज से पस्त आवाज में कहा, 'सुनिए, आज फ्रेंच टोस्ट न बनें तो कोई हर्ज?'

'क्यों? अंडे नहीं मिले क्या?'

'नहीं, यों ही, फ्रेंच टोस्ट तो मैं अकसर ही बनाती रहती हूँ।'

'तो? तो क्या हुआ? यानी?' उन्होंने मेरे अंदर चल रहे शमावाले प्रसंग को भाँपकर बेरुखी से कहा, 'नहीं बनाओगी? चलो भाई बच्चो, चलें अपनी जगह वापस। जो कुछ रोज मिलता था, वह भी आज नाश्ते में मयस्सर नहीं होगा।'

'आप समझे नहीं, बनाऊँगी भला क्यों नहीं! लेकिन मेरे खयाल से फ्रेंच टोस्ट को महिला दिवसवाले घोल में डुबोया जाए तो ही अच्छा (मेरे हक में)।'

'लो भला, तब तो सारा मजा ही किरकिरा हो जाएगा। हम हजार फ्रेंच टोस्ट खाएँ, लेकिन विमेंस-डे के फ्रेंच टोस्ट की बात ही कुछ और होगी। है कि नहीं निक्की, नयना?'

बहुमत को अपने पक्ष में करने की उनकी अनैतिक साजिश लगातार जारी थी। वह तो अच्छा था कि बच्चे अर्थात् बहुमत उम्मीदवार की तरफ से पूरी तरह उदासीन चल रहे थे।

लेकिन मुझे तो गठबंधन सरकार की शर्तें निभानी थीं। लोगों का क्या ठिकाना, कब फिकरा कस दें—घर न हुआ, संसद् भवन हो गया। बच्चे प्रसन्न और निश्चिंत थे—उन सांसदों और विधायकों की तरह जिन्हें जो दल चाहे बेचे, जो चाहे खरीदे। सारे दल एक से। कीमत सही मिलनी चाहिए।

हिंदुस्तानी वोटर जिस लाचारी में वोट डालता है, कुछ-कुछ उसी लाचारी में फ्रेंच टोस्ट बना। बाहर-बाहर फ्रेंच टोस्ट तलती जा रही थी, अंदर-अंदर जल-भुनकर कबाब हुई जा रही थी। खास नॉनवेज माहौल था।

टेबल पर तारीफों के पुल बाँधे जा रहे थे। उम्मीदवार की जीत का जश्न था यह। 'निक्की! नयना! देखा! अरे ये तो सिर्फ शुरुआत है हमारे द्वारा मनाए जानेवाले महिला दिवस की। आगे-आगे देखिए, होता है क्या'...मुझे अपनी कुरसी से उठने के लिए कसमसाते देख बड़े प्यार से टोका, 'तुम आराम से बैठो। मेरे लिए टिफिन

बनाने के लिए परेशान होने की जरूरत नहीं। मैंने सोच लिया है अब, आज ऑफिस जाऊँगा ही नहीं। इत्मीनान से घर में ही लंच लूँगा।···पूरा दिन महिला दिवस के नाम।' मेरी घिग्घी बँध गई। अंदर यकायक जलती शमा को अब समझा पाना मुश्किल था और पति थे कि अपनी रौ में बोले जा रहे थे, 'निक्की! नयना! ऐसा करते हैं, शाम को सक्सेना अंकल, श्रीवास्तव अंकल और खन्नाज को बुला लेते हैं खाने पर। अच्छी-खासी पार्टी हो जाएगी। वो क्या कहते हैं, इफ्तार पार्टियों की तरह—आपसी सद्भाव और महिलाओं के सर्वांगीण विकास के नाम पर। फिर सबकी उपस्थिति में हम हैप्पी विमेंस-डे का केक मम्मी से कटवा देंगे। सुनो, तुम वो अनन्नास केक बनाना। क्या लजीज बनाती हो!'

'आप मेरी एक बात सुनेंगे?'

'हरगिज नहीं! रोज मैं तुम्हारी बात सुनता हूँ, आज तुम्हें मेरी बात सुननी होगी। तुम्हें मुझको महिला दिवस मनाने की अनुमति देनी ही होगी। अनन्नास केक के साथ-साथ पिज्जा और रोल्स बनाने का मेरा अनुरोध भी मानना ही होगा और तब पूरे अधिकार के साथ तुम मुझे आदेश दोगी कि मैं शाम की पार्टी में सक्सेना और श्रीवास्तव 'आदि' के साथ अपने बॉस मलकानी और मिसेस मलकानी को भी अवश्य बुलाऊँ। बोलो, वचन दो, तुम मुझे चंदा मलकानी को बुलाने के लिए बाध्य करोगी न? यह तुम्हारा दिवस है। अपने दिवस पर सिर्फ एक वचन नहीं दे सकतीं! वचनं देहि देवि! अन्यथा मैं प्रार्थनाओं, याचनाओं पर उतर आऊँगा।'

उनके अनुरोधों, प्रार्थनाओं और याचनाओं के आतंकवाद के बीचोबीच खड़ी मैं थरथर काँप रही थी और शमा थी कि वह शियाने अंदाज में अदा खोकर चीखे जा रही थी—'ईगो' पर हथौड़े चल रहे थे—'भई वाह! क्या मिसाल पेश की है तुमने एक नारी बनाम लेखिका की अस्मिता की।' शाबाश! फेंटो अंडे, बनाओ केक, मिलाओ मक्खन और क्रीम चंदा मकलानी से कटवाए जानेवाले केक में।'

'चंदा मलकानी! चुप्प, केक तो मैं काटूँगी।' मैंने डपटकर कहा।

'हा-हा-हा!' शमा पूरी बेशर्मी पर उतर आई थी—'होने दो शाम, चलने दो पार्टी, कटने दो केक···तू देखना, केक कटने से ठीक पहले तेरा पति तेरे कानों में आकर फुसफुसाएगा—प्लीऽऽज! मेरी एक बात मान लो। केक चंदा मलकानी को काट लेने दो। अब महिला तो महिला—चाहे तुम, चाहे चंदा मलकानी। महिला दिवस तो मना न!'

□

मुबारकें पचासवीं सालगिरह की

ओ, इस महादेश के वासियो! क्या आपने आजादी की पचासवीं वर्षगाँठ के तुरही और नगाड़ों के धमाके नहीं सुने? अगर सुने तो उन नगाड़ों की उलटी दिशा में इस तरह बदहवासी के आलम में कहाँ भागे जा रहे हो?

क्या? किरोसिन नहीं है? इसलिए सैकड़ों बड़े-छोटे डिब्बों, पीपों, बोतलों वाली, राशन की लंबी कतार में लगने? तवे-सी गरम धूप और चिपचिपाती उमस में, प्लास्टिक के पिचके तपेलों, घड़ों, बालटियों के साथ बूँद-बूँद पानी के घमासान में शामिल होने? (लगता है, कोई पाइप फटा है या बस्तीवालों ने पानी का टैंकर रोका है।) या फिर ज्वार-बाजरा, मकई-खेसारी, खली-भूसी जो भी जुट जाए, उससे बाल-बच्चों के लिए आज की रोटी का जुगाड़ करने?

अरे नादानो! आज के दिन तो ये सारी बेलज्जत, टुटपुँजिया बातें भूल जाते! आज तो हमारी आजादी का स्वर्ण समारोह है और आप इसमें शामिल होने, इसकी शोभा बढ़ाने के लिए बाकायदा आमंत्रित हैं। यह आपका ही महोत्सव, आपका अपना त्योहार है।

क्या पूछा आपने? कि इस महोत्सव में शामिल होने पर भरपेट खाना मिलेगा क्या? वहाँ हमारे खाली घड़े, बालटियाँ और तपेले पानी से लबालब भर दिए जाएँगे क्या? इस समारोह से हमें राशन के क्यू की तरह अपने किरोसिन के खाली डिब्बे लिये वापस तो नहीं आना पड़ेगा न! हम घंटों-घंटों माथा तपा देनेवाली लंबी कतारों से सचमुच निजात पा जाएँगे?

आसमान फाड़, बरसती तूफानी बारिश और अंधड़ में छन्नी सी टपकती हमारी झोंपड़पट्टियों के छप्पर छवा दिए जाएँगे? एच.एस.सी., एस.एस.सी. और बी.एस-सी., एम.एस-सी. से लेकर पी-एच.डी. तक की रंग-बिरंगी डिग्रियों और

सिफारिशी चिट्ठियों का पुलिंदा सँभाले, धूल फाँकते हमारे युवा बेटे-बेटियाँ क्या आज नियुक्ति पत्र के साथ घर लौटने वाले हैं ?

क्या आजादी की दसवीं, बीसवीं न सही, पचासवीं वर्षगाँठ के लंबे इंतजार के बाद ही सही, उन बेरोजगार लड़कों के मुरझाए, उदास चेहरों की रौनक लौट आएगी ? उन्हें रोजगार मिल जाएगा ?

तो चलिए, हमें ले चलिए अपनी आजादी के उस स्वर्ण समारोह में। हम कचरे के बदबूदार ढेर में से खाने लायक कचरा बीनते भीमा को भी बुला लेते हैं। पान की दुकानों से गुटकों, नशे की गोलियों के पैकेट खरीदते, देशी दारू के अड्डों पे, कट्टों-तमंचोंवाले खिलौनों से लैस सुभाष, शंकर, दिनेश और रनजीत को भी बुलाए लेते हैं। क्योंकि अपनी-अपनी टोलियों और गिरोहों में शामिल हर बार वे सोचते हैं कि उन्हें एक नई दिशा, नया रास्ता मिल गया है; जबकि हकीकत यह है कि रास्ते भूल गए हैं,. दिशाएँ खो चुकी हैं। शायद ये लोग नहीं समझ पाते कि इनकी गतिविधियाँ विचारों से नहीं, पेट से जुड़ी हैं, भूख से जुड़ी हैं, हताशा से जुड़ी हैं।

बहरहाल, कहाँ हो रहा है हमारा यह आजादी का समारोह ? कैसे मनाएँगे हम स्वाधीनता की पचासवीं वर्षगाँठ ?

बताते हैं, बताते हैं, जरा सब्र कीजिए। हाँ, पहले तो यह रंग-बिरंगी पेटी खोल लीजिए, बटन दबा के। आपको पता चल जाएगा, कैसे मनाई जाती है आजादी।

देशी-विदेशी चैनलों से लेकर हर ढाई मिनट में परोसे जाते विज्ञापनों में आजादी का रंगारंग जश्न मन रहा है। हर लमहे आपको याद दिलाया जा रहा है कि आप आजाद हैं। बड़ी जल्दी आपको लगने लगेगा कि टेलीविजन के परदे पर उड़ाए जाते तमामँ सारे रंगीन गुब्बारों जितनी हवा ही आपमें भी भरी हुई है। परदे पर दिखाई जाती सनसनाती ताजगी को आप बार-बार और लगातार महसूस करने के लिए आजाद हैं। बढ़िया-से-बढ़िया उम्दा किस्म के क्रीम, पाउडर, साबुन, तेल और शैंपू से फेसवॉश तक सब उपलब्ध हैं परदे पर। देखने की पूरी आजादी है—गरीब-से-गरीब, कंगाल-से-कंगाल तक को। किसी प्रकार का भेदभाव नहीं।

आपादमस्तक आभूषणों से लदी, हँसती, इठलाती युवती कहती है कि आप अपनी परंपराओं पर नाज कीजिए एक्शन शूज पहनकर। अर्थात् आपको किसी भी ऊटपटाँग बात पर नाज करने की पूरी आजादी है। यही आजादी धारावाहिकों की

प्रतियोगिताओं में हिस्सा लेने के लिए भी है। सैकड़ों रुपए के पोस्टकार्डों का सट्टा खेलकर अपना भाग्य आजमाइए और पाँच सितारा होटलों में डेढ़-पौने दो रातें गुजारिए। मीराबाईवाले धारावाहिक की प्रतियोगिता में पचास हजार के जगमगाते स्वर्णिम आभूषण। प्रश्न भी कुछ इस किस्म के, जैसे—मीराबाई के पिता का नाम क्या था (जो आप धारावाहिक के बादवाले नामों की सूची में स्वयं देख सकते हैं)? अपने नन्हे-मुन्नों को 'खूब लड़ी मरदानी वह तो झाँसीवाली रानी थी' या 'अमर कीर्ति हो ध्वज की' जैसी पंक्तियाँ भुलवाकर 'आँख मारे, हो लड़की आँख मारे' जैसे गाने हारमोनियम मास्टर रखकर सिखवाइए। हजारों के जूते, चप्पलों और साड़ियों के कूपन जीतिए। और कुछ नहीं तो एक कार्यक्रम का बड़ा सा चक्का चलाइए और एक मारुति कार नहीं तो वॉशिंग मशीन जीतिए।

क्या कहा? तन ढाँकने को कपड़ा नहीं तो वॉशिंग मशीन में कौन सी लुगड़ी धोएँगे! खैर, वह आप जानें। मेरा फर्ज आपको मिली आजादियों से आपको परिचित कराना है। जिधर नजर डालिए, एक-से-एक चकाचौंध से भरपूर नजारे। शो-केसों में सजे हजारों के 'पेन', दसियों हजारों की खिलौने की कारें और बार्बियों का एक पूरा चौंधियाता संसार जगमगाते डिपार्टमेंटल स्टोरों पर तिरंगी सजावटों के साथ आपके ईर, बीर, फत्तों को देखने के लिए उपलब्ध है। इन सजावटों के अतिरिक्त राजमार्गों पर तीखे सायरनों का शोर मचाती लाल-पीली बत्तियोंवाली (स्वर्ण जयंती मनाने की भागमभाग में) बेतहाशा दौड़ती गाड़ियाँ अपने आपमें एक नजारा हैं।

लाल-पीली बत्तीवाली इन्हीं कारों के पीछे लग लीजिए और अंधों की तरह शामिल हो जाइए सत्ता के नशे में धुत, आजादी के पचासवें साल का जश्न मनाने—और गर्व से सिर उठाकर कहिए कि हम हिंदुस्तानी हैं।

अरे, यह क्या है? आपकी गरदन तो शर्म से झुकी जा रही है। आपका कहना है कि आप खुद अपनी नजरों में सिर उठाने लायक नहीं रहे।

आजादी आज रमैया की दुलहन बन गई है, जिसे शर्मनाक महत्त्वाकांक्षाओं के बाजार ने लूट लिया है। शायद हमने आजादी सिर्फ एक बात की ली है—हिंदुस्तान की सत्ता के साथ मनमानी बेशर्मी करने की।

तो फिर आखिर इसमें बुरा क्या है? आप भी सुर में सुर मिलाकर गाइए न। बेसुरा राग छेड़ने की जहमत क्यों मोल लेते हैं?

बोलिए न, आपको कौन सी गद्दी चाहिए? आपको न सही, आपकी धर्मपत्नी को। दाम चुकाइए और खरीद ले जाइए गद्दी। अब आपसे क्या छुपाना, आप

नहीं खरीदेंगे तो कोई दूसरा खरीद ले जाएगा; क्योंकि गद्‌दी पाने, हथियाने से भी बढ़कर अब नीलामी की चीज हो गई है। इसलिए मेरी मानिए, सत्ता के इस कबूतर को हाथों से उड़ मत जाने दीजिए, बल्कि जिबह कर दीजिए। जी हाँ, आपको पूरी आजादी है।···निश्चिंत रहिए, स्वर्ण जयंती की भव्यता और गरिमा बरकरार रहेगी!

□

साहित्य में कार और ड्राइवर का योगदान

आज साहित्य के सामने सबसे बड़ी चुनौती क्या है ?

साहित्य को जनसामान्य तक पहुँचाने की।

लेकिन बहुत कम लोगों को मालूम है कि हिंदी साहित्य पिछले दिनों एक और बड़ी चुनौती से जूझ रहा था। वह चुनौती थी साहित्यकारों को सेमिनारों तक पहुँचाने की।

गहराई से सोचा जाए तो साहित्यकार ही तो साहित्य का संवाहक है। इसलिए यदि साहित्यकार सेमिनारों तक नहीं पहुँचेगा तो साहित्य कैसे सेमिनारों तक पहुँचेगा? और यदि साहित्य सेमिनारों तक नहीं पहुँचेगा तो उसे जनसामान्यों तक कौन पहुँचाएगा? इसे आसानी से यूँ समझिए कि सेमिनारों की थोक मंडी से ही तो साहित्य खुदरा खरीदारों तक पहुँचता है। जब जैसा माल आता है, उत्तम-मध्यम का टैग लगा, थोड़ा हेराफेरियों सहित यहाँ-वहाँ खपा दिया जाता है और जनसामान्य तक साहित्य को पहुँचाने की रसीद गारंटी कार्ड सहित सहेजकर रख ली जाती है।

लेकिन इन सबके लिए पहली शर्त तो यही थी कि साहित्यकार सेमिनारों तक पहुँचें। बस वही नहीं हो पा रहा था। साहित्यकार अब बहुत आनाकानियाँ करने लगे थे। किसी भी तरह पहुँचने को राजी ही नहीं होते थे। कमाऊ पूत के पिताओं की तरह बेधड़क दहेजनुमा राशि का बेशर्म सवाल खड़ा कर दिया करते थे।

हर्ष की बात है कि आधुनिक विज्ञान ने साहित्य की इस ज्वलंत समस्या का हल ढूँढ़ निकाला है। विज्ञान कहता है—'साहित्यकार सेमिनारों तक अवश्य पहुँचेगा।'

हर्षोन्मत्त मैं पूछती हूँ, 'कैसे ?'

विज्ञान उत्तर देता है, 'कार और ड्राइवर की सहायता से।'

और सचमुच विज्ञान का कहा सच हुआ। आज नित्यप्रति हजारों की संख्या

में साहित्यकार सैकड़ों की संख्या में होनेवाले सेमिनारों में ड्राइवर और कार की सहायता से पहुँच रहे हैं। प्रभूत साहित्य विभिन्न गेस्ट हाउसों, डाकबँगलों और फाइव स्टार होटलों से सेमिनार स्थलों तक कार और ड्राइवरों की सहायता से अनवरत अनलोड किया जा रहा है। किस सेमिनार में किस क्वालिटी का और कितना साहित्य कितनी तेज और सही गति से पहुँचा, यह कार के मॉडल और ड्राइवर की चुस्ती पर निर्भर करता है; पर पहुँचता जरूर है। देर-सबेर पहुँचने के साथ ही जितना बन पड़ा, कोटे के हिसाब से साहित्य थमाकर टी.ए. राशि हस्तगत करता हुआ साहित्यकार दूसरी कार में बैठकर दूसरे सेमिनार क्षेत्र की ओर प्रस्थान कर जाता है।

समझ लीजिए, हिंदी साहित्य के क्षितिज का जितना व्यापक और विस्तृत माइलेज इन कारों और ड्राइवरों ने नापा है, उसपर कई शोध-प्रबंध लिखे जा सकते हैं; जिनमें सिलसिलेवार, विश्वविद्यालयीय स्तर पर इन तथ्यों के विभिन्न आयामों का सांगोपांग निरूपण और विशद विश्लेषण होगा कि किसकी कार में कौन-कौन से साहित्यकार, एयरपोर्ट से सेमिनार कक्ष तक पहुँचाए गए तथा रास्ते में कितने महत्त्वपूर्ण एवं विचारोत्तेजक मुद्दों पर रचनात्मक संवादों के आदान-प्रदान हुए। इस कार-सेवा अथवा कारात्मक संवादों में शामिल लोग उसी प्रकार गौरवान्वित होते हैं जिस प्रकार माइकल जैक्सन जिन लड़कियों के साथ नाचा था, जिनकी कार में गया था या जिनका टॉयलेट इस्तेमाल किया था, वे लोग।

अमूमन, साहित्य से जुड़ी किसी भी चुनौती या समस्या का हल या तो असंभव होता है या अत्यंत दुष्कर। कारण, हमारी दिलचस्पी समाधानों में कम होती है या होती ही नहीं। हमारी दिलचस्पी वादों, विवादों, चर्चाओं और रचनात्मक धकापेलों में ज्यादा होती है। साहित्य को जनसामान्य तक पहुँचानेवाली समस्या भी कुछ-कुछ ऐसी ही जान पड़ती थी; लेकिन चूँकि अब कुछ हिंदी-प्रेमियों और सेवियों ने इस गुरुतर कार्य का भार अपने ऊपर ले लिया है, अतः वे अपने जरूरी कामों से बचे-खुचे, फालतू समय में यह चैरिटी वर्क संपन्न किया करते हैं; कुछ लोग लाचारी और दबाववश भी। (इनमें शोध-छात्रों का अनुपात और बेगार ज्यादा होता है।) परिणामतः अब तेलहन, दाल और कपास की लोडिंग-अनलोडिंग से बचे हुए समय में इनके ड्राइवर तथा गाड़ियाँ साहित्यकारों की लोडिंग-अनलोडिंग की रचनात्मक प्रक्रिया में व्यस्त रहते हैं। 'बाँटनवारे के लगे ज्यों मेहँदी के रंग' वाली कहावत को चरितार्थ करते हुए कितने ही ड्राइवर आज स्वयं लेखक बन साहित्य की निजी मारुति, फियेट और इंपाला तक फुल स्पीड में चला रहे हैं।

अंचर-पंचर का भी ज्यादा डर नहीं होता, क्योंकि बकौल फिल्म अभिनेता स्व. राजकुमार, जिनकी गाड़ियों में टायर लगे होते हैं वे दूसरों के टायर पंचर नहीं किया करते। हिंदी के अधिकांश लेखक फिल्म अभिनेता राजकुमार की बात मानते हैं। सिर्फ कभी-कभी जब उनका मन और मिजाज एकदम काबू में नहीं रहता तो एक-दूसरे के 'ब्रेक' फेल कर दिया करते हैं। इसीलिए साहित्य के राजमार्ग पर 'स्पीड लिमिट' का अतिक्रमण कर बेतहाशा, सरपट दौड़ानेवालों से, मैदाने जंग में पहले के धराशायी शहसवार अकसर यह कहते सुने जाते हैं—'ओ गाड़ीवाले गाड़ी धीरे हाँक रे!' यों अनुभव की आँच में पकी ऐसी सीखों को भी कुछ लोग प्रतिक्रियावादी शक्तियों का अनावश्यक हस्तक्षेप मानते हैं; पर कुल मिलाकर कार और ड्राइवरों के योगदान को वे भी स्वीकारते हैं। इनमें कुछ स्वनामधन्यों की तो अपनी ट्रांसपोर्ट कंपनी होती है। साहित्य के हर राजमार्ग और बाईपास पर इनके ट्रक चलते हैं। हर प्रकाशन, हर संस्थान, हर अकादमी के गोदाम और परिसर इन ट्रकों द्वारा गिराए मौलिक माल से अँटे रहते हैं। कुछ उदीयमान, संभावनाशील लेखक ट्रक, टायर, पंचर आदि का जोखिम न उठाकर सीधे 'राजधानी' एक्सप्रेस में बर्थ का आरक्षण करवा लेते हैं—सुरक्षित 'लेखन-यात्रा' की गारंटी के रूप में। इन नवोदित जिज्ञासुओं को कौन बताए और बताकर डराए कि साहित्य में खतरा कहाँ नहीं है! अर्थात् हर कंहीं है। कब आपकी आरक्षित बर्थ पर कोई दूसरा अपना बिस्तरबंद फैला ले, कहा नहीं जा सकता। तभी तो अनेक प्रतिभावान् लेखकों का लेखन जीवन भर भाड़े की टैक्सी में ही चलता रहा। उपलब्धियों की इंपाला तो क्या, शान की सवारी हीरो होंडा तक की बुकिंग न हो पाई। इसलिए वे आजीवन शान की सवारी की जगह स्वाभिमान की सवारी करते, धूल फाँकते मस्तमौला पैदलों में शामिल रहे।

एक अन्य उपश्रेणी उन लेखकों की भी है जिन्हें पहले से टैक्सी में सवार लोग हाँक लगाकर बड़ी दरियादिली से अपनी टैक्सी में बिठा लेते हैं, लेकिन बाद में थोड़े शगल-शगूफों के उपरांत, ठौर-कुठौर कहीं भी उतार, हाथ हिलाते आगे बढ़ जाते हैं। हैरान, अवाक् साहित्य के फुटपाथ पर खड़ा इस उपश्रेणी का लेखक बेचारा राजमार्ग से सर्र-सर्र गुजरते अन्य टैक्सी सवारों से ताउम्र लिफ्ट माँगता रह जाता है। बकौल गालिब, इनकी आधी से कम उम्र लिखने में और आधी से ज्यादा लिफ्ट के इंतजार में गुजर जाती है। न लिफ्ट मिलती है, न सेमिनार, पंडाल के मंच तक पहुँच पाते हैं। और आजकल मंच-माइक तक पहुँचे बिना कोई माई का लाल जनसामान्य तक पहुँचा है भला!

साहित्य का एक और उसूल है। जो जिसकी कार में जाता है, जिसके गेस्ट हाउस में रेस्ट करता है उसका साहित्य (?) भी सेमिनारों तक पहुँचाता-ही-पहुँचाता है। आखिर कर्टसी भी कोई चीज है। यों साहित्य की सेमिनार परंपराओं में पत्तलों में छेद करने का भी अपना एक इतिहास रहा है, प्रावधान और महत्त्व भी। आजकल पत्तलों का चलन बंद होने से ऐसे लोगों की आजीविका का प्रश्न भी साहित्य की अन्य समस्याओं में जुड़ गया है। विकल्पों का बाजार गरम है।

बहरहाल, आधुनिक साहित्य आज जहाँ भी है वहाँ उसे पहुँचाने का श्रेय उन साहित्य-प्रेमियों, सेवियों, जिज्ञासुओं और आराधकों को जाता है जिनके पास कारें और ड्राइवर हैं। जिस शहर में जितनी ज्यादा नई मॉडल की कारें होंगी वहाँ उतनी अधिक मात्रा में उत्तर आधुनिक साहित्य पहुँचेगा। इन कार रूपी नौकाओं और ड्राइवर रूपी केवटों के समवेत प्रयास से ही सेमिनार रूपी सुरसरि तीर तक पहुँचना साहित्यकारों के लिए संभव हो पाता है। इसीलिए आजकल साहित्य में नाम कमाने की कामनावाले उदीयमान पहले कार खरीदते हैं, बाद में कलम।

वैसे भी 'कलम' खरीदना कौन सा मुश्किल काम है। हर छोटी-बड़ी स्टेशनरी, पंसारी के पास मिल जाती है। मुश्किल होता है 'कार' खरीदना। कार खरीद ली तो कलम आप-से-आप फ्री गिफ्ट में मिली ही समझो। इस तथ्य को एक सरल सिद्धांत के माध्यम से इस प्रकार समझा जा सकता है कि—जो बड़ा साहित्यकार होता है वह बड़ा अफसर हो-न-हो, लेकिन जो बड़ा अफसर होता है वह या उसकी पत्नी, या दोनों ही उच्च कोटि के साहित्यकार होते-ही-होते हैं।

फिर वे यात्राएँ करते हैं। साहित्य से सेमिनारों तक की अंतहीन यात्राएँ। और जिस प्रकार यात्राएँ कभी-कभी कहीं पहुँचने का साधन न होकर स्वयं ही साध्य बन जाती हैं उसी प्रकार साहित्य को जनसामान्य तक पहुँचाने के नाम पर की जानेवाली यात्राएँ 'स्वयं' तक पहुँच जाने की यात्रा में तब्दील हो जाती हैं।

यों कहनेवाले तो यहाँ तक कहते हैं कि साहित्यकार पहुँच जाता है, साहित्य जहाँ-का-तहाँ धरा रह जाता है। लेकिन ये सारी बातें किसीसे कहने-सुनने की हैं नहीं। कहा यही जाता है कि फलाँ नंबर और फलाँ मॉडल की कार से हम अभी-अभी साहित्य को सेमिनार मंच से जनमानस तक फैलाकर आ रहे हैं। घोषणा हो जाती है। लेकिन अकसर कुछ दूसरी मॉडल के कारोंवाले, जो उक्त सेमिनार तक नहीं पहुँच पाए होते, हड़ककर प्रतिवादी घोषणा कर बैठते हैं कि भला उस टुटपुँजिए सेमिनार से जनमानस तक पहुँचेगा साहित्य? वह भी बगैर हमारे पहुँचे ही! झूठ बोलता है।

अगल-बगल बैठे लोग समर्थन में सिर हिलाते हैं—'बेशक, पहुँचेगा भी कैसे? साहित्य तो अभी तक आपके चरणों में बैठा शोध-प्रबंध की सिनॉप्सिस पर विचार-विमर्श कर रहा था, कथा-संकलन की भूमिका लिखवा रहा था, आपके अभिनंदन ग्रंथ के लेखकों की सूची बना रहा था···गरज यह कि हर किसीकी यही धमकी कि जब तक हम सेमिनार मंच तक नहीं पहुँचते, साहित्य जनसामान्य तक नहीं पहुँच सकता। पहुँचने की कोशिश करेगा तो हम बीच रास्ते दूसरी कार और ड्राइवर की सहायता से उसे अगवा कर ले जाएँगे।'

लोगों का यह भी अनुमान है कि शायद इन्हीं धमकियों की वजह से साहित्य जहाँ पहुँचना चाहिए था वहाँ नहीं पहुँच पा रहा। सामने आ ही नहीं पा रहा सही साहित्य। खोजबीन चल रही है। पता-ठिकाना लगाया जा रहा है। कोई-कोई साहित्य को अकादमियों की कुरसियों के पीछे दुबका बताते हैं तो कुछ पुरस्कार समितियों, ट्रस्टों की आपाधापियों में। कहीं स्तरीय साहित्य के सुराग मिलते भी हैं तो उसे लाए कौन? समीक्षक, समितियाँ, संगोष्ठियाँ, सेमिनार? सारी कोशिशें बेकार गईं। तब क्या जनमानस से ही कहना पड़ेगा कि वह अब और ज्यादा कार और ड्राइवर का इंतजार न करे। मध्यस्थों पर भरोसा न करके खुद जाए और सिर-आँखों पर उठाकर लाए साहित्य को!···

□

दास्ताने विलेन

नई बनती फिल्म का सेट लगा था। शूटिंग चालू थी। सब मुस्तैद। डायरेक्टर के आदेश पर हीरो-हीरोइन, कॉमेडियन और विलेन पूरा दम लगाकर फिल्म को खींच रहे थे; लेकिन फिल्म चौदह रीलों तक पहुँच ही नहीं पा रही थी। हीरो-हीरोइन आधे दर्जन पेड़ों के आगे-पीछे, ऊपर-नीचे, उछल-कूद कर नाच-गा चुके थे। बाराबंकी से भागी हीरोइन कन्याकुमारी में ढूँढ़ी जा चुकी थी। समंदर-पहाड़, ताड़-खजूर से लेकर जुहू, चौपाटी तक सबकुछ फिल्माए जा चुके थे। हीरोइन की माँ को दूसरा हार्ट अटैक पड़ चुका था और हीरो अपने पिता की नाजायज संतान घोषित हो चुका था। लेकिन फिल्म थी कि नौ रीलों पर ही दम तोड़े जा रही थी।

डायरेक्टर खिंचवा-खिंचवाकर आजिज आ गया तो स्टोरी राइटर पर बरस पड़ा, 'आप तो कहते थे कि चौदह रीलों तक दौड़ जाएगी, यहाँ नौ से आगे बढ़ ही नहीं पा रही!'

स्टोरी राइटर चौकस और पुख्ता आवाज में बोला, 'कहानी तो एकदम चुस्त-दुरुस्त थी। आपके स्क्रिप्ट और डायलॉग राइटर ने कंजूसी बरती होगी। अच्छा हो, आप उन्हींसे बात करें।'

'क्या ?'

'यही कि वे लोग स्क्रिप्ट और संवादों को अपेक्षित लंबाई तक खींचें। किसी लल्लू-पंजू से लिखवाई थी क्या स्क्रिप्ट ?'

'अब फिल्मी क्षेत्र में तो जोड़ीदारों के बीच ऐसे नाम रखने का रिवाज ही है। ठीक है, पूछकर देखता हूँ।' उसने 'लल्लू-पंजू' को बुलाकर अपना सवाल दोहराया, 'स्क्रिप्ट तो बहुत छोटी है। आप लोगों का इरादा फिल्म को इंटरवल में ही खत्म

करने का है क्या?'

'कमाल करते हैं! अभी तक हमने जितनी स्क्रिप्टें लिखीं, सारे डायरेक्टर एक तरफ से और कसी, और टाइट स्क्रिप्ट की माँग करते थे—एकदम नायिका के कपड़ों की तरह और एक आप हैं कि स्क्रिप्ट को ढीलम-ढाला छोड़ने के लिए कह रहे हैं। लगता है, नए-नए डायरेक्शन की फील्ड में आए हैं।'

नायिका ने हामी भरी—'जी हाँ, विवाह मंडप में पहने जानेवाले मेरे कपड़े भी जरूरत से ज्यादा ढीले-ढाले हैं। लहँगे से लेकर ओढ़नी तक...'

डायरेक्टर बिफरा—'लेकिन बाकी के दृश्यों के लिए तो आपकी ड्रेस डिजाइनर सिर धुनते हुए कह रही थी कि इतने कम कपड़ों में भला मैं डिजाइन करूँ तो क्या!...मेरे तो भूखों मरने के दिन आ गए—हीरोइन जब ड्रेस ही नहीं पहनेगी तो ड्रेस डिजाइनिंग क्या खाक होगी!'

इसपर हीरोइन भी फट पड़ी, तो शूटिंगवालों ने बीच-बचाव किया। कहा, 'देखिए, यह तो टीम वर्क है। सब लोग मिलकर फिल्म को चौदह रील तक पहुँचाने का प्रयत्न करें। कैसे? जैसे गानों के बीच-बीच में पेड़ों की तादाद और ज्यादा बढ़ा दी जाए। एकाध गाने दुबारा गवा दिए जाएँ—दुहराए जाते विज्ञापनों की तरह। इतनी बड़ी फिल्म में हीरोइन बस एक बार नहाती है, यह स्वास्थ्य की दृष्टि से भी हानिकारक है। वह बार-बार, अलग-अलग साबुनों से नहाए।...'

'एक आइडिया यह भी है कि जिस कमरे में हीरो-हीरोइन छुपकर मिल रहे हों उसका साइज बढ़ा दीजिए, जैसे दस बाइ पंद्रह की जगह पंद्रह बाइ पैंतीस कर दीजिए।'

'लेकिन वो दोनों तो पोखर पर मिल रहे हैं।'

'ओफ्फो! कुछ तो अपनी क्रिएटिविटी का इस्तेमाल कीजिए। नदी किनारे मिलवा दीजिए।'

'हाँ-हाँ, और नदी की चौड़ाई नहीं, लंबाई का लांग शॉट दिखाते चले जाइए आराम से।'

'मुझे बेवकूफ बनाने की कोशिश मत कीजिए। जैसे मैं जानता नहीं। पब्लिक हीरो-हीरोइन को देखने आती है, नदी की लंबाई नापने नहीं। वरना घर बैठे डिस्कवरी चैनल न देखती।'

'पब्लिक बेचारी की क्या; जो आप दिखाएँगे वही तो देखेगी। पब्लिक का वश चलता तो सिनेमा हॉल में पिक्चर देखने आते समय वे हीरोइनों के लिए एक जोड़ी कपड़े भी लेकर आते कि लो, तुम्हारे पास ढंग के कपड़े नहीं हैं तो हमसे

क्यों नहीं कहा? जैसे इतने पैसे टिकट के खर्च किए, थोड़ा-थोड़ा चंदा जोड़कर एकाध लिबास तो ऐसा बनवा ही देते कि जब हम बाल-बच्चोंवाले लोग फिल्म देखने आएँ तो मेहरबानी करके ये ही कपड़े पहनना। क्या कहा! हम खुद नहीं पहनते, प्रोड्यूसर, डायरेक्टर पहनवाते हैं? नाम बताना; पब्लिक का वश चले तो बीच बाजार धुनाई करके रख दे उनकी, जो मुफ्त को बदनाम करने चले हैं पब्लिक के इंटरेस्ट् और टेस्ट को।'

देखो बेटी, बहनो! फिल्म देखने सिर्फ गुंडे-बदमाश ही नहीं जाते, सलीकेदार सुरुचि-संपन्न लोग भी जाते हैं। तुम लोग क्या चाहते हो, वे लोग आँखें मूँदकर फिल्में देखें? अरे भई, नाचो-गाओ, इश्क लड़ाओ, जूडो-कराटे की पैंतरेबाजियाँ दिखाओ, कौन मना करता है; लेकिन कपड़े ऐसे पहनो कि आदमी के आँखों की शर्मोहया जिंदा रहे और ड्रेस डिजाइनरों की रोजी-रोटी भी चलती रहे।...'

इसपर यूनिट को अपनी रोजी-रोटी का खयाल आ गया। लोग भड़के—'आप लोग फिर हीरोइन के कपड़ों में उलझ रहे हैं! भूल गए कि तात्कालिक समस्या फिल्म को चौदह रीलों तक खींचने की है।'

'बेशक।' डायरेक्टर हड़बड़ाया—'चलिए, शुरू कीजिए। कमरे की लंबाई-चौड़ाई बढ़ा दी?'

'जी हाँ, बढ़ा दी गई।'

उन्होंने कैमरामैनों से कहा, 'अब आप लंबे-लंबे शॉट लीजिए, यानी लांग शॉट्स।'

'ले लिये।'

'नेक्स्ट?'

लड़का चिल्लाया, 'फाइट सीन!'

डायरेक्टर उत्साह में चीखा—'कैमरा, लाइट, एक्शन!...'

कैमरा, लाइट ऑन हो गए। सीन धड़ाधड़ चलने लगा। डुप्लीकेट हाथापाई करने लगे। उन्होंने ऊँची-ऊँची दीवारें फाँदीं, खिड़की के काँच तोड़कर कूदे, पंखे से लटके, कद्दू व टमाटर के ठेलों से टकराए, खाली बोतलें तोड़ीं, तरबूज, संतरे छितराए।

इतना सब करके वे हाँफते हुए डायरेक्टर के पास आए, जैसे हनुमान अशोक वाटिका उजाड़कर या लंका-दहन करके आए हों।

डायरेक्टर मटन-कोरमे का लंच खाकर ऊँघ गया था। चौंककर जगा। बताने पर बोला, 'शाबास! कितनी रीलें हुईं?'

'जी, दस।'

'बस, तब थोड़ा और लड़-भिड़ लो।' और वह वापस ऊँघ गया।

'अरे वाह!' विलेन चिल्लाया, 'हमारा फाइट सीन ओ.के. हो गया। जितने मिनट लड़ना था, लड़ लिये, अपने असिस्टेंट डायरेक्टर से पूछ लीजिए। अब और क्यों लड़ें?'

'लड़ोगे नहीं तो फिल्म पूरी कैसे होगी?'

'लेकिन लड़ने की कोई वजह तो होनी चाहिए।'

'हाँ, यह तो है।' डायरेक्टर ने थोड़ा सोचा—'तो ऐसा करो, कॉमेडियन को कह दो, एकाध तमाचे तुम्हें जड़ दे। वह बेबात भी चाँटे लगा सकता है। ह्यूमर भी क्रिएट हो जाएगा।'

वैसा ही किया गया। करके डायरेक्टर को जगाया गया।

डायरेक्टर ने रीलों का हिसाब पूछा, 'ग्यारह।'

डायरेक्टर सोच में पड़ गया। फिर विलेन से बोला, 'ऐसा करो, तुम हीरो को भी दो-चार तमाचे जड़ दो।'

हीरो तमतमाया—'वाह! हीरो बना हूँ फिल्म का तमाचे खाने के लिए? मैं नहीं खाता।'

'हीरो हैं तभी तो ज्यादा बड़ी जिम्मेदारी है आप पर। देखिए, अभी-अभी कॉमेडियन से विलेन ने खाए कि नहीं!'

'विलेन ने तो रोजी-रोटी के नाम पर खाए।'

'आप हिंदी फिल्म पर रहमोकरम के नाम पर खा लीजिए।'

लोगों ने आकर बताया, हीरो ने भी खा लिये। अब?

अबके डायरेक्टर बिफर पड़ा, 'घड़ी-घड़ी मुझसे क्या पूछते हो! खाते जाओ— जब चौदह रील हो जाएँगी, असिस्टेंट डायरेक्टर खुद रोक देगा।'

हीरो जोर से गुर्राया, 'खाते जाओ! क्या मतलब है आपका? फिल्म बना रहे हैं या अखाड़ा चला रहे हैं आप?'

हीरो के गुस्से से डायरेक्टर नरम पड़ा। आजिजी से बोला, 'कोई पहली फिल्म कर रहे हैं! थोड़े-बहुत लात-घूँसे तो विलेन के खाने ही पड़ते हैं हीरो को।'

'सो तो कबके खा चुका!'

यकायक डायरेक्टर को आइडिया आया। वह हीरो के कान में फुसफुसाया— 'पिछली चार फिल्मों से तो यही आपका विलेन है; समझ लीजिए, करीब-करीब सात जन्मों की दुश्मनी निकालने का यही सही मौका है।'

'निकाली, तभी तो आपकी ग्यारह रीलें पूरी हुईं।'

डायरेक्टर ने सोत्साह पूछा, 'अच्छा, पहाड़ी से लुढ़काया?'

'जी, लुढ़काया।'

'वापस चोटी पर पहुँचकर ललकारा?'

'जी, ललकारा।'

'तो फिर अब खाली ड्रमों के बीच में ले जाकर धुनाई कर दीजिए।'

'की तो, और कितनी करूँ?' हीरो झुँझलाया—'अब मैं बोर हो गया।'

'क्या बात करते हैं! पब्लिक पूरे पचास साल से देख-देखकर बोर नहीं हुई और आप आधे घंटे में बोर हो गए! खैर, सोचता हूँ कोई और आइडिया।'

डायरेक्टर हीरो को नाराज नहीं करना चाहता था। लेकिन रील पूरी होनी थी। वह बाकी लोगों की ओर मुखातिब होते हुए बोला, 'तुम लोग भी लग जाओ, जरा विलेन को पीट-पाट दो। उसकी तो रोजी-रोटी है, चूँ-चपड़ नहीं करेगा।'

लेकिन विलेन आपा खोकर चिल्लाया, 'क्या! मतलब क्या है आपका? पीट-पाट दो! पूरे आधे घंटे से ऊपर हो गया पिटते। आपकी फिल्म में दम ही नहीं तो बढ़े कैसे!'

'तुममें ही कौन सा बड़ा दम है! कायदे से पिट ही नहीं रहे तो बढ़े कैसे! पिटो तो बढ़े।'

'मैंने सारी फिल्म में पिटते रहने का ठेका ले रखा है क्या? अब और नहीं पिट सकता।'

'नहीं पिट सकते तो हिंदुस्तानी फिल्म में विलेन क्यों बने?'

'तो आप मुझे हीरो बनाते क्या?'

'यार, बेबात भिड़ने पर आमादा हो। यही कैमरे के सामने करो न! मेरी मानो, जाकर पिटो चुपचाप।'

विलेन सुपरमैनी अंदाज में दहाड़ा, 'नहीं, अब मैं और नहीं पिट सकता। मेरे अंदर एक सूरमा अवतरित हो चुका है, जो मुझे लगातार धिक्कारते हुए कह रहा है—धिक्! हिंदुस्तानी फिल्म के विलेन! धिक्! तुझे लाज न आई! पिछले पच्चीस सालों से पिट रहा है तू···(बगैर सिल्वर जुबली मनाए) उससे पहले पच्चीस ही सालों तक तेरा बाप भी पिटा था। इन्हीं डायरेक्टरों के बापों द्वारा निर्देशित फिल्मों में, इन्हीं हीरो के (हीरो) पिताओं के हाथों। बाप से बेटों तक पीटने और पिटने की यह जालिम परंपरा, यह सिलसिला आखिर कब तक चलेगा? तू और कब तक इस जुल्मोसितम की चक्की में पिसने के नाम पर पिटता रहेगा?

'...क्या इन्हीं दिनों के लिए तुझे दूरदर्शन ने विभिन्न ब्रांडों के मिल्क पाउडरों के डिब्बे-के-डिब्बे पिलाकर, पाल-पोसकर इतना बड़ा किया है ? तू भूल गया कि तेरे पास शक्ति के ईंधन का अकूत भंडार है, च्यवनप्राश की एजेंसी है, सारे प्रदूषणों के बीचोबीच उत्तम पोषणवाले आहार हैं, मैगी है, पेप्सी है, कोका कोला है, जिसे पीकर लड़के-लड़कियाँ विक्षिप्तों की तरह ऊलजलूल हरकतें करते हैं; जबकि तू तो पूरे होशोहवास में सिर्फ अपने बाप-दादाओं के साथ हुए अन्याय और शोषण का बदला लेने पर उतारू है।'

कहनेवाले कहते हैं कि इसके बाद विलेन ने आव देखा न ताव, बाँकुरे की तरह जान हथेली पर ले पूरी ताकत से सारी फिल्म यूनिट पर टूट पड़ा। लोगों में भगदड़ मच गई। हीरो-हीरोइन, डायरेक्टर, मेकअपमैन सभी इसकी चपेट में आ गए। सिर्फ कैमरामैन कैमरा सँभाले रहा। देखते-देखते फिल्म पंद्रह-सोलह रीलों की लंबाई क्रॉस कर गई।

पूरी होकर फिल्म पिक्चर हॉलों में लगी तो टिकट के लिए बुकिंग ऑफिस की खिड़कियाँ टूट गईं तथा शो के दरम्यान यह धाँसू दृश्य आने पर हॉल की कुरसियों के परखच्चे उड़ गए।

कहनेवाले कहते हैं कि इस फिल्म के कैमरामैन को नेशनल अवार्ड मिला अत्यंत जोखिम भरे दृश्यों के वास्तविक दृश्यांकन के लिए। और फिल्म का विलेन आजकल दुबई से एक बड़े गिरोह का संचालन कर रहा है।

□

आत्मव्यंग्य बनाम हकीकत पचपनवीं मॉडल की

आत्मव्यंग्य ? रचना-प्रक्रिया ? जानने के लिए इस पचपनवीं मॉडल को कुछ पलों के लिए रिवर्स गियर में डाल दीजिए। यह दाएँ-बाएँ से बेखबर धड़धड़ाता हुआ उस फूल्स पैराडाइज में पहुँच जाएगा, जहाँ न रचना की कोई समझ है, न प्रक्रिया का मतलब मालूम है।

लेकिन रचना-प्रक्रिया चल रही होगी धड़ल्ले से—आएदिन नई-से-नई पैरोडियाँ, छतफोड़ ठहाकों, विट और जबरदस्त नोक-झोंकवाले परिवार के बीच एक मिनी रचना-प्रक्रिया, तुकबंदियों की रेलमपेल।

विषय और विस्तार ?…छोटी-बड़ी बहनों के साथ हुई झड़पों, झगड़ों और माँ, बाबूजी के बाअदब बामुलाहिजानुमा ऑर्डरों की खुली खिलाफत के एवज में धड़ाके से अंडर ग्राउंड काररवाइयाँ चला करती थीं। भाई-बहनों के बीच आपस में बल-प्रयोग की सख्त मनाही की तख्तियों के बीच जेहाद का बिगुल इसी तरह बजना-ही-बजना था। इसके अतिरिक्त स्कूल में संगीत शिक्षक का अलाप-विलाप-जोहम बच्चों के समूचे ब्रह्मांड को चारों खाने चित कर देता था, अलग-अलग टीचरों के उच्चारण, हँसने-बोलने के ढंग और सबसे बढ़कर पढ़ाते-पढ़ाते झपक जाती नैतिक शिक्षा के पंडित की मुंडी।

गरज यह कि घर के अंदर ठकठकाते ऑर्डर-ऑर्डर के हथौड़े से लेकर स्कूल, बाजार, नाते-रिश्तेदारों तक—काफी व्यापक था अपने हास्य-व्यंग्य का फलक। (सिर्फ फलक का मतलब नहीं मालूम हुआ करता था।)

हजारों ख्वाहिशें ऐसी कि हर ख्वाहिश पर दम निकले…आह! एक-एक को सबक सिखाने की, ईंट का जवाब पत्थर से दे पाने की, विद्रोह का परचम लहरा देने की…तख्ता-पलट ख्वाहिशें ठट्ठा मारती रहती थीं; दिले-नादान के भीतर

लेकिन जेलर पिता की चौकन्नी नजरें सारे किए-कराए पर पानी फेर देती थीं।

इसलिए सारी ज्यादतियों, जुल्मों के जवाब में मैंने अपने धर्म बनाम कुरुक्षेत्र का मैदान तैयार किया, सुरंगें बिछाईं। जितनी ऊपर से उतनी ही अंडर ग्राउंड नीचे से, बेधड़क बमबारी चलती थी अपनी। देखते-देखते तोपखाना खासा ताकतवर हो गया। रक्षा व्यवस्था चुस्त-दुरुस्त। निशाना किसी पर भी सध सकता था। अपना राज्य, अपनी आचार संहिता। जब जिधर चाहा, तोप का मुँह घुमा दिया। कुछ साथी, दोस्त, लड़कियाँ कभी-कभी तोपें उधार भी माँग ले जाते थे। बिना किसी अंतरराष्ट्रीय शांति वार्त्ता में खलल डाले।

इसके बावजूद हिंदी साहित्य में मेरे व्यंग्य लेखन की दुर्घटना न घटी होती, अगर धुर बचपन में मुझसे सिर्फ छह साल बड़ी 'जिज्जी' ने अपनी 'गल्पसुधा' किस्म की पाठ्य-पुस्तकों से मुझे पास बिठा-बिठाकर 'कबरी बिल्ली', 'प्रायश्चित्त', 'मुगलों ने सल्तनत बख्श दी', 'बड़े भाई साहब', 'साइकिल की सवारी' और 'अकबरी लोटा' जैसी बेमिसाल व्यंग्य कहानियाँ न सुनाई होतीं। इन रचनाओं की तराश, काट और अंदाजेबयाँ ने मेरे बचपन का पहला परिचय शब्द के ब्रह्मानंद से कराया था। मेरे नटखट मन ने अनगिनत दादें और साधुवाद देकर अनजाने मस्तक झुकाया था। 'वंस मोर' की गुंजाइश अकसर बड़ी बहन के पास होती नहीं थी। तलब लगने पर वे ही कहानियाँ बार-बार सुनाए कौन। अपनी तालीमी हैसियत 'क' से कछुए के इर्दगिर्द ही आराम फरमाती रहती थी...लेकिन साहब, इन कहानियों का नशा ऐसा तारी हुआ कि 'ख' से खरगोश सरपट दौड़ा कि ककहरे और बारहखड़ी की लकीरें जोड़-जोड़कर 'साइकिल की सवारी' पूरी पढ़ डाली थी। सिर्फ पढ़ी ही नहीं, कल्पना में जाने कितनी बार इसके पात्रों के साथ संवाद चले; 'प्रायश्चित्त' की छन्नू की दादी के साथ 'कबरी बिल्ली' के बैठक में बैठी और छत की मुँडेर से ढुलके अकबरी लोटे से 'अँगूठा भुरता किया' था। सिलसिला वंस मोर तक ही नहीं, कई-कई बार इन कहानियों को पढ़ने और कविता की तरह रट डालने की हद तक चला करता था।

जितनी जैनुइन लत 'साइकिल की सवारी' और 'अकबरी लोटे' की थी उतनी ही 'ईदगाह', 'ग्रामीण ताई', 'बूढ़ी काकी' और 'हार की जीत' की भी थी। हामिद और उसकी दादी की तरल संवेदना में मन जितना डूबता उतना ही निस्संतान ताई की अंतश्चेतना में हरहराते ममत्व के ज्वार में बहता, 'हार की जीत' के बाबा भारती के अंतिम वाक्य से रोमांचित होता। एक खरी सी बात गाँठ में बँधती। 'उसने कहा था' तब पूरी नहीं, टुकड़ों-टुकड़ों में रोमांचित करती थी;

थोड़ी कठिन कहानी।

यह इतना क्षेपक इसलिए बहुत जरूरी था, क्योंकि एक प्रश्न हिंदी साहित्य में शायद मुझसे ही हर हफ्ते-पखवारे पूछा जाता है कि आपकी प्रमुख विधा क्या है— उपन्यास, कहानी या व्यंग्य? उत्तर में—मेरी विधा मेरी लत, मेरी कमजोरी और मेरी इबादत 'कलम' है। इससे कब क्या निकलेगा मैं खुद नहीं जानती। कोई प्लानिंग, कोई स्थापना, विचारधारा, जीवन-दर्शन जैसी महानताओं से अपनी चादर बचा-बचाकर चलती हुई। 'प्लानिंग' जो कुछ होती भी है, सालोसाल कलम और मन के बीच किसी साँठ-गाँठ की तरह चुपचाप चलती हुई। मैं उसमें, अपने होश में कभी किसी प्रकार का दखल नहीं देती।

कभी कोई छोटी सी योजना बनी भी तो 'समय' ने विद्रूप कर ऐसा जबरदस्त धक्का दिया कि औंधी जमीन पर आ गिरी। मिट्‌टी सूँघने और अपनी मिट्‌टी पर पैर साधे खड़े रहने भर की कोशिश शायद इसीलिए।

पाँचवें-छठे दशक के दो धुरंधर हास्य-व्यंग्यकारों को भुला बैठना आज के हास्य-व्यंग्य साहित्य की शायद सबसे बड़ी कृतघ्नता है। बेढब बनारसी और भैयाजी बनारसी तब हिंदी हास्य-व्यंग्य के कुशल 'जौकी' हुआ करते थे। बेढबजी की 'बनारसी इक्का', 'लेफ्टीनेंट पिगसन की डायरी' और भैयाजी बनारसी की कई स्तरीय कहानियाँ तथा 'आज' साप्ताहिक परिशिष्ट के अंतिम पृष्ठ पर छपती 'अरबी न फारसी' की उन दिनों धूम मचती थी। जी.पी. श्रीवास्तव के हास्य की 'क्रूडिटी' मेरी प्रकृति से मेल नहीं खाती थी, लेकिन शौकत थानवी के 'राजा साहब' कहीं-कहीं हँसा-हँसाकर लोटपोट कर देने में कामयाब हो जाते थे।

प्रकृति और रुचि भोंडे हास्य के भदेसपन से कतराती, शिष्ट हास्य और व्यंग्य की जादुई गिरफ्त में समाती हुई। प्रताप नारायण मिश्र, बालकृष्ण भट्‌ट आदि तो पाठ्य पुस्तकों के माध्यम से झलके-उतराए भी पर शेष हास्य-व्यंग्य रचनाओं की अकाल मृत्यु प्रायः एक अक्षम्य अपराध और 'अन्याय' सा हुआ लगता है। मेरा अपना मानना है कि आचार्य रामचंद्र शुक्ल हिंदी साहित्य के इतिहास जितना परिश्रम यदि रचनात्मक दिशा में भी करते तो हिंदी लेखन में एक प्रौढ़ व्यंग्यकार के रूप में अवश्य प्रतिष्ठित होते।

क्योंकि व्यंग्य शब्दों को भाँजने की क्रिया नहीं, एक परिपक्व, प्रौढ़ समझ और शुद्ध 'प्रकृतिगत' देन है। इसीलिए प्रायः जब सामान्य तो सामान्य, विशिष्ट पढ़े-लिखे भी किसी बात पर कह पड़ते हैं कि 'बस, इसी पर एक व्यंग्य लिख डालिए,' तो ऊपर से मुसकरा पड़ने के बावजूद अंदर एक हैरानी सी होती है—ये

लोग हास्य-व्यंग्य को इतनी आसान चीज समझ बैठे हैं!

रुलाना आसान है, हँसाना बहुत मुश्किल। किसीके जख्म पर उँगली रखकर उसे एहतियात से गुदगुदाने की अदा में नश्तर लगाना तो और भी मुश्किल। और खुद अपने आपको उधेड़कर व्यंग्य के माध्यम से डुगडुगी बजवा देना, अर्थात् आत्मव्यंग्य—बहुत कम के पास में होती है यह कूवत, यह लायकियत और मिल्कियत भी।

खुद अपनी शुरुआती बारहखड़ी के जमाने में, पढ़ती तो थी हास्य-व्यंग्य के नाटक, कहानी, उपन्यास और लिख-पढ़ने लगी थी हास्य-व्यंग्य के लेखन। कभी हैरानी तो कभी परेशानी भी—कि आखिर यह है क्या? किस खाते में जाएगा? कविता और कहानी की बाकायदा पहचान और एक माकूल नाप-तौल की चौहदी तो है; लेकिन यह बेनाम, बेपहचान की सी चीज को क्या कह के परोसा जाए! उधेड़बुनों का एक लंबा सिलसिला...

बहरहाल, ढाबा खुला अपना और चल भी निकला।

□

थोक के भाव हिंदुस्तान···

मैं बेखौफ होकर कहने नहीं, करने में विश्वास करती हूँ, क्योंकि सिर्फ बेखौफ होकर कहते रहने या लिखते रहने से कुछ होने-हवानेवाला नहीं। इसके लिए कुछ करना जरूरी है। वैसे भी लोग अकसर मुझसे पूछते रहते हैं कि आप कुछ करतीं क्यों नहीं?

देश में इतनी सारी बेखौफ गतिविधियाँ चल रही हैं और आप अच्छी-खासी तालीमशुदा होने पर भी हाथ पर हाथ धरे बैठी हैं। कुछ करिए—जैसे घोटाला; कुछ करवाइए—जैसे दंगे; कुछ दिलवाइए—जैसे कोटा, परमिट, लाइसेंस, ग्रांट, अनुदान···कुछ तो करिए। अपना कार्यक्षेत्र बढ़ाइए।

इसलिए अब मैं बेखौफ होकर करने के मूड में आ गई हूँ। आप अपना सवाल जरा सा सुधारकर इस तरह पूछ सकते हैं कि—

'आप बेखौफ होकर क्या करना चाहेंगी?'

मेरा जवाब होगा—'मैं? मैं बेखौफ होकर हिंदुस्तान को थोक के भाव बेच देना चाहूँगी।'

अब आप मेरे इस हद के ईमानदार जवाब पर चौंकिए मत, न तिलमिलाकर त्योरियाँ ही चढ़ाइए। बल्कि उन्हें उतारकर चारों तरफ का जायजा लीजिए। जिधर देखिए उधर, खुलेआम धड़ल्ले से देश बेचने का धंधा चल रहा है। अलग-अलग पार्टी, अलग-अलग नामों, अलग-अलग बैनरों के माध्यम से एक ही कारोबार, एक सी दुकानदारी—अपने-अपने हिस्से का देश बेच खाने की। मुझे हिंदुस्तान की यह टुकड़े-टुकड़े की फुटकर सौदेबाजी पसंद नहीं। मैं थोक व्यापार में इसकी 'एंट्री' कराऊँगी। इसे आधुनिकतम शोरूम में परिवर्तित कर, रंग-बिरंगे काउंटरों से सुसज्जित कर इसकी एग्जीबिशन कम सेल लगवा दूँगी। साख-की-

साख, मुनाफे-का-मुनाफा।

मुनादी पिट जाएगी। हिंदी को छोड़ सभी भाषाओं में इश्तिहार छप जाएँगे कि अरे ओ साहूकारो! सौदागरो और मालामालो! सौंदर्य प्रतियोगिताओं के चौंकियाते मापदंडों से लेकर भुखमरी और बेरोजगारी के विस्मित कर देनेवाले आँकड़ों तक दुर्गा सप्तशती के श्लोकों से लेकर बलात्कारों के हैरतअंगेज कीर्तिमानों तक से सजे हमारी तमाम बिकाऊ खूबियोंवाले काउंटरों पर एक बार अवश्य पधारें। हमारे शोरूम में धर्म और भक्ति की बिक्री पर भारी छूट चल रही है। खूबसूरती के शेयर आसमान छू रहे हैं। हर बलात्कारी फिल्मोंवाले कैसेट के साथ किसी सौंदर्य सामग्री का मुफ्त चित्र, वह भी उसके हस्ताक्षरों सहित।

अपनी किस्मत आजमाने का इससे बेहतर देश आपको दूसरा नहीं मिलेगा। हमारे जगमगाते काउंटरों पर हर तरह का भाव आकर्षक मैसेजों सहित उपलब्ध है। एक बार अवश्य पधारें।

वेलकम सर! क्या चाहेंगे आप? घोटाले? ओह! यस सर। हर साइज में रखते हैं हम। ये देखिए—स्कूलों, कॉलेजों, छोटी-मोटी संस्थाओं, आश्रमों, अनाथालयों के मिनी साइज। हम इन्हें 'घपले' कहते हैं, सर। और ये देखिए, पुरानी ब्रांड, जंबो साइज जैसे—बोफोर्स। अभी भी धड़ल्ले से चलता है यह नाम, सर! और ये इधर के लेटेस्ट ब्रांड, बेहद मासूम से शेयर घोटाले से लेकर मीठा-मीठा जायकेदार शक्कर घोटाला।

नहीं सर! कमीशन-वमीशन का खौफ मत पालिए। कमीशनों का तो काम ही है बैठना, और फिर हमेशा के लिए बैठ जाना।

और ये देखिए, पूरे पाँच सालों तक मुफ्त सर्विस की गारंटीवाला मजबूत, टिकाऊ अलादीनी चिराग का लेटेस्ट मॉडल—'वोट', सर। एकदम थ्रो-अवे प्राइज, यानी दो रुपए किलो चावल में। देखरेख और मेंटीनेंस में कोई झंझट नहीं। इस्तेमाल में बेहद आसान और पाँच सालों तक पूरे ऐश का पूरा इंतजाम। ले लीजिए, सर! अन्य किसी देश में नहीं मिलेगा इतने सस्ते में यह मॉडल। और उपयोग, प्रयोग की इतनी अनुकूल परिस्थितियाँ। ऐसी गहरी नींद आती है कि मेरे जैसे लोग हिंदुस्तान को बेच भी खाएँ तो नींद में खलल नहीं पड़ता।

योग्यता? क्या मजाक करते हैं, सर! कुछ खास नहीं। जितनी चाहिए उतनी तो आपमें होगी ही। यही जरा टोले-मुहल्ले की सेंधमारी और हफ्ता वसूली का तजुरबा। लोकल लेबल पर आरक्षण निश्चित समझिए। इसके ऊपर जाने के लिए थोड़े दंगे-फसाद, कत्ल-तस्करी और 'अंडरवर्ल्ड' की सरकार चलाने का अनुभव

जरूरी है ही। कारागार में रहते हुए सरकार चलाने का जोखिम तो आपको सीधा विशेष योग्यता क्रम में ला बैठाएगा। इसके बाद तो ऊपरी सीढ़ियों की चढ़ाई बेहद आसान हो जाती है, क्योंकि तब आपके चारों तरफ सिर्फ संगीन, शातिर किस्म के विशेष योग्यता प्राप्त लोगों को ही अंदर आने और उठने-बैठने की अनुमति होती है। जानती हूँ, आप खरीदारी से पहले पूरी तसल्ली कर लेना चाहते हैं। तो ऐसा कीजिए, आपकी सुविधा के लिए नीलामी की शुरुआत मैं ग्राम-पंचायतों या जिला-कस्बों में किए देती हूँ। प्रदेशों, प्रांतों की टोलियाँ उसके बाद···

यह रहा बिहार; इसे खरीदने पर सैकड़ों ट्रक, कट्टे, कारतूस मुफ्त और झारखंड का बारूदी मसाला ऊपर से। इसवाले काउंटर पर यू.पी.—उत्तराखंड की हालोहाल वारदातों और मंदिर-मसजिद वार्त्ताओं के दिलचस्प नुक्कड़ नाटकों तथा रथयात्राओं के आकर्षक पैकेज सहित। और ज्यादा छोटा चाहें तो असम, बोडो···नहीं तो आप जैसा भी, जिस आकार का चाहें, अपना ऑर्डर बुक कर दें। हम आपके ऑर्डर के मुताबिक प्रदेश बनवाकर सप्लाई कर देंगे। गारंटी! अरे हाँ, कर्नाटक! कर्नाटक लीजिए, सर। बेशुमार गुरदों के साथ। हमारा क्या, हम तो बेचने पर आमादा हैं। चाहे गुरदे बेचें, चाहे बेगुरदेवाला बचा-खुचा देश।

अब एक बात के लिए मैं आपको आश्वस्त कर दूँ कि यह सब पढ़, सुन और जानने के बाद भी मेरी देशभक्ति के दामन में कोई दाग आप नहीं लगा सकते। मुझे देशद्रोही और गद्दार पुकारने का खतरा आप नहीं उठा सकते। बावजूद इस सबके, मेरी देशभक्तवाली इमेज जस-की-तस धुली-पुँछी जगमगाती रहेगी। क्योंकि मैं हर गणतंत्र, स्वाधीनता दिवस और अन्य राष्ट्रीय त्योहारों के रंगारंग कार्यक्रमों पर राष्ट्रध्वज फहराती रहूँगी; इसकी शान में कसीदे पढ़ती रहूँगी; देश के प्रति अपने त्याग, निष्ठा, वफादारी और ईमानदारी की कस्में खाती रहूँगी!

□

राहत कार्यों की तलाश में

समस्या शोचनीय है, पर हम कर ही क्या सकते हैं? महीनों हो गए, कुछ आकस्मिक सनसनीखेज किस्म का घट ही नहीं रहा है। लाचारी है। शर्म आती है। जब कोई दुर्घटना ही नहीं घट रही तो हम पढ़ी-लिखी प्रगतिशील महिलाएँ राहत कार्य आखिर करें तो कैसे? सुबहें इतनी बोर और शामें इतनी बेरौनक हमारे क्लब के इतिहास में और कभी नहीं हुई थीं। सारी सक्रियता ही कुंठित हुई जा रही है। मीटिंगों में कुछ खास करने को रह ही नहीं गया। सारी दिलचस्पी खत्म। यों बहस-मुबाहसे के लिए तो छोलों में मिर्चों का और मिसेस करानी के कानों में डायमंड का होना या न होना ही काफी है; पर उसमें वह वैचारिक संतुष्टि कहाँ!

हमारे क्लब की देखादेखी आजकल क्लब भी तो बहुत से हो गए हैं। राहत कार्यों के न मिलने का यह भी एक कारण है। जरा कुछ हूँ-टूँ हुई नहीं कि महिलाएँ फौरन अलग क्लब बनाने पर उतारू हो जाती हैं। पिछली मीटिंग में मीनू में लिखे रसगुल्ले नहीं आ पाए, बस उत्तेजित सदस्याओं ने सवाल पर सवाल पूछ डाले और नतीजतन इस क्लब से फूटकर एक नया क्लब बना डाला। मिसेस दारूवाला और चड्ढा की खटपट हुई तो भी नया क्लब बन गया। औने-पौने की महिलाएँ बड़े-बड़े मंत्री, विधायकों की नकल करती हैं। उन्हें कौन समझाए कि मंत्री, विधायक की बात और है। आखिर वे राष्ट्र के कर्णधार हैं। उन्हें तो कुछ भी कर सकने की छूट मिलनी ही चाहिए। पर कोई समझने को तैयार ही नहीं। नतीजतन अब तो हर तीसरी महिला ने एक क्लब बना लिया है। जिधर देखो उधर क्लब-ही-क्लब; पान की दुकानें तो बल्कि कम होंगी। हर दूसरी महिला किसी-न-किसी क्लब की प्रेसीडेंट या सेक्रेटरी है। कार्यक्रम किसी क्लब का हो, चित्र अपना छपना ही चाहिए अखबारों में।

पर इन दिनों तो करने को सोशल वर्क कुछ है ही नहीं। हम तो कुल्लू-मनाली भी नहीं गए कि इधर शायद सूखा पड़ने वाला है। पड़ा भी थोड़ा-बहुत, लेकिन दूर के क्षेत्रों में। हमें कुछ करने का स्कोप ही नहीं। मौसम की रिपोर्ट सुनकर लगा था, सूखे के बाद शायद बाढ़ आ जाए। हमने तैयारी भी कर ली थी। पर हमारे नक्षत्र ही उलटे थे। वहीं दूसरे अंचलों में पहले अनावृष्टि हुई, फिर बाढ़ में झकझोर पानी बरसा। यानी ईश्वर ने जो दिया, छप्पर फाड़कर! सिर्फ हमीं हाथ मलते रह गए।

हमारे देखते-देखते दूसरे क्लबों की सेक्रेटरी और प्रेसीडेंट कई बार जिलाधीश, मेयर और मंत्रियों से मिल आईं; संकटकालीन मीटिंगें भी बुला लीं। मीटिंग के मीनू में भी कटौती कर सिर्फ छोले-भटूरे, दहीबड़े और आइसक्रीम खाई गईं। कटौती से बचे पैसों को जिलाधीश के साथ फोटो खिंचाते हुए राहत कोष में जमा कर दिया गया। सब सदस्याएँ अपने-अपने पुराने, फटे-चटे ब्लाउज-पेटीकोट लाईं और उन्हें बाँटते हुए भी अपने अलग चित्र खिंचवाए। एक सदस्या ने सोर्स लगाकर अपना चित्र कई दैनिक, साप्ताहिकों में छपवा दिया। वे तुरत-फुरत अगले टर्म की अध्यक्षा बना दी गईं।

लेकिन हम तो छोटी-मोटी दुर्घटनाओं को लेकर भी पिछड़ गए। कुल ढाई मील की दूरी पर ही एक बस और ट्रक भिड़ी थी। हमें सूचना भी मिली थी, पहुँचे भी; लेकिन तब तक उसी मुहल्ले की महिलाओं ने झटपट खुद ही अपना एक क्लब बना लिया और घटनास्थल को पूरी तरह अपने कब्जे में ले लिया। उन्होंने हमसे साफ-साफ कह दिया कि यह घटना उनके क्षेत्र में हुई है, इसलिए वे लोग सब सँभाल लेंगी, हम लोगों की कोई जरूरत नहीं। वही हुआ, घायलों को मरहम-पट्टी करने से लेकर पानी पिलाने तक के कार्य संपन्न करते हुए उन्हीं लोगों के चित्र खिंचे, वक्तव्य छपे। हमें हाथ तक नहीं लगाने दिया गया। बड़ी आईं इलाकेवाली! संकीर्णता की इससे निकृष्ट मिसाल मिलनी मुश्किल है।

पर दोष तो सरासर हमारे नसीब का था। इतना विशाल देश; सूखा, बाढ़, भुखमरी की सबसे ज्यादा संभावनाओंवाला देश, जहाँ ऐसे हादसों का न घटना ही एक हादसा है—उससे सिर्फ हमारा क्षेत्र ही वंचित रहा।

घटने को कुछ भी घट सकता था। हँसी-दिल्लगी के वास्ते ही सही, मुहल्ले की कोई लड़की या लड़का नदी-पोखर में छलाँग ही लगा सकता था। एक पड़ोसी दूसरे निकटतम पड़ोसी का टी.वी. सेट देखकर ही खाक में मिल सकता था। कुछ अदद लड़कियाँ कुछ अदद लड़कों के साथ या वैसे ही सिनेमा देखने के बहाने

भाग सकती थीं। पर किसीने किसी प्रकार का सहयोग नहीं किया। यों जहाँ तक लड़कियों के भागने का सवाल है, इसे अब सभ्य समाज में दुर्घटना या बेइज्जती नहीं माना जाता। यह तो सामाजिक प्रगति का शंखनाद है, जिसे लड़के-लड़कियाँ कभी भी फूँक सकते हैं। लेकिन हमारे मुहल्ले के लड़के-लड़कियों से प्रगति की पहली सीढ़ी भी न चढ़ी गई।

चोर-उचक्कों ने भी बड़ा निराश किया। न किसी महिला के गले की चेन खींची, न किसी लड़की की बालियाँ नुचीं। इतने बड़े मुहल्ले में एक कायदे की पॉकेटमारी तक नहीं हुई। युवा शक्ति भी कुछ कुंठित सी रही। चाहती तो आने-जानेवाली, दाँतों से नाखून कुतरती बिला वजह, बेशुमार शरमानेवाली लड़कियों से छेड़खानी तो कर ही सकती थी। वह भी नहीं तो रास्ते में खड़े ट्रकों, कारों पर दो-चार पत्थर ही चला देती। लगता है, युवा शक्ति के भी सारे प्रेरणास्रोत ही सूख गए। इन कार्यों को संपन्न करने के लिए वे शहर के दूसरे इलाके चुन लेते हैं। बहरहाल, प्रजातांत्रिक जीवन की कोई रौनक, कोई लक्षण ही नहीं। रौनक आए भी कहाँ से ? लोग हैं कि शाम फिरते ही घरों के दरवाजे, खिड़कियाँ बंद कर दुबक जाएँगे। असल में वे लोग अखबारों में पढ़-पढ़कर और आते-जाते घटती घटनाओं को देखकर ही इस कदर हदस गए हैं कि मुहल्ले में कुछ घट ही नहीं पा रहा। फिर लुच्चे-लफंगों को दोष दिया भी कैसे जा सकता है ? पूरा मुहल्ला ही डरे, सहमे, निकम्मे लोगों से भरा-पड़ा है।

एक दिन किसी तरह एक दुर्घटना घट गई। सुबह-सुबह ही हमारे क्लब की सेक्रेटरी का फोन आया, 'मिसेस लाल, आग लग गई! मेरा मतलब है, दुर्घटना घट गई! हमारे ही क्षेत्र में, पास में ही। ब्लॉक नंबर दो के सामनेवाली झोंपड़पट्टी में। सबको खबर कर दीजिए और कपड़े, अनाज वगैरह जितना कुछ इकट्ठा हो सके, जल्दी लेकर आइए।' रुककर याद दिलाया, 'सुनिए, फोटोग्राफर भी, अवश्य...मैं तो अभी जा रही हूँ, वरना कोई दूसरा क्लब...'

मैंने कहा, 'रुकिए न! बस पाँच मिनट में सबको लेकर पहुँचती हूँ, साथ ही चलेंगे। अच्छा रहेगा।'

वे बोलीं, 'अरे नहीं। मेरा वहाँ अभी पहुँचना बहुत जरूरी है। वहाँ लोगों के घर तबाह हो रहे हैं, आपको साथ की पड़ी है।'

मैंने कुढ़कर मन-ही-मन कहा, बड़ी आई सेक्रेटरी की दुम। जैसे और कोई कभी सेक्रेटरी बनी ही नहीं।

बात की बात में सबको फोन से इत्तला की गई। जल्दी-जल्दी घुने, सीले

गेहूँ, दालें, इकट्ठी की गईं; जंग लगे डिब्बे और फटे-पुराने कपड़े जुटाए गए। लेकिन पहुँचने पर बड़ा आश्चर्य हुआ। न पुलिस, न एंबुलेंस, न फायर ब्रिगेड। भीड़भाड़ तक नहीं।

हम लोग परेशान हो ही रहे थे कि सेक्रेटरी खुद ही आती दिखीं। उदास थीं। पूछने पर बोलीं, 'सब लोग ज्यादा ही जल्दी घटनास्थल पर पहुँच गए। कुछ खास दुर्घटना भी हो नहीं पाई। नुकसान भी ज्यादा नहीं। बस एक ही झोंपड़ी जल पाई।'

'पर ऐसा कैसे हुआ कि बस एक झोंपड़ी ही जली?'

'अरे, ये आसपास के शरारती बच्चों ने तुरंत ही बालटी भर-भरकर पानी डाल दिया। फायर ब्रिगेड तक की नौबत नहीं आ पाई।'

'पर हम लोग तो फोटोग्राफर, अनाज, डिब्बे सारे सामानों से लैस होकर आए हैं। अब इनका क्या होगा?'

'उसका इंतजाम किया है। कुछ बच्चों, औरतों को बड़ी आरजू-मिन्नत करके रोक रखा है। लेकिन जरा जल्दी बाँटो, नहीं तो वे सब भी काम पर जाने की हड़बड़ी मचाए हुए हैं।'

सचमुच औरतें जल्दी में थीं। हमने समझाने की कोशिश की तो बोलीं, 'हमकूँ इतना टेम किधर है? काम पर जाने को देरी होता। आप लोग जल्दी फटेला-चटेला चीज बाँट के फोटू काहे को नहीं खिंचा लेतीं!'

हम सभी ने उनसे बड़ी आजिजी से गुजारिश की, 'आप लोग भी हमारे साथ खड़ी हो जाइए न!'

सेक्रेटरी का चेहरा उतरता जा रहा था और उधर फोटोग्राफर कह रहा था, 'स्माइल प्लीज।'

□

रांग से राइट नंबर तक

मान्य संपादकजी! आप कहते हैं, कोई एक विषय है ? बस कलम उठाइए और 'व्यंग्य' पर जुट जाइए। घोटालों पर लिख दीजिए, हवाले पर लिख दीजिए। चारे पर लिख दीजिए, अलकतरे पर लिख दीजिए।

लेकिन हमारी स्थिति विचित्र है। हुआ यों कि मेरी कलम ने कुछ बेहद बेशर्म किस्म के लोगों को हवालात-थ्रू-हवाला जाने से पहले जालीदार पुलिस वैन में चढ़ते वक्त निहायत बेशर्मी से चारों तरफ खड़े अपने चमचों और तमाशबीनों की ओर मुसकराकर हाथ हिलाते हुए देख लिया। (जबकि कुख्यात तस्कर, हत्यारे तक मुँह ढाँप लिया करते हैं।) इतना ही नहीं, उनकी गरदन फूल-मालाओं से ढकी थी। बस उनको देखना था कि मेरी कलम का सिर घृणा और शर्म से झुक गया।

झुक तो सारे देश का सिर जाना था, पर देश में तो वे लोग भी शामिल हैं न जो दाल, चावल, तेल, चीनी और चारे तक को घोटालों की करामाती मशीन में डालकर काले जादू से कई करोड़ के फड़फड़ाते नोटों में तब्दील कर लेते हैं। और पूछने पर बेहद मासूमियत से कहते हैं, 'अरे भाई! भूल से सारे नोट चारे के साथ कतरा गए। और पशु तो पशु, नाँद में भिगोए चारे के साथ सारे नोट खा गए। बेचारे चौपाये! अब उनके खिलाफ क्या एक्शन लीजिएगा! इसलिए आप समझ ही गए होंगे कि हम तो बेदाग हैं।' कहते हुए अपने शुभ्र वस्त्रों की ओर संकेत कर वे मुसकराकर पगुरा दिए।

लेकिन अगली बार जब वे मिले तो उनके शुभ्र वस्त्र तारकोल में लिथड़े थे।

हमने छींटाकशी की, 'यह तो सचमुच की काली करतूत हो गई। ज्यादा ही लंबा हाथ मार दिया आपने। क्या करेंगे अब तारकोल में लिथड़े अपने शुभ्र वस्त्रों का?'

'सब धुल-धुला जाएँगे।' उन्होंने हँसते हुए निहायत बेफिक्री से कहा, 'काले से उजला करने की बहुत सारी तरकीबें उपलब्ध हैं।'

हमने जानना चाहा कि 'घोटालों की काजल की कोठरी को अलकतरे के विशाल भंडार में परिवर्तित कर देने में दिक्कतें तो बहुत पेश आई होंगी?'

'बेशक! काम तो जोखिम का था ही। पर 'करत-करत अभ्यास ते…' तो हमारा बरसों का अभ्यास है दाँव-पेंच और हेराफेरी का। इतनी धाँसू योजनाएँ एक-दो दिनों का नतीजा नहीं होतीं। सालों की कड़ी मेहनत और पक्का इरादा चाहिए। आँकड़ों में उलट-फेर के ऐसे चमत्कारी अनुभव, जिससे बड़े-बड़े गणितज्ञों को गश आ जाए। तब जाकर उपलब्ध होता है यह सब।'

'यानी अलकतरा।'

'अलकतरा तो वह आप जैसे अज्ञानियों की दृष्टि में है न! हमारे लिए तो चाँदी-ही-चाँदी। सोना भी तो कोयलों की खान के बाद ही मिलता है!'

'तो कितना सोना बनाया आपने इस अलकतरे की खान से?'

उन्होंने कानों पर हाथ रख लिये, 'च-च्च! हमारे अकेले का कुछ नहीं। सारा श्रेय हमारे टीम वर्क को जाता है। हम मिल-बाँटकर खाने में विश्वास रखते हैं।'

'देश को न!…अच्छा, अगली योजना क्या है आपकी टीम की? कौन सा प्रांत, सूबा, जाति, उद्योग, विभाग, वर्ग आपके निशाने पर है?'

'देखिए, हम कहने में नहीं, करने में विश्वास करते हैं। सोचिए, आप सबके देखते-देखते पिछले कुछ वर्षों में क्या-क्या नहीं कर गुजरे हम! आपने या समूचे देश ने कभी सपने में भी सोचा था कि पूरी दुनिया में अपने देश का नाम हम इस तरह उजागर करेंगे?'

'बेशक, घोटालों से हवालों तक की निरंतर विकसित होतीं नई-नई किस्मों और पैदावारों ने सारी दुनिया को हैरानी में डाल रखा है…कामयाबी का यह सेहरा…'

'अभी कहाँ, भाई! अभी तो हम लक्ष्य से बहुत नीचे हैं। सातवाँ नंबर है अपना महाभ्रष्ट देशों की सूची में। यानी अभी छह देश हमसे आगे हैं। लानत है हम पर।'

'लेकिन वे सभी देश ज्ञान-विज्ञान, उद्योग और यांत्रिकी जैसे कई अन्य क्षेत्रों में भी हमसे आगे हैं।'

'उससे क्या होता है!' वे बिगड़ गए, 'अपनी-अपनी रुचि की बात है। हम सिर्फ भ्रष्टाचारी देशों की सूची में निरंतर कामयाबी हासिल करने की कोशिश करेंगे।'

'तो कब तक पहुँचने का लक्ष्य है आपका आखिरी पायदान पर?'

'अतिशीघ्र! हमारा थीम सांग सुना ही होगा आपने—'हम होंगे कामयाब...' स्थितियाँ कितनी अनुकूल हैं, आप देख ही रही हैं! देश-विदेश से मददगारों की कमी नहीं। ऐसा ही रहा तो इस सदी के मध्यांत तक हिंदुस्तान विश्व के महानतम घोटालोंवाला देश घोषित हो के रहेगा।'

मैंने साँस रोककर अपनी कलम के कान में कहा, 'सुन रही है?'

कलम ने सिर झुकाए-झुकाए कहा, 'सुन रही हूँ।'

'तो फिर फटाफट लिख!'

'नहीं, अब मैं और नहीं लिख पाऊँगी।'

'वाह! क्यों नहीं लिख पाएगी? लोग कह रहे हैं, स्थितियाँ व्यंग्य लिखने की हैं।'

मेरी कलम ने कहा, 'नहीं, स्थितियाँ डूब मरने की हैं।'

'तेरे लिए नहीं।' मैंने उसे घुड़कर कहा, 'तेरा काम व्यंग्य लिखना है, तू लिख।'

'नहीं! अब मैं और नहीं लिख सकती। मैंने बोफोर्स पर लिखा, पनडुब्बियों पर लिखा, सूटकेसों पर लिखा—और हर बार लिखते हुए सोचा कि शायद अपने देश की दुर्दशा और विद्रूप पर लिखा यह आखिरी व्यंग्य है।'

'बकवास! व्यंग्य लिखना तेरी रोजी-रोटी है!' मैंने डपटा।

'नहीं! रोजी-रोटी और कलम के भी कुछ असूल होते हैं। जितने कुछ पर व्यंग्य लिखा या किया जा सकता है, स्थितियाँ उन हदों से बहुत आगे जा चुकी हैं। अंधेरगर्दी और बेशर्मी की सारी सीमाएँ टूट चुकी हैं। मेरा व्यंग्य इन स्थितियों, इन घोटालों, इन हवालों जितना बेशर्म नहीं हो सकता।'

'क्यों नहीं हो सकता? जो कुछ वे कर गुजर रहे हैं, तू लिख तक नहीं पा रही!'

'यही समझ लो।' और मेरी कलम शर्म से गड़ी रही।

मैंने जोर-जबरदस्ती के लिहाज से खूब जोर से पकड़कर लिखवाना चाहा। देर तक जकड़े रही। दम घुटेगा तो हार मानेगी ही पुलिस थाने की तरह। अब चली, बस अब...देश के इन शर्मनाक हादसों पर।

लेकिन जब काफी देर तक कलम ने कोई हरकत नहीं की तो मैंने अपनी पकड़ ढीली की। हाथ हटाकर देखा तो सन्न रह गई—कलम कागज पर जोर से चुभी थी और टूट गई थी!... ☐

एक व्यंग्य वक्तव्य

(व्यंग्यकार ज्ञान चतुर्वेदी को पुरस्कृत करते समय)

कुछ महीनों पहले अचानक मेरी बाईं आँख फड़की। मुझे लगा, कुछ लाभ-शुभ होने वाला है। तभी फोन की घंटी भी बज गई। उधर से सुपरिचित कथाकार, व्यंग्यकार नरेंद्र मौर्य बोल रहे थे। उन्होंने कहा कि हमने इस वर्ष के श्रेष्ठ व्यंग्यकार का पुरस्कार ज्ञान चतुर्वेदी को देने का निश्चय किया है और हम चाहते हैं कि यह पुरस्कार उन्हें आपके हाथों मिले। मैं हैरान थी। एक व्यंग्यकार दूसरे व्यंग्यकार को पुरस्कार से नवाज रहा है। वह अपने होश में तो है ? ऐसा कभी साहित्य में होता है क्या ?...ये तो कलियुग में सतयुग लानेवाली बात हुई—और सतयुग में कहीं व्यंग्य लिखा जा सकता है क्या ? लगता है, व्यंग्य लेखन के दिन लद गए।

मुझे अपनी बाईं आँख पर भी बड़ा गुस्सा आया। यह भी कोई वजह थी फड़कने की भला! औरत की आँख ठहरी, बेवजह फड़का करती है। अबके फड़की न...लेकिन वह (बाईं) आँख मुझे तरेरते हुए फिर फड़की, जैसे कह रही हो—मूर्ख! फोन की पूरी बात तो सुन। मैंने सुना—फोन से आती आवाज बड़े आदर और आग्रह भरे स्वर में कह रही थी, 'हम आपको आने-जाने का हवाई जहाज का किराया देंगे।...आपको अवश्य आना है।'

सुनते ही मैं सर्वांग फड़कने लगी। अच्छा है, जो फोन में दिखता नहीं, बस सुनाई पड़ता है; वरना बड़ी फजीहत से गुजरना पड़ता। शर्मिंदगी होती सो अलग।

जी में आया, कहूँ, 'हवाई जहाज का किराया देंगे तो ज्ञान चतुर्वेदी क्या, आप कहिए तो जयललिता और मुलायम सिंह को एक साथ पुरस्कृत कर जाऊँ।' लेकिन यह बात भी छुपा ले गई।

ऊपर-ऊपर बेहद चिंतनीय और घोर महानता का साहित्योपयोगी लहजा

बनाकर डायलॉग मारा, 'देखिए, अभी से कुछ कहना बहुत मुश्किल है। इन दिनों तो अत्यधिक व्यस्तता है, बंधु। फिर भी, कोशिश करूँगी—आप दो-तीन दिन में फिर फोन करिए।'

लेकिन दिल था कि गुगली गेंद की तरह आड़ा-तिरछा उछला पड़ रहा था। मैच फिक्सिंग के लिए बेकरार था। कुछ और सोचने ही नहीं दे रहा था, 'अरी मूर्ख! सोचना क्या है इसमें? जितने का ज्ञान चतुर्वेदी को पुरस्कार मिलेगा, करीब-करीब उतना ही तेरा हवाई जहाज का किराया हो जाएगा। पाखंड छोड़ झटपट 'हाँ' कह दे।' लेकिन पाखंड लेखकीय व्यक्तित्व का अनिवार्य अंग होता है। छूट जाए तो लेखक कैसा? कैसे छोड़ देती मैं? दिल पर पत्थर रखा और फोन वापस क्रेडिल पर।

पति पास ही बैठे हमेशा की तरह सारी साहित्य वार्त्ता सुन रहे थे। मेरे फोन वापस रखते ही अत्यंत विदग्ध मुद्रा में बोले, 'ऐसा करो, उनसे हवाई जहाज का किराया पहले ही मँगवा लो और चुपचाप चालू सेकेंड क्लास में बैठकर चली जाओ। मौके का फायदा उठाने की समझदारी तो तुम औरतों को आती नहीं, ऊपर से चलती हो लेखिका बनने।'

मैं हिंदी लेखिका और नारी अस्मिता पर किया गया वह प्रहार बरदाश्त नहीं कर सकी। हवाई जहाज के किराए के 'मेंशन' मात्र से मैं जमीन से कई हजार फीट ऊपर उड़ने लगी थी। गर्व-गुमान का ईंधन इतनी मात्रा में इकट्ठा हो गया था कि इसके भाप से अंदर की देगची खदबदाए जा रही थी। यथाशक्ति दिलेरी से बोली, 'एक वो लोग हैं जो आपकी पत्नी को हवाई जहाज का सम्मानजनक किराया देकर बुला रहे हैं और एक आप हैं...'

पति बीच में ही बात काटकर गुर्राए, 'तो कौन सा बड़ा तीर मार रहे हैं! उनकी पत्नियों के लिए तो मैं भी हवाई जहाज का किराया भेज सकता हूँ।'

मैंने बात आगे बढ़ाना ठीक नहीं समझा, क्योंकि इससे मेरी आसन्न हवाई यात्रा खटाई में पड़ सकती थी। नारी अस्तित्व और अस्मिता के मसले को भी फिलहाल किसी ज्यादा उचित अवसर के लिए टाल देना ही ठीक लगा। मैं साँस रोककर संयोजक के फोन की प्रतीक्षा करने लगी।

अगले तीन दिन बड़ी बेसब्री से कटे और चौथे दिन मेरी (बाईं की जगह) दाहिनी आँख फड़कने लगी। दिल घबड़ाया। सोचा, यह तो अशुभ होता है। ईश्वर ने बेकार ही मुझे यह दाईंवाली आँख दी। एक ही काफी थी। आखिरकार फोन बजा। मैंने उठाया। वही वाले संयोजक थे। लेकिन इस बार और भी ज्यादा विनम्र-

ससंकोच बोले, 'किन्हीं अपरिहार्य कारणों से हवाई जहाज का बंदोबस्त नहीं हो पा रहा। हाँ, ए.सी. क्लास का प्रबंध निश्चित रूप से हो जाएगा। विश्वास है, आप निराश नहीं करेंगी।'

मैंने फोन रख दिया और निढाल होकर आँखें मूँद लीं। मूँदे-मूँदे ही ईश्वर को धन्यवाद दिया कि मेरे दो ही आँखें हैं। कम-से-कम तीसरी के फड़कने की आशंका नहीं।

बहरहाल, हवाई यात्रा और नारी अस्मिता दोनों ही मुद्दों की बड़ी बेरौनक लैंडिंग हो चुकी थी। यानी दोनों महत्त्वपूर्ण मसले मुँह के बल औंधे गिर चुके थे। अतः मैंने दिल बहलाने के वास्ते पुरस्कारवाले मसले पर सोचना ही ज्यादा ठीक समझा।

मुद्दा यही कि ज्ञान चतुर्वेदी को इस वर्ष के श्रेष्ठ व्यंग्यकार का पुरस्कार मिल रहा है। क्यों मिल रहा है? मेरी तो समझ में नहीं आता। मेरी समझ में तो ज्ञान चतुर्वेदी या उन जैसे श्रेष्ठ व्यंग्य लेखकों की जगह पुरस्कार उन्हें मिलने चाहिए जो व्यंग्य के नाम पर व्यंग्य छोड़कर सबकुछ लिख रहे हैं और जिसे बंद किए जाने की सख्त जरूरत महसूस की जा रही है इन दिनों। लेकिन अब चूँकि किसीके कहने से कोई फोकट में लिखना क्यों बंद करेगा? इसलिए पुरस्कार देकर ही बंद कराने की कोशिश कीजिए।

कैसे?

मैं बताती हूँ। आखिर लोग पुलिस को हफ्ता क्यों देते हैं? इसलिए न कि पुलिसवाले उन्हें तंग करना बंद कर दें। बस इसी 'हफ्ते' की तर्ज पर पुरस्कार भी ईजाद किए जाने चाहिए कि आप हमें व्यंग्य के नाम पर तंग करना बंद कर दें तो हम आपको ग्यारह हजार (या ग्यारह सौ—जैसी जिसकी श्रद्धा हो) का ड्राफ्ट पुरस्कार के नाम पर दे देंगे।

मेरी समझ से इस नई तरकीब की आजमाइश साहित्य की दूसरी विधाओं में भी होनी चाहिए—साहित्य की तीसरी परंपरा की शुरुआत के रूप में।...कुछ दे-दिवाकर (पुरस्कार किस्म का) कुछ भी लिखने-कहनेवालों का मुँह बंद कर दिया जाए। अब वे मुँह बंद रखने का कुछ तो लेंगे। यों यह कोई नया नायाब प्रयोग जैसा भी नहीं। समाज और राजनीति से जुड़े अन्यान्य क्षेत्रों में तो यह परंपरा कब की फूल-फल रही है। फिर साहित्य ही पिछड़ा क्यों रहे?

खतरा सिर्फ एक है। क्या पता वह शख्स, यानी वह लेखक, थोड़े दिनों बाद फिर ब्लैकमेल करना शुरू कर दे कि हमें ग्यारह हजार रुपए का एक और ड्राफ्ट

दो, नहीं तो हम फिर से वही सब लिखना शुरू कर देंगे। (जिसे बंद करने के लिए आपने हमें पहला ड्राफ्ट बनाम पुरस्कार दिया था।)

ऐसे लेखकों को चाहिए कि वे मेरी मिसाल सामने रखें। मैं स्वयं बीच-बीच में लिखना बंद कर देती हूँ, बिना हफ्ता पाए ही।

यों मेरा वाकया दूसरे लेखकों की दास्तानों से काफी अलग है। मैं जब कहानियाँ लिखती हूँ तो लोग कहते हैं, 'सूर्यबालाजी तो कहानियाँ लिखती हैं, वो व्यंग्यकार कहाँ हैं!' और जब मैं व्यंग्य लिखती हूँ तो लोग कहते हैं, 'वो तो व्यंग्य लिख रही हैं, कथाकार कहाँ हैं!' और मेरी समस्या यह है कि मैं दोनों हाथों से एक साथ लिख नहीं पाती। इसलिए फिलहाल न व्यंग्यकार हूँ, न कथाकार।

कथाकार क्यों नहीं हो पाई, इसके कारणों की तलाश जारी है; लेकिन व्यंग्यकार क्यों नहीं हो पाई, इसका सबसे बड़ा कारण शायद यही है कि मैं मध्य प्रदेश में पैदा नहीं हुई। लेकिन इतना लिखने के बीच ही मेरी निगाह ज्ञान चतुर्वेदी के बायोडाटा पर गई और मैंने पाया कि वे तो मऊरानीपुर यानी उत्तर प्रदेश में पैदा हुए हैं। अब?…मैं अपना शेष जीवन इस बात की शोध और तहकीकात में लगाऊँगी कि हिंदी में व्यंग्यकार की सही हैसियत के साथ पैदा होने के लिए मध्य प्रदेश से कितनी दूरी तक का एरिया आरक्षित किया जा सकता है।

महिलाओं की बात और है। उनपर मध्य प्रदेश में पैदा होने की अनिवार्यता लागू नहीं होती। वे कहीं भी पैदा हो सकती हैं और पैदाइशी व्यंग्यकार बनी रह सकती हैं। यदि किसी कारणवश नहीं हो पातीं तो विवाहोपरांत हो जाती हैं। इसमें उनके पतियों का विशेष योगदान होता है। उनकी गृहस्थी रूपी खेती में उचित खाद-पानी पाकर जित देखो तित व्यंग्य की फसल लहलहाती होती है। पति परमेश्वर की ताबेदारी में उनकी सारी दिनचर्या ही व्यंग्य कर्म का पर्याय बन जाती है।

इस लिहाज से व्यंग्यकार होना तो ज्ञान चतुर्वेदी की पत्नी को चाहिए था (क्योंकि निश्चित रूप से उनकी दिनचर्या भी व्यंग्य कर्म का ही पर्याय होगी), किंतु हो गए ज्ञान—और देखते-देखते व्यंग्य की थोक और खुदरा मंडी के ए-वन माल के विश्वसनीय सप्लायर बन बैठे हैं। दुकान पर हमेशा 'नक्कालों से सावधान' की तख्ती लगाए रहते हैं।

हिंदी में व्यंग्य लिखकर नाम, यश कमाना आसान नहीं। यह बहुत बड़े जोखिम का काम है। अकसर ऐसा होता है कि लेखक समझता है, वह व्यंग्य लिख रहा है और पढ़नेवाला समझता है कि वह इस हफ्ते घटी सनसनीखेज वारदातों का ब्योरा पढ़ रहा है। स्तरीय, उत्कृष्ट और स्वस्थ साहित्य लिखने से लोग आपको

हिकारत की नजरों से देखते हैं। उनके तर्क अकाट्य होते हैं। वे सही भी कहते हैं, जब माहौल ही स्वस्थ नहीं है तो साहित्य को ख्वाहमख्वाह स्वस्थ बनाने पर आप क्यों तुले हैं ? अस्वस्थ समाज में रहकर अस्वस्थ साहित्य की रचना ईमानदारी और वफादारी का तकाजा है। स्वस्थ साहित्य रचना अस्वस्थ समाज के साथ गद्दारी है। साहित्य को समाज का दर्पण बने रहने दीजिए। साहित्यकार की दृष्टि समय की माँग पर भी होनी चाहिए। तो समय की माँग है फूहड़पन और अश्लीलता। लेखक का पैदाइशी अधिकार। क्योंकि समाज की गतिविधियाँ विकृत और अश्लील हो उठी हैं, इसलिए लेखक का पहला धर्म यही है कि साहित्य में अश्लीलता बरकरार रखे, चाहे जिस भी रूप में। यह काम बड़ा सुविधाजनक है। सबसे बड़ी सुविधा यह कि अश्लीलता को न परिभाषित किया जा सकता है, न प्रमाणित। बिल्लियों के भाग्य से छींका टूटा हुआ है, पंजा मारने के लिए हर किसीको हार्दिक निमंत्रण।

व्यंग्य में सबसे बड़ी समस्या सिर्फ यह है कि जिन स्थितियों पर दसेक वर्ष पूर्व आप व्यंग्य लिख सकते थे, वे आज आपकी दैनिक दिनचर्या की अविभाज्य अंग बन चुकी हैं। पहले जिन दृश्यों, बातों, कृत्यों पर आप सिहरकर काँप उठते थे, सिर शर्म से झुक जाया करता था, आज आप उन्हें सरेआम देखने-सुनने के लिए लाचार हैं। उनपर बेशर्मी से हँसते रहने की आदत पड़ चुकी है। अब दर्जनों रूपालियाँ और रिंकू पाटिल मिट्टी का तेल उड़ेलकर जला दी जाएँ, गाँव-के-गाँव जलाकर राख कर दिए जाएँ, सामूहिक बलात्कार की लोमहर्षक वारदातें छपती रहें, महिलाएँ बेपर्द, निर्वस्त्र, बेइज्जत होती रहें, हम अखबार पढ़ने और न्यूज बुलेटिनों को सुनने के अलावा और कर ही क्या सकते हैं ? कहाँ तक व्यंग्य लिखेंगे आप। झुके सिर, झुकी कलम !

लेकिन ज्ञान चतुर्वेदी लिख रहे हैं और चालू न लिखने का जोखिम उठा रहे हैं। बड़ी हिम्मत, बड़े जोखिम का काम है चालू न लिखना; क्योंकि आप खरा-खरा ही लिखेंगे, खरा ही बोलेंगे तो सत्साहित्य की कक्षाओं से कान पकड़कर बाहर नहीं कर दिए जाएँगे।

लेकिन ज्ञान डटे हैं—बिना दम लिये, बिना सुस्ताए; एक लेखक की तरह नहीं, एक जंगबाज की तरह। वे व्यंग्य की कच्ची गोलियाँ नहीं खेलते। सीधे बेधते हुए आर-पार निकल जाते हैं। कोई बुलेट प्रूफ नहीं चलती उनके सामने। इस डॉक्टर के प्रिस्क्रिप्शन के नुस्खे चालू नहीं हुआ करते।

पूरे चौबीस कैरेट के कारीगर हैं, देंगे तो सौ फीसदी असली माल। और

उन्होंने इसे प्रमाणित भी कर दिखाया है।

प्रमाणित आज यह भी हुआ कि हिंदी साहित्य की शेष विधाओं में चल रही दाँव-पेंची कुश्तमकुश्ती से व्यंग्य विधा अभी बची हुई है। एक व्यंग्यकार (प्रेम जनमेजय) दूसरे (ज्ञान चतुर्वेदी) की मुक्त कंठ से प्रशंसा कर रहा है। तीसरा (कथाकार-व्यंग्यकार नरेंद्र मौर्य) अत्यंत भव्य एवं आत्मीय आयोजन के बीचोबीच उसे पुरस्कृत कर रहा है। हिंदी साहित्य में अभूतपूर्व घटनाएँ घट रही हैं बंधु! एक का लेखन दूसरे व्यंग्य लेखकों द्वारा सराहा और दुआओं से नवाजा जा रहा है, यानी जो सब आमतौर पर हिंदी साहित्य में नहीं होता, वही सब हो रहा है। कहीं ऐसा तो नहीं कि इन्हीं कारणों से व्यंग्य लेखन साहित्य की सवर्ण विधाओं और समीक्षाओं द्वारा लगातार नकारा जा रहा है?

□

अँधेरे में चलती कलम और बूँद-बूँद भरती गागर

आत्म-व्यंग्य या आत्म-स्वीकृतियों का राजमार्ग नहीं हुआ करता। यह एक जंगल है, जंगल। फाँदते जाइए, कभी किन्हीं जंगली फूलों की कुदरती खिलखिलाहटों पर लहालोट होते हुए तो कभी बिन बात, बेकसूर ही, पैरों में चुभे काँटों से तड़फड़ाकर लहूलुहान हो जाते हुए।

छिह! आप भी बाज नहीं आईं सूर्यबालाजी, वही काँटों और फूलोंवाली सदियों पुरानी घिसी-पिटी तुलना से! अरे, उपमा ही देनी थी, वह भी एकदम शुरुआती पंक्तियों में, तो कुछ ताजातरीन, फड़कती हुई, झकझोरनेवाली न सही, चौंका देनेवाली चर्चित या विवादास्पद बना देनेवाली देतीं—जिसमें अर्थ तक भी जाने की जरूरत न हो, सिर्फ शब्द-ही-शब्द लिये फुटबाली मैचों की तरह लुढ़कते चले जाने की सनसनी तो हो कम-से-कम।

लेकिन आपके हिसाब से तो ताजगी और खुशबू के लिए फूलों से बढ़कर और बिंधने के लिए काँटों से ज्यादा 'एप्रोप्रिएट' भला और क्या मिल सकता है जीवन में!···वैसे भी, लिखते हुए पूरे ढाई दशक बिता देने के बावजूद एकदम ठीक ढाई आखर का ही सही, जीवन-दर्शन भी तो नहीं बना पाईं आप! कोई विचारधारा नहीं। चलिए, दुरुस्त कर लिया कि विचारधारात्मक आग्रह नहीं। क्यों? क्योंकि घालमेल का बाजार गरम है, भयंकर घमासान चालू आहे। खोटी नीयतों के बोलबाले में कौन किसकी सुनता है, कोई ना भई, कोई ना।

साहित्यिक प्रतिबद्धता नहीं, वैचारिक स्पष्टता नहीं। आखिर आपके लेखन का कुछ स्वत्व, स्वरूप, आधार, धरातल ही सही—वही, जीवन-दर्शन—क्या कहा? 'दर्शन' काट दीजिए, बस जीवन, जीवन और जीवन—कहीं यह बचाव का शॉर्टकट तो नहीं? नहीं, मैडम, ऐसे नहीं चलेगा। आपको आर-पार होना है। आप

इस पार होइए या उस पार। बोलिए, अब आर-पार अलगाते हुए, जीवन का जीवन से, दर्शन का दर्शन से अपनी वैचारिकता की संपूर्ण व्याख्या। लेकिन आप बोलीं तो सिर्फ इतना कि आर-पार होना आसान है क्या? हुआ जा सकता जीवन में तो लेखन की आवश्यकता ही न होती। और जब जीवन से आर-पार होना संभव नहीं तो फिर लेखन में ही कैसे?

देखिए, यह कोरी लफ्फाजीवाला रास्ता छोड़िए और पाइंट में आइए। सीधे से स्वीकारिए कि आपमें वह कूवत ही नहीं, कला और कौशल नहीं। वही प्रतिबद्धतावाली बात।

क्या? आप सहमती हैं ऐसे भारी-भरकम शब्दों से? आपकी कलम एक छोटी डोंगी-सी है। छोड़ दिया है जिंदगी के पारावार में ऊभ-चूभ होने के लिए। तो सुन लीजिए कि बीच धार पर, कह लीजिए, मझधार में, डूबेगी-ही-डूबेगी यह कलमवाली डोंगी। क्योंकि लेखन में डूबना और मझधार में डूबना दो अलग चीज हैं। लेखन में डूबने की भी एक तमीज, एक शऊर होना चाहिए। यह डूबना ऊपर उठने के लिए होता है। निरंतर यश-प्रतिष्ठा और प्रसिद्धि के शिखर की ओर उठता हुआ लेखक—(लेखन में डूबते हुए...स्पष्टतः वैचारिक प्रतिबद्धता के साथ) एक मुकम्मल मुकाम हासिल करता है, कीर्तिमान स्थापित करता है, उपलब्धियों की पिटारी लिये प्रसिद्धि की अटारी से जीवन के अखिल प्रवाह में आपकी हिचकोले खाती डोंगी को मनु महाराज की तरह सजल नेत्रों से देखा करता है।

बहरहाल, आपको हाराकीरी का ही शौक क्यों रहा पूरे पचास वर्षों के लेखकीय जीवन में? पचास साल का लेखकीय जीवन! इसलिए कि आप लेखक को 'पैदाइशी' मानती हैं। छपना वह चाहे जब से शुरू करे, होता वह पैदाइशी ही है। लेखक पैदा ही हुआ करते हैं, 'बना' नहीं करते।

संभवतः पैदाइशी से आपका मतलब रचनात्मक प्रतिभा से है। प्रकृति-प्रदत्त प्रतिभा। हँसी आती है आपकी इस मीडियॉकिरी पर। 'प्रकृति-प्रदत्त' के सहारे तो सिर्फ मझधार में डूबा जा सकता है।...एक लेखक को चाहिए चौतरफा चौकन्नापन, सतर्कता बनाम सन्नद्धता और एक किस्म की जुझारू बनाम जुगाड़ू प्रतिबद्धता।...बनाम आज के लेखक की सबसे बड़ी लाचारी। यह सब न हो पाया तो लेखक कैसे हो पाया जाए? पैदाइशी स्व-शोषण आखिर कहाँ तक साथ देगा?

यूँ समझदार को इशारा काफी के सहारे आप खुद-ब-खुद समझ सकती हैं—क्या समझे बैठी हैं कि आपके अंदर प्रतिभा की कोई कस्तूरी दिन-रात महकती नहीं होती। ये तो बस आपकी प्रकृति, उकृति-सी है कि ऊपर-ऊपर सारे दुनियावी

कामों को, लिप्त होने की अभिनयपटुता के साथ निपटाते चले जाने की और अंदर-अंदर जेहनी तौर पर अपने आपको जेनइन माँ, पत्नी, बहन, बेटी के खेल के अंदर से छूमंतर कर उड़ा देने की। उड़ाने के बाद सोचने के लिए बाध्य करने की कि न खुदा ही मिला, न विसाले सनम।···लेकिन जब थोड़ी देर की कलम घिसाई के बाद छोटा-मोटा ही सही, कोई काँच का टुकड़ा तराश पाईं तो मन बच्चों-सा उत्फुल्ल कि मिला तो···अपनेपन से भरपूर खुदाया रहनुमाई भी और पूरे अट्ठावन का विसाले सनम भी। अब अपनी आत्मा ही महानटनी, महाभटकनी निकली तो क्या किया जाए? उदाहरण के लिए, आपको हमेशा लगता है कि अभिनय कर ले गईं, वह अलग बात है, लेकिन हैं तो आप अपने हर रोल में नाकामयाब ही। यह आत्महंता प्रकृति आपकी जानी दुश्मन, अपने आपको जरूरत से बहुत कम करके आँकनेवाली। शायद इसीको लक्ष्य करके एक बार मन्नू (भंडारी) जी ने मीठी सी फटकार दी थी—तुम्हारे स्तर की लेखिका में यह निरीहता सी क्यों?···लेकिन फिर सोचती हूँ, यही तुम्हें दूसरे से अलग करती है, सूर्यबाला को सूर्यबाला बनाती है।

मन्नूजी को नहीं मालूम कि यह सारा किया-धरा मेरी माँ का है। खुदी को बुलंद करना भी तलवार की धार पर चलना है। वरना आत्मविश्वास की पुख्ता दीवार में आत्मदंभ और आत्ममुग्धता को सेंध मारते कितनी देर लगती है। तो यह माँ मेरी हर दुनियावी कामयाबियोंवाले रास्ते की शुरुआत में ही आकर खड़ी हो जाती है। यह कहते हुए कि देखो, सफल न भी हो पाईं न तो कोई बात नहीं, याद रखो, 'सफल' होने से ज्यादा जरूरी 'सही' होना होता है।

वाह···वा···वा सूर्यबालाजी! क्या तरीके से अपनी माँ के हवाले से अपने पालन-पोषण या ब्रॉटअप का बखान, रेशमी आवरण में लपेटकर। नहीं? आपके हिसाब से इसमें दंभ नहीं, खुद को मिली हुई 'चीज' को औरों के साथ बाँटने की, उन्हें भी दे पाने की नेकनीयती भरी कोशिश। बस। यानी यहाँ आप मानती हैं कि आप सही हैं। चलिए, मान लिया। लेकिन एक और बुरी बात लक्ष्य की है आपमें—आखिर इतना भी क्या नकचढ़ापन कि हर छोटे-बड़े लेखक, कलाकार, गीतकार, संगीतकार या कैसा भी सेलीब्रेटी हो, उसके अंदर ताक-झाँक कर या दूर से अंदाज कर उसमें एक इनसानी कैरेट का सोना जाँचने की कोशिश। लेखक हैं तो उतना बड़ा इनसान भी होगा, ऐसा क्यों? हर बड़े लेखक में उतना ही बड़ा इनसान ढूँढ़ने की कोशिश—अनजाने, अनचाहे—हाँ, यह भी है कि अंदर से निराश होने पर भी रचना पढ़ते समय लेखक के लेखन को उससे अलग कर शुद्ध रचनात्मक स्तर पर ही जाँचने-परखने, समझने की ईमानदार कोशिश भी कर ले जाती हैं।

चलिए, मान लिया।

और खुद आपकी रचनात्मकता? वही, अपने आपको लगातार नकारते, धिक्कारते हुए, किसी भी स्तर पर साध न पाने का गमगलत करते हुए; लेकिन वह भी व्यवस्थित, कायदे से कहाँ हो पाता है। वैसे आपको लगता जरूर होगा न कि आपकी बेलगाम घोड़ी-सी बिदकती मन:स्थितियाँ यानी बला की मूडी (दिखने में तो बिलकुल नहीं) न होतीं और आप कायदे से अपने आपको साथ पातीं तो जुनून में डूबकर निथरी हुई कोई कहानी, कहानी न सही व्यंग्य, व्यंग्य न सही हास्य—फव्वारे सा धाराधार भिगोता हुआ, हास्य न सही कुछ भी विचारहीन, एब्सर्ड, एब्सट्रैक्ट, ऊलजलूल (ऊटपटाँग भी) ही सही, कुछ तो कहती ही हैं आत्मा की ईमानदारी से।

क्या कहा—हास्य, विनोद, मसखरी, चुहल! अरे मैडम, आप तो खुल-खुलकर हँस रही हैं—प्रतिष्ठित लेखक होने के बावजूद। इससे साफ जाहिर होता है कि आप गंभीर किस्म की रचनाकार नहीं हैं। प्लीऽऽज चुप रहिए। वरना मुझे कहना पड़ेगा कि खामोश! साहित्य चालू आहे। इस चालू खाते के बीच हँसना मना है। साहित्य की मर्यादा को खंडित करनेवाले दंडित होंगे यहाँ। क्योंकि यह चंदन का वृक्ष है। बेशक लपटे रहत भुजंग। सो तो होता ही है। लेकिन स्थिति की गंभीरता तो कायम है न! तो मेहरबानी कर मैडम, गंभीर होने की कोशिश कीजिए। कम-से-कम दिखने की ही सही।

यह जरूरी है, मैडम! वरना लोग एक-दूसरे के कानों में फुसफुसाते हुए कह रहे होंगे। ये सीरियस राइटर नहीं हैं।...अजी, राइटर ही नहीं हैं। क्या कहा? सीरियस नहीं हूँ? राइटर नहीं हूँ? चोऽऽप! अरे, अरे मैडम, यह क्या? अपनी छवि, इमेज का तो ध्यान रखिए। तुम चुप रहो जी। जरा इन लोगों से पूछो कि क्या प्रमाण है इनके पास?

है न!

बोलिए, बोलिए; क्यों नहीं हो सकती मैं सीरियस रचनाकार?

क्योंकि आप महिला कथाकार हैं।

सिर झुक जाता है 'हार' में। बेशक, वह तो हूँ, यानी कुसूरवार।

जाहिर है, पत्नी भी होंगी ही होंगी।

याद करने की कोशिश की, हाँ, शादी हुई तो थी। रखैल नहीं हूँ। काश, होती।...होती तो एक मुक्त नारी को मिली थोड़ी ही सही, सुविधाएँ, छूट न सही 'पर्क्स' ही जुटा पाती।

वह छोड़िए जी। प्वाइंट की बात पर आइए और कबूलिए कि आपके अंदरवाली पत्नी ऊपरवाली लेखिका पर हर समय हावी रहती है। माँ-बहनें टाइप लोग भी जरूरत से ज्यादा हक जमाते रहते हैं और आप अच्छी तरह जानती हैं, मैडम, कि रचनात्मक साहित्य में यह माँ, बहन, बेटीवाद बिलकुल नहीं चला करता। हाँ, कुंठित पत्नीवाद को थोड़ी-बहुत क्या, काफी गुंजाइश रह जाती है।

क्या? इस कुंठित पत्नीवाद से तो आपकी जिंदगी तबाह है! आप एक लेखिका बनाम पत्नी की हैसियत से पूरे छत्तीस सालों से यह लड़ाई लड़ती चली आ रही हैं कि आखिर यह कहने में उसके खाविंद का क्या जाता है कि उसे मेरी जरूरत है। न जी, कह दे तो वह हिंदुस्तानी मर्द-बच्चा कैसा! वह वन-डे क्रिकेट मैच देखते हुए, 'हिस्ट्री ऑफ द वर्ल्ड रूलर्स' पढ़ते हुए (तभी तो बढ़िया 'रूलर' बना न), जरूरी-गैर जरूरी चिट्ठियाँ लिखते हुए, फोन मिलाते हुए, उठते-बैठते, सोते-जागते हुए, हर समय मुझे अपने इर्दगिर्द बने रहने की स्पष्ट ताकीद आखिर किस अघोषित अधिकार से देता है?…मेरे घर से बाहर होने पर यह घर उसे काट खाने को दौड़ता है। यह बात वह खुद्दार पैंतीस सालों में जबान पर एक बार तो लाया होता।…वह पत्नी उस मुबारक दिन लेखिका को अँगूठा दिखाकर फिरकनी-सी नाची होती—

'मेरा पिया घर आया, हो रामजी…'

हे राम! मैडम, यह आप क्या बाजारू फिल्मी कोटेशनों पर उतर आईं! महान् न सही, वरिष्ठ लेखिका का मुलम्मा तो बरकरार रखिए। मान लिया, वह नहीं कहता, कह दे तो मारे खुशी के आपकी साँसें रुक जाएँ। शायद…अच्छा, आखिर क्यों मैं अपनी जरूरत इस आदमी को महसूस कराने पर तुली बैठी हूँ।…छोड़ो, कलम है न अपने पास। लेकिन उसे वह भी बरदाश्त नहीं। अँधियारी रातों, सोते हुए भी, लैंप जलते ही उसे भनक लग जाती है। वह भरपूर दावे के साथ भरी नींद में झिड़कता है—कहा न, मेरी आँखों में चौंध लग रही है—बत्ती फौरन बुझा दो!

कई बार अँधेरे में कलम चलाने की कोशिश की। चली भी। एक, दो, चार, पाँच, नौ, दस! अरे, पूरे ग्यारह पेज। मन बूँद-बूँद भरी गागर-सा तृप्त।…सुबह उठकर देखा तो पाँच पृष्ठों के बाद स्याही खत्म हो गई थी।…

□

हिंदी चिंतन और चिंता के आयाम

वे बेहद दु:खी थे। उनकी सारी चिंता हिंदी को लेकर थी। कहने लगे, क्या करें, हिंदी के प्रचार-प्रसार को लेकर कुछ हो ही नहीं पा रहा।

मेरी आँखों में छाए हिंदी के अँधेरे में खुशी के अनार छूटने लगे। तो आखिरकार भाग्य पलटे। घूरे के पलटते हैं बारह बरस पर, तो हिंदी के नहीं पलटेंगे! घूरे से ज्यादा गई-बीती तो नहीं ही ठहरी अपनी हिंदी।

सो दीदावर पैदा हो ही गया। बेनूरी पे रोती नर्गिस को उठाकर एकदम ब्यूटी कॉण्टेस्ट में खड़ा कर देनेवाला। मैं सोल्लास मदद के लिए लपकी। उन्होंने चश्मे की कमानी पर मुझे तौला, आश्वस्त हुए और बोले, 'हिंदी को अंग्रेजी में कोई भली प्रकार समझानेवाला मिले तो बताइए।'

मैंने कहा, 'हिंदी को हिंदी में समझा लें तो कैसा रहे?'

वे खीझे, 'हिंदी को हिंदी में समझाने से फायदा?'

मैंने कहा, 'किसका फायदा? हम हिंदी के ही फायदे की बात कर रहे हैं न!'

उन्होंने कुपित नजरों से मुझे देखा, 'आप लोग समझती तो हैं नहीं। मैं विदेशों की बात कर रहा हूँ। हमें विदेशों में हिंदी के महत्त्व पर प्रकाश डालना है, इसका प्रचार-प्रसार करना है। मैं हिंदी को अपने साथ विदेश यात्रा पर ले जाना चाहता हूँ।' (उन्होंने यह नहीं कहा कि वे हिंदी की पूँछ पकड़कर विदेश यात्रा की वैतरणी पार करना चाहते हैं।)

'सो तो कितने लोग गए। समझ भी आए अंग्रेजी में।'

'क्या?'

'यही कि हिंदी एक दरिद्र भाषा है। इसमें सूरज के लिए तो सत्रह पर्यायवाची

हैं, लेकिन चूहे के लिए सिर्फ एक।'

उन्होंने भावों को उतारा-चढ़ाया। फिर मुझे समझाने की कोशिश की, 'किसी अंग्रेजीवाले ने कहा है तो सोच-समझकर ही कहा होगा। शायद ऐसा कहने से ग्रांट वगैरह की उम्मीद बढ़ जाती है। बहरहाल, कुछ-न-कुछ वाजिब कारण जरूर होगा।'

'कारण अज्ञान भी तो हो सकता है, अथवा दूसरे शब्दों में अंग्रेजीवालों का हिंदी ज्ञान। या फिर यह कि ग्रांट दरिद्रों को ही तो मिलती है।'

उन्होंने अपनी सफाई पेश करते हुए कहा, 'देखिए, मुझपर आप कोई आरोप नहीं लगा सकतीं। मैंने हिंदी के सत्तर प्रतिशत लेखकों को पद यात्राओं के स्तर से उठाकर विदेश यात्राओं के स्तर पर ला खड़ा किया। क्या हिंदी के लिए यह फख्र की बात नहीं कि आज हिंदी का हर तीसरा लेखक फॉरेन रिटर्न है ? लमही से चले हिंदी लेखकों को लॉस एंजेल्स पहुँचा रहा हूँ। कोई कम महत्त्व का काम है यह!'

'मैं हिंदी लेखकों की नहीं, हिंदी की बात कर रही हूँ।'

'मैं भी; मैंने कितनी कोशिश की आपकी हिंदी के लिए। उसे सांस्कृतिक शिष्टमंडलों के साथ, लेखकीय अस्मिता के साथ, राजनीतिक सौहार्द के साथ बराबर यहाँ-वहाँ भेजा, प्रचारित, प्रोत्साहित करने की कोशिश की; लेकिन न जाने क्या कारण है कि सारे नाच-गाने, कुरते-घाघरी, सिरेमिक्स और चिलम-हुक्के तो अपनी जगह पहुँच जाते हैं, नहीं पहुँच पाती तो बस हिंदी। यही जहाँ की तहाँ रह जाती है।'

'रह नहीं जाती, बल्कि यों कहा जाए कि कुछ आवश्यक, अपरिहार्य कारणों से वे लोग ऐन मौके पर छोड़ देने के लिए विवश हो जाते हैं। 'भूलवश' का बहाना मारकर, जानबूझकर उँगली छुड़ाकर, सांस्कृतिक गतिविधियों से ठुँसे सूटकेसों और एयर बैगों में हिंदी के लिए जरा भी जगह न होने की क्षमा याचना कर ली जाती है।'

'अब आप जो भी समझें।'

'मैं तो यही समझती हूँ कि हिंदी की बात की जाए, लेकिन हिंदी में नहीं।'

'यह आपका सरासर गलत आरोप है। हमारे पास इतनी ढेर सारी एक्सपोर्ट क्वालिटी हिंदी जमा है, लेकिन उसे कोई हिंदीवाला ही खरीदने के मूड में नहीं। आप कहिए तो 'सेल' लगवा दूँ। जो कुछ भी वसूल हो जाए। हिंदी को लेकर तो हम अतिरिक्त उदार हैं। हमेशा खुदरा से लेकर थोक व्यापारियों तक की तलाश और फिराक में रहते हैं। हमारी कोशिश रहती है कि हर संस्थान, हर कार्यालय के

जीने के पीछे या किसी-न-किसी कोने-अँतरे हिंदी विभाग, हिंदी कक्ष आदि अवश्य हो।

'हिंदी को इतना काम तो मिल ही जाए कि वह अपनी गुजर-बसर कर ले, स्वावलंबी बने। लेकिन वह अपनी ही गुजर-बसर नहीं कर पाती तो हिंदीवालों की क्या करेगी। अब देखिए न, बेरोजगार तो उसे देखते ही ऐसे बिदकते हैं जैसे किसी महाअपशकुनी से सामना हो गया हो।···ऐसी गई-गुजरी हालत में वह क्या खाकर हिंदुस्तान का पालन-पोषण करेगी। जरूरत इस बात की है कि इस दिशा में उसे प्रोत्साहित करने के लिए आप जैसे लोग आगे आएँ। हिंदी के उद्धार का बीड़ा उठाएँ, हिंदी का चना-चबैना खाएँ, हिंदी के हाथों का पानी पिएँ, हिंदी के रिक्शे पर बैठें, फुटपाथों पर हिंदी को ओढ़ें-बिछाएँ और···मेरी रचनाओं तथा भाषणों का ए-वन अंग्रेजी अनुवाद···'

'क्षमा कीजिए,' मैं तैश में आकर उठ खड़ी हुई, 'हिंदी को आपकी दया-धरम के लंगरों और फुटपाथों की जरूरत नहीं। उसे उसका खोया हुआ स्वाभिमान चाहिए, सम्मान चाहिए, दरजा चाहिए; वाजिब दरजा और उसकी अस्मिता···'

'ऐसा कीजिए,' उन्होंने मुझे बीचोबीच टोकते हुए कहा, 'हिंदी की जरूरतों और शिकायतों की यह पूरी लिस्ट अंग्रेजी में अनुवाद करा के हमारी विभागीय फाइल में नत्थी करा दीजिए। हम बहुत शीघ्र एक्शन लेंगे। आपको इन्फॉर्म करेंगे।'

□

वोट-विधेयक और मेरे मुहल्ले की माताएँ

संदर्भ सिर्फ इतना सा ही कि सुबह-सुबह किसी मनचले ने हमारे मुहल्ले में यह अफवाह उड़ा दी कि अगले चुनावों से पहले सरकार वोटरों की उम्र घटाने का प्रस्ताव पेश करने जा रही है और चूँकि यह प्रस्ताव सरकार, देश और विरोधी दलों से लेकर सभी देशवासियों और उनके बच्चों के हित में है, सर्वजन हिताय सर्वजन सुखाय है, अतः पेश होने के साथ पारित हुआ ही समझो।

तो मुहल्ला खुशी से फूला-फूला फिर रहा है, यानी कि माताएँ, वे मग्न मन अपने-अपने नौनिहालों की बलैया ले रही हैं कि 'अरे भैया, बलि-बलि जाए, नैकु कलेवा तो कर ले मेरे लाल! पार्टीवाले मोटर ले के आते ही होंगे।' और भैया के होंठों से आकाशवाणी प्रसारित होने लगती है कि अब तो पॉलिटिक्स करेगा जमकर जग में मेरा राजदुलारा।

क्योंकि पार्टीवाले कह गए हैं कि बहनजी! आज का वोटर ही कल का उम्मीदवार है। अब तो इसीके नाजुक कंधों पर समझ लो सारे देश का भार है। और यों भी पॉलिटिक्स कोर्स की किताब लेकर पढ़ने-पढ़ाने की चीज नहीं है, करने-कराने की चीज है; सोई मेरा राजदुलारा करने जा रहा है। लेकिन बुरी नजरवालों का मुँह काला, जैसेकि पड़ोस की कलह (कनक) कुमारी बहन।

मैंने कहा, 'कनक कुमारी बहन! तुम्हारा पप्पू नहीं जा रहा वोट देने? च...च्च...च उमिर कम नहीं लिखानी थी इस्कूल में (चलो, इसी बात पर झूठों का भी मुँह काला), नहीं तो पप्पू भी तुम्हारा हमारे मंटू की तरह मोटर में बैठकर मतदान केंद्र जाता न अपना अमूल्य वोट डालने।'

जाएगा जी जाएगा, तुम देखती रहना। मेरा पप्पू ही क्या, उसके पीठ का गप्पू और पेटपोंछनी मुन्नी भी जाएगी।

कनक कुमारी बहन फुफकारती हैं, 'ईश्वर और सरकार की इच्छा हुई तो कल को अठारह क्या, आठ से ऊपरवालों को भी परमीशन मिल जानी है। तब देखना। तुम्हारे तो ले-दे के बस एक मंटू-का-मंटू, जबकि मेरे पास तो भारत सरकार के तीन-तीन अमूल्य वोट सुरक्षित हैं।'

यह कहती हुई कनक कुमारी बहन हाँफती हुई बालकनी से हट जाती हैं। पर दिल में मलाल और गुबार तो है ही कि हमारेवालों को भी वोटर बना लेते तो क्या बिगड़ जाता सरकारजी का? भला अठारह से ऊपरवालों के सुरखाब के पर लगे हैं क्या? अरे, जैसे अठारह से ऊपर वैसे ही अठारह से नीचेवालों के लिए भी विधेयक पास कर देते। बालक-बालक सब एक से, फिर यह 'मैं बैरी सुग्रीव पियारा' वाला भेदभाव क्यों?

वोट ले लेते हमारे पप्पू-गप्पू के हाथ से तो बेचारे बच्चों का मन रह जाता, हमारा भी। जी भरकर दुआ देते कि हमारी सरकार फले-फूले, एक के हजार खाते खुलें, न खुले तो बस उनकी पोल। पर पता नहीं क्यों, सरकारजी ने अठारह के ही पौ बारह किए।

कुछ ऐसा ही, अपने दुधमुँहे का पोतड़ा फैलाती। तीसरी और ज्यादा कमसिन पड़ोसन भी सोच रही है कि हाय! बालक बालक तो सब एक से। क्या आठ (माह), क्या अठारह! हमारा खिलौना भी घुटन्नो-घुटन्नो एक वोट डाल आता। एक न सही, आधे की ही मंज़ूरी दे देती सरकार। टिकट नहीं लगता अद्धा! और फिर कोई दूसरा सोचने-समझनेवाला काम होता तो कहते भी कि भई, बच्चा है, क्या समझेगा; लेकिन वोट डालने में भला कहीं सोचने-समझने की गुंजाइश! बस जो पार्टी कंबल लाई, जिसने दरवाजे पे मोटर खड़ी की उसीको भगवान् का नाम लेकर आँख मूँदकर डाल दो।

यही अपने बिटौने से भी करवा देते कि अक्कड़-बक्कड़ बंबे बो-बोल मेरे लाजा बोल! तू किसको वोट देगा? खाता नंबर 'चाल दो छून्य-छून्य' को या 'नौ दो ग्यालह ग्यालह ग्यालह' को? इधल भी आता और उधल भी। बड़े मियाँ को वोट देगा या छोटे मियाँ को?

और कमसिन माँ अपनी मुंगेरी आँखों से एक हसीन सपना देखने लगती है कि तमाम पार्टियों के कार्यकर्ता टूट पड़ रहे हैं मुहल्ले में—'क्या उम्र है बहनजी, आपके मुन्ने की? सिर्फ सात साल? कोई बात नहीं। हम कोई-न-कोई तरकीब निकाल लेंगे।

'नसबंदीवाले कब्र में पैर लटकाए बूढ़ों की उम्र बीस-पच्चीस साल कम

करके रजिस्टर में दर्ज कर देते हैं, तो हम क्या दस-पंद्रह साल बढ़ा नहीं सकते देश को एक अमूल्य वोट देने की खातिर!'

'और आपका, बहनजी? क्या? अभी घुटन्नो चलता है और पढ़ने-समझने की भी तमीज नहीं! अरे, उससे क्या, वोटर तो सब भगवान् का रूप हैं। बहनजी, आप उसे लेकर हमारे मतदान केंद्र में जरूर आइए और मुन्ने से 'तिपहिया' चुनाव चिह्न पर निशान लगाकर वोट डलवा दीजिए। हमने बच्चों के हितों को ध्यान में रखकर ही अपना चुनाव चिह्न 'तिपहिया' रखा है। हमारी पार्टी के शहरी मतदान केंद्रों पे फी वोटर एक-एक शहदवाली चुसनी मुफ्त बाँटी जा रही है और ग्रामीण क्षेत्रों में एक-एक कनटोपे तथा कजरौटे की व्यवस्था है, जिससे हमारे देश के उदीयमान वोटरों की संख्या और शोभा को नजर न लगे।'

संख्यावाली बात पर बाकी बची माताएँ बड़ी उधेड़बुन में हैं कि देशसेवा ज्यादा करें या फेमिली प्लानिंग? क्योंकि देश को तो इस समय ज्यादा-से-ज्यादा वोटरों की आवश्यकता है। भूखे, चाहे नंगे। जो माता जितने ज्यादा वोटर राष्ट्र को देगी, देश की राजनीति में उसकी स्थिति भी उतनी ज्यादा सुदृढ़ होगी। इस समय तो देश की नैया के खेवनहार डूब रहे हैं। अतः आवश्यकता है व्यापक पैमाने पर राहत कार्य चलाने की। उनकी जब्त होती जमानत पर अपने दुधमुँहे के वोट की बल्ली लगाने की। प्रत्याशी पूछेंगे, 'नन्हे-मुन्ने बच्चे तेरी मुट्ठी में क्या है?' बच्चे जवाब देंगे, 'मुट्ठी में है तकदील तुम्हाली, हमने जमानत जब्त होने से बचा ली।'

यही कारण है कि हमारे मुहल्ले के बच्चों में गजब का आत्मविश्वास बढ़ा है। यहाँ तक कि उन्होंने अब एक-दूसरे को यार, कामरेड और गुरु की जगह 'वोटर' कहकर संबोधित करना शुरू कर दिया है। उनकी माताओं ने भी। यथा—'मैंने कहा मिसेज चड्ढा, आपका लाड़ला वोटर मेरी खिड़की का शीशा चकनाचूर कर गया है। उससे पूछिए, इसे भी प्रतिपक्ष का मतदान केंद्र समझ लिया है क्या?' (बाकी लतीफा तो आप सब जानते ही हैं) और इसपर मिसेज चड्ढा उवाच—'पूछूँगी मिसेज खमीजा; लेकिन एक बात बताइए कि मैंने सुना, आपका दूसरावाला वोटर एक-दो नहीं, दस नबंरों से रपट गया छमाही में! च-च्च-च-सच्च, मुझे तो बड़ा दुक्ख लगा।'

या फिर—'अरी सल्लो! तेरे वोटर के लिए अब तक कितनी पार्टियाँ आईं? मेरे वाले के लिए तो पूरी ग्यारह। सच्च, मैं तो तंग आ गई इन मुए दलालों से। ये तो चिरौरी, मिन्नत करने में लड़की के बापों को मात करते हैं। सच्च री, दहेज की बोली तो जब लगेगी तब लगेगी, मुझे तो अभी ही अपने वोटर के मोलतोल का

मजा आ रिया है।'

पुरुष वर्ग में भी यदाकदा 'यह मिश्राजी के बच्चों की पलटन है' की जगह 'यह मिश्राजी के वोटरों की पलटन है' जैसे वाक्य बोलने का रिवाज आम होता जा रहा है।

लेकिन कहीं-कहीं तो आपसी मेलजोल, सहयोग और साझेदारी की ऐसी नायाब मिसालें देखने में आई हैं (हमारे ही मुहल्ले में) कि सिर श्रद्धा से झुक जाता है। यथा—सखी वचन सखी से (थोड़ा लजाते हुए), 'बहना! हमारे यहाँ से भी चुनाव लड़ने की सोच रहे हैं बाबूगिरी से रिटायर होने के बाद। कह रहे थे, तब तक अपने मुहल्ले में चालीस-पचास नए वोटर भी पैदा हो जाएँ तो समझ लो, बेड़ा पार।'